우리는

이태석

입니다

<울지마 톤즈>에서 <부활>까지

우리는 이태석 입니다

구수환 지음

북루덴스

추천의 글

꽃과 같은 사람 이태석 신부

이태석 신부는 꽃과 같은 사람입니다.
그가 산 길지 않은 삶이 꽃처럼 아름다운 삶이었기에
사람들은 그의 이름을 들으면 뭉클한 마음이 들고
향내가 나는 것을 느낍니다.
이태석 신부
그는 썩은 냄새 풍기는 이름들 사이에서 향기 풍기며
품위 있게 피어 있는 백합입니다.
그가 풍기는 향내는 오염된 세상을 정화시켜줍니다.

이태석 신부는 세상에서 가장 행복한 사람입니다.
행복한 사람은 돈이 많은 사람도 권력을 가진 사람도 아닌
많은 사람들이 그리워하는 사람입니다.
이태석 신부에 대한 그리움은 날이 갈수록 점점 더 커져가고
그에 대한 사랑도 더욱더 깊어지고 있습니다.

이태석 신부는 등대입니다.

그가 비춘 빛을 따라서 남수단에서 절망하던 아이들은
작은 등대들이 되었고
수많은 사람이 그 빛을 따라 길을 찾아가고 있습니다.

이태석 신부는 죽었지만 살아 있습니다.
저는 구수환 감독을 보면서 하느님과 이태석 신부의 존재감을 느낍니다.
가톨릭교회와는 전혀 무관한 불자가
가톨릭 신부를 알리려고 노력한다는 것은
이태석 신부가 살아 있지 않고서는 불가능한 일이기 때문입니다.

구수환 감독도 이태석 신부가 자신의 인생에 깊이 들어와 있음을
고백한 바 있습니다.
비록 육신은 죽었지만 그의 혼은 물질주의가 판치는 세상에서
마치 어둠 속의 촛불처럼 타오르고 있습니다.
말 그대로 부활한 것입니다.

이태석 신부와 제자들의 기적을 담은 이 책이
오염된 세상에서 헤매는 사람들에게 빛이 되기를 간절히 소망합니다.

홍성남 신부(가톨릭 영성심리상담소장)

추천의 글

사람은 무엇을 위해 사는가

영화 〈울지마 톤즈〉는 우리에게 이태석 신부라는 존재를 알리고 각인시켰습니다. 이태석이라는 이름이 사람들의 기억에서 흐릿해질 무렵, 또 한 편의 영화가 나왔습니다. 〈부활〉입니다. 〈울지마 톤즈〉와 〈부활〉을 감독한 구수환은 전문 영화인이 아닙니다. 그는 방송국의 피디, 그것도 공영방송 KBS의 공신력을 끌어올린 탐사전문 프로그램 〈추적 60분〉의 피디였습니다.

어느 날, 그의 시선에 강렬하게 들어온 사람이 있습니다. 이태석 신부입니다. 시각을 달리해 보면 이태석 신부가 구수환을 만나러 왔다고 할 수도 있습니다. 피디로서 정의를 찾아 약자들의 아픔을 어루만지면서도, 늘 소외와 좌절과 질시의 늪에서 괴로워했던 구수환에게 이신부는 어두운 망망대해에서 방향을 가리키는 나침반과도 같았습니다.

이태석 신부를 만난 구수환은 아마도 '내 삶의 방식이 옳았구나, 내가 사표로 삼아야 할 사람이 있었구나!'라며 감동했을 것입니다. 그때부터 구수환은 이태석 신부의 자취를 찾아 나섰습니다. 남수단의 톤즈에서 구수환은 '부활'이라는 판타지를 경험합니다. 세상을 떠난 이태석 신부가 죽은 것이 아니라 '사랑'으로 부활했기 때문입니다. 아파도 치료받을 수 없고, 배우고 싶어도 배움의 터전이 없으며, 놀고 싶어도 노는 방법을 몰랐던 아이들이 이태석 신부의 손길을 통해 치료받고, 배웠고, 브라스밴드의 단원이 되었습니다. 그 아이들은 자라서 의대생과 의사, 약사와 기자가 되었고, 그들은 이태석 신부가 갔던 바로 그 길을 걸어가고 있습니다.

부활의 진정한 의미를 현장에서 목도한 구수환은 그 모든 것을 영화로 담았습니다. 다큐멘터리 영화 〈부활〉은 이런 기적적인 과정을 통해 세상에 나왔습니다. 그는 영화를 알리기 위해 전국을 발로 뛰어다니며 간절한 마음으로 외쳤습니다. 여기에 나눔과 섬김을 실천하며 행복하게 살다 간 인간이 있다고, 이태석 정신의 실천을 통해 이신부를 부활시키고 세상에 희망을 심는 사람들이 있다고…….

영화도 영화 자체의 운명이 있는 법! 영화 〈부활〉은 사람들을 만나기 시작했습니다. 그 중심에 아이들이 있었습니다. 경쟁 교육과 교육노동의 고통 속에 살아가는 아이들에게 〈부활〉은 '사람은 무엇을 위해 사는가'라는 질문에 대한 실마리를 제공하고 있습니다. 구수환이 쓴 『우리는 이태석입니다』는 바로 그런 이야기들을 담고 있습니다.

이태석 재단 구수환 이사장께 꼭 드리고 싶은 말이 있습니다. 외로워하지 마십시오, 외로울 때 연락하십시오, 기꺼이 저의 시간과 마음을 드리겠습니다.

2022년 5월

김승환(전라북도 교육감)

서문

행복한 삶이 무엇인지를 배우다

2020년, KBS를 그만두고 피디로서 더는 프로그램을 만들 수 없다는 사실이 내 마음을 아프게 했다. 치열하게 현장을 뛰어다니면서 웃고 울던 순간들을 한 번도 잊어버린 적이 없기 때문이다. 취재현장은 내 삶의 전부였다. 그래서 힘든 시간을 보내고 있는데 후배인 유종훈 피디에게 저녁 식사를 하자는 연락이 왔다. 약속 장소인 식당에 들어선 순간 깜짝 놀랐다. 〈추적60분〉 책임 프로듀서 시절, 동고동락했던 20여 명의 반가운 얼굴들이 보였기 때문이다. 피디, 카메라, 조명, FD, 자료조사까지……. 삼십대에 나한테 싫은 소리 들어가며 울면서 일을 배우던 막내 FD는 타 방송사의 중견 피디가 되었고 사십대 후배는 국장급 간부라고 한다. 그들을 보는 순간 '아! 내가 나이를 먹었구나! 이제 물러날 때가 되었구나!' 하는 생각이 들었다.

후배들이 정성스럽게 마련한 꽃다발, 감사패, 가방, 사진첩……. 고마운 마음에 울컥하자 사회를 보던 후배 피디가 말한다. "회사를 그만두었다고 이렇게 많은 후배가 모인 건 선배님밖에 없습니다." 그리고 한 명 한 명 돌아가며 십오 년 전의 기억을 소환한다.

혼날 때는 정말 무서웠는데 그때 배운 경험이 큰 도움이 됐습니다.

후배보다 더 열심히 일하는 선배는 처음 봤습니다.

회사와 외부에서 오는 간섭을 막아주셔서 든든했습니다.

종군기자 시절, 전쟁터를 함께 누비던 이재열 카메라맨이 손을 든다.

저격병이 어디 있는지도 모르는데 부장님은 항상 앞에 서고 저를 뒤따라오게 했습니다. 본인도 무서웠을 텐데……. 그 점이 정말 고마웠고 믿음을 주었습니다.

축하와 감사보다 '믿음을 준 선배'라는 말에 가장 기뻤다. 그래서 용기를 내기로 다짐했다. 예전의 모습으로 돌아가기로…….

2020년, 〈울지마 톤즈〉의 후속 영화 〈부활〉을 만들며 영화감독으로 돌아왔다. 이태석 재단 이사장과 '구수환 PD 저널리즘스쿨' 교장이라는 감투(?)도 썼다. 전국을 다니며 강연도 한다. 코로나로 강연 시장이 위축되었지만 일 년 동안 100회 넘게 강의했다. 거리로 환산하면 서울에서 부산까지 마흔 번 넘게 왕복한 셈이다. 피디 시절보다 더 바쁘고 할 일이 많다. 후배들에게 부끄럽지 않은 선배가 되겠다고 다짐했는데 그 약속을 지킨 것 같다.

2021년, 도산 안창호 선생의 정신을 기리는 도산인상 '사회통합상'의 첫 수상자가 됐다. 선정소식을 듣고 어리둥절했다. 셀프 추천이나 공적조서를 요청 받은 일이 없기 때문이다. 어찌 된 일인지 궁금해 행사를 주관한 도산아카데미에 물어봤다. 일반 시민이 공적을 적어 추천했다고 한다. 누군가 내가 하는 일을 지켜보고, 평가하고 있다고 생각하니 정신이 바짝 들었다. 그래서 수상소감에서 이렇게 말씀드렸다.

지난 30년 동안, 공정하고 정의로운 세상을 만들어보려고 애썼지만 세상은 변하지 않았습니다. 좌절과 불신이 제 몸을 감쌌습니다. 그때 운명처럼 다가온 분이 있습니다. 이태석 신부님입니다. 저는 그분의 삶을 영화로 만들면서 대한민국을 변화시킬 수 있다는 희망이 생겼습니다. 오늘 수상은 안창호 선생과 이태석 신부께서 제게 사회통합을 위해 더 열심히 뛰라고 하신 명령으로 받아들이겠습니다.

2022년 5월 초, KBS 라디오에서 '화제의 인물' 코너에 모시고 싶다는 연락이 왔다. 친정집에서 출연자로 초대를 받으니 후배들에게 인정받고 사회적으로 중요한 일을 하고 있다는 생각에 정말 기뻤다. 라디오 스튜디오에 도착하자 진행을 맡은 아나운서가 선배님이 만든 프로그램의 애청자라며 반갑게 인사한다. 이태석 신부를 만난 인연, 제자들을 찾아 나선 이유, 이태석 재단의 역할에 대해 대화를 나눴다. 방송이 끝나고 '말씀 한 마디 한 마디'에서 진정성이 느껴져 감동했다고 말하던 아나운서가 정말 궁금한 것이 있다며 묻는다. "회사를 퇴직한 선배들을 만나면 세월의 그림자가 묻어 보이던데 선배님은 프로그램 제작할 때 모습 그대로이고 무척 행복해 보입니다. 그 비결이 무엇입니까?" 나는 환하게 웃으며 대답했다. "이태석 신부님처럼 살려고 애쓰니까 이렇게 변하네요."

이태석 신부를 만난 것은 내 인생에서 최고의 행운이다. 피디들이 부러워하는 국제영화제에서 대상도 타고 유명인이 되어서가 아니다. 행복하게 살아가는 지혜를 배우고 피디 시절 꿈꿔왔던 행복한 사회를 만들 수 있다는 자신감을 갖게 되었기 때문이다. 이태석 신부를 만난 후 내 삶은 완전히 바뀌었다. 대학을 졸업하고 대한민국에서 가장 영향력 있는 방송사에서 사회생활을 시작했다. 어디 그뿐인가? 최고의 프로그램에서 책임 프로듀서와 MC를 할 때는 만나는 사람마다 출세했다며 부러워했다. 그러나 한 사제의 48년 삶을 분석하면서 그것이 행복의 전부가 아니라는 것을 깨달았다. 이태석 신부는 가난과 전쟁으로 죽음과 비명이 난무하는 아프리카의 외딴 마을에서 주민들을 위해 헌신했다. 하지만 그의 얼굴엔 항상 미소가 가득했다. 그 웃음에 담긴 비밀이 무얼까 궁금했다. 그 해답을 얻기까지 오랜 시간이 걸리지 않았다.

나는 이태석 신부를 생전에 만난 적이 없다. 가톨릭신자도 아니다. 그렇다고 주인공을 이해하기 위해 특별히 성경 공부를 한 것도 아니다. 그래서인지 이신부와 나의 인연을 '불가사의' '신비한 체험'이라며 놀라워하는 사람도 있다. 내가 일면식 없는 한 사제의 삶을 정확하게 해석하고 이해할 수 있었던 것은 육 년 동안 종군기자로 활동한 경험 덕분이다. 러시아의 침공으로 파괴된 우크라이나에서 보듯 전쟁터는 참혹하다. 내가 목숨을 걸고 전쟁터를 찾아다닌 것은 대단한 정의감이나 특종의 욕심이 있어서가 아니다. 인간에게 가장 무서운 것이 '무관심' 이라는 것을 알고 있었기 때문이다. 이태석 신부도 같은 마음이라고 생각했다.

이태석 신부의 글과 인터뷰 영상을 빼놓지 않고 보고 읽었다. 무엇 하나 소홀히 넘길 수 없을 만큼 값지고 소중하다. 그 가운데 우리에게 남긴 큰 선물이 있다. 세상에서 버림받은 사람들에게 자신의 모든 것을 던졌지만 오히려 그들에게서 행복의 가치를 배웠다고 고백한 것이다. 처음에는 '희생'과 '행복'이 어떻게 연결이 되는지 이해되지 않았다. 그러나 이신부가 전쟁터를 찾아간 이유를 설명하며 소개한 성경 구절에서 그 해답을 찾았다.

가장 보잘것없는 사람 하나에게 해준 것이 바로 나에게 해준 것이다 (마태 25:40).

나는 〈추적60분〉을 제작하면서 경험한 내용을 바탕으로 성경의 의미를 해석했다. 고발 프로그램의 문을 두드리는 이들은 대부분 억울한 일을 당했다고 생각하는 사회적 약자들이다. 그들의 사연을 방송으로 소개하면 무척 고마워하고 삶의 용기를 갖게 되었다며 인사한다. 프로그램 담당자로서 보람도 있고 뿌듯하다. 그런데 이런 경험을 자주 하면서 '내가 누군가의 인생을 바꿀 수 있는 능력이 있고 사회에 필요한 존재다'라는 놀라운 사실을 깨닫게 되었다. 자신의 소중함을 깨닫는 것보다 더 큰 행복이 있을까? 이것이 이신부의 웃음에 담긴 비밀이고 내가 전쟁터를 찾아간 이유다.

'100세 철학자'로 알려진 김형석(1920~) 교수의 인터뷰 기사가 화제였다. 기자가 행복의 비결이 무언지 묻자 김교수가 대답한다. "행복은 인간답게 살았을 때, 내게 주어진 책임을 다했을 때 주어지는 느낌, 그때 갖게 되는 정신적 보람이다." 김교수의 말씀에 100퍼센트 동의한다. 지난 30여 년 동안 직접 체험한 입장이라서 더욱 그렇다.

행복의 근본은 사랑이다. 사랑에는 공감, 봉사, 섬김의 정신이 담겨 있다. 2020년, 이태석 신부의 사랑으로 자란 제자들의 이야기를 담은 영화 〈부활〉을 공개했다. 줄거리는 〈울지마 톤즈〉 때 이신부를 그리워하며 서럽게 울던 아이들의 십 년 후 이야기다. 남수단, 에티오피아, 한국을 오가는 촬영 일정 때문에 힘들었지만 마음은 행복했다. 이신부가 뿌린 사랑의 씨앗이 열매를 맺고 있는 현장을 확인했기 때문이다. 가난과 전쟁으로 학교조차 다닐 수 없었던 아이들이 의사, 약사, 기자, 공무원이 됐다. 예비 의사인 의과대학생만 40명이 넘는다. 더 큰 감동은 모두가 스승처럼 살겠다고 약속하고 실천하고 있다는 것이다. 진료비를 내지 못하는 환자를 정성껏 돌보고 동네에 공동우물을 파주고 생활비도 나눠준다. 제자 한 명 한 명을 만날 때마다 이태석 신부가 부활했다는 생각이 들었다. 사람이 아닌 사랑의 부활이다.

영화 〈부활〉은 이태석 신부를 추모하는 영화가 아니다. 그가 남긴 사랑의 기적을 통해 대한민국에 공감, 봉사, 섬김의 삶이 확산되었으면 하는 희망을 담았다. 영화가 개봉된 후 예전에는 보지 못했던 반응이 등장한다. "이태석 신부도 훌륭하지만 그분의 진가를 발견하고 세상에 알린 감독도 대단하다." "만일 영화를 만들지 않았다면 이신부의 삶은 영원히 묻혔을 것이다." "이태석 신부를 우리의 곁에 있도록 해줘 고맙고 감사하다." 십 년이라는 긴 세월 동안 오직 한 사람을 알리기 위해 애를 쓴 노력을 인정받은 것 같아 가슴 깊숙한 곳에서 뜨거움이 올라온다.

지난 대통령선거와 국회청문회를 보면서 이태석 신부의 삶을 더 열심히 알려야 한다는 조급함이 생겼다. 국민들은 삶이 힘들다고 호소하는데 정치는 극한으로 치닫고 희망이 보이지 않기 때문이다. 그래서 무엇을 해야 할까 고민하다가 이태석 신부의 정신을 잇는 사람들의 이야기를 글로 정리해 알릴 필요가 있다고 생각해 펜을 들었다.

그러나 책을 쓰기까지 고민이 많았다. '벼는 익을수록 고개를 숙인다'는데 혹시 내 자랑으로 비치지 않을까 하는 걱정 때문이다. 그러나 삶의 고단함에 지치고 미래를 불안해하는 분들에게 희망을 이야기하고 위로를 건네고 싶었다. 입시 경쟁에 내몰린 아이들에게 인생 선배로서 경험을 들려주는 것도 국가의 미래를 위해 도움이 되리라고 생각했다. 마지막으로 정치의 본질이 무엇이고 리더의 역할이 얼마나 중요한지 알리고 싶어 용기를 냈다.

글을 정리하면서 그동안 만난 주인공들의 삶이 영화보다 더 영화 같다고 생각했다. 행복하고 존경받는 삶의 조건이 무엇인지도 알게 되었고 봉사와 헌신의 삶이 시대정신이라는 것도 깨달았다. 나이가 들어도 배우며 깨우친다는 말이 맞는 것 같다. 그동안 저널리스트로서 우쭐하며 살아온 건 아닌지 나 자신을 돌아보는 기회가 되었고 미력하지만 행복한 세상을 만드는 데 보탬이 되도록 마지막 힘을 보태야겠다고 다짐했다.

이 책의 1부는 방송국에 입사해 피디와 종군기자로 생사의 현장을 뛰어다닌 뜨거운 이야기다. 하지만 이태석 신부를 알게 되고 그를 찾아가게 된 내 인생의 이야기이기도 하다. 2부는 〈울지마 톤즈〉에서 〈부활〉 영화가 나오기까지의 이야기다. 3부는 사랑의 기적을 만든 이태석 신부와 제자들의 감동적인 이야기를 담았다. 4부는 이태석 신부의 삶이 보여준 섬김의 리더십으로 불신과 갈등으로 고민하는 대한민국을 통합과 행복한 사회로 바꿀 수 있다는 희망을 적었다. 이 책이 대한민국에 작은 희망의 불씨라도 되었으면 하는 바람이다.

회사를 그만두고 홀로 설 수 있도록 도와준 분들이 있다. 중헌제약 윤석준 대표, 구경임 이사다. 2011년부터 이태석 재단을 뒷바라지해 주고 영화 〈부활〉 제작비도 지원했다. 덕분에 마음 든든하게 세상을 도울 수 있었다. 항상 믿고 응원을 해준 이태석 신부 가족들께도 감사드린다. 지난 십 년 동안 이태석 신부의 삶을 알리기 위해 애써준 이재열, 김종갑, 김성미, 이강윤 카메라 감독, 조정관 조명 감독, 마지막으로 지난 30여 년 동안 든든한 버팀목이 되어준 어머니와 가족 모두에게 고맙다는 인사를 하고 싶다.

전문적으로 글을 쓰는 작가가 아닌 까닭에 글이 다소 거칠고 덜 감성적일 수 있을 것이다. 나의 진심을 잘 표현하고 전달할 수 있도록 애써준 북루덴스의 고진 대표와 김정은씨에게 감사드린다.

2022년 5월

구수환

차례

제1부

이태석 신부를 찾아서

내전과 가난의 땅으로 향한 신부

'피디는 프로그램으로 말한다.' 목숨을 걸고 전쟁터를 뛰어다니고, 정치권의 영입 제안이라는 달콤한 유혹을 과감히 뿌리칠 수 있었던 것은 이 원칙을 지키겠다는 신념 덕분이었다. 30년이라는 긴 시간 동안 힘들고 어렵다는 시사 프로그램을 떠나지 않았다. 공정하고 정의로운 사회를 만드는 것이 언론의 책무라고 생각했기 때문이다.

2008년, 새 정부가 출범하자 회사 간부에게서 〈추적60분〉을 떠나라는 통보가 왔다. 지역 방송국 국장 발령이라는 선심성 제안(?)이 있었지만 거절했다. 발령 의도가 무언지 짐작은 갔지만 그보다는 내 삶의 전부였던 현장을 떠나고 싶지 않았다. 보직을 내려놓고 평피디로 돌아왔다. 부끄럽기보다는 내가 꿈꾸던 세상을 프로그램으로 말할 수 있다는 사실에 오히려 기뻤다. 〈KBS스페셜〉팀으로 복귀하자마자 방송 아이템 찾기에 나섰다.

2010년 1월 14일, 인터넷 포털 주요뉴스에 "수단의 슈바이처 선종"이라는 제목이 올라왔다. 의사 출신 사제가 아프리카에서 팔 년 동안 선교활동을 펼치다 마흔여덟의 젊은 나이에 대장암으로 세상을 떠났다는 내용이다. '사제가 왜 목숨을 걸고 전쟁터에 간 것일까?' '의사라는 직업을 버리고 세상에서 가장 가난한 곳을 찾아간 용기는 어디서 나온 것일까?' 두 가지 궁금증에 대한 해답을 얻기 위해 인터넷에서 그분의 이름을 열심히 검색했지만 별다른 자료를 찾지 못했다. 주인공을 만나지도 못하고 자료도 없는 상태에서 프로그램 만드는 것은 불가능하다고 판단해 포기하려는 찰나, 발신자 없이 걸려온 전화번호가 눈에 띄었다.

혹시나 하는 마음으로 전화를 걸었다가 뜻밖의 이야기를 들었다. 선종한 사제와 아주 가까운 사이로 생전 모습이 담긴 영상과 사진을 가지고 있다는 것이다. 다음 날 아침 일찍 경남 창원으로 달려갔다. 약속 장소에는 한 명이 아닌 여섯 명의 지인들이 사진과 영상 테이프를 가지고 나와 있었다. 한 분 한 분에게 주인공이 어떤 삶을 살았는지 인터뷰했다. 모두가 눈물로 대답한다. 부모가 돌아가신 것도 아닌데 왜 목이 메어 말을 잇지 못하는 것일까? 궁금증이 하나 더 생겼다.

지인들에게 받은 자료는 아프리카에서 찍은 사진 200장, 60분짜리 촬영 테이프 마흔 개다. 일주일 동안 편집실에서 대화 내용과 주민의

빗속에서도 풍선을 들고 즐거워하는 아이들과 이태석 신부

반응을 꼼꼼하게 살펴보고 분석했다. 갑자기 세상이 환해지는 느낌이 들었다. 절망을 희망으로 바꿀 수 있다는 자신감도 생겼다. 자라나는 아이들에게 행복하고 존경받는 삶이란 무언지 알려줄 수 있는 소중한 사례라고 생각해 다큐멘터리로 제작하기로 했다. 그 주인공이 이태석 신부다.

톤즈(Tonj)로 가는 길

2010년 2월, 이태석 신부의 자취를 취재하기 위해 수단으로 출발했다. 아프리카 취재는 처음이어서 흥분이 됐다. 그런 한편으로 두려움도 느꼈다. 부족 간의 총격전으로 사상자가 끊이질 않았기 때문이다. 당시 UN은 외국인의 수단 방문을 자제하라고 발표했다. 회사에서도 출장을 연기하라고 권했다. 하지만 이 상황이 오히려 이태석 신부가 지낸 곳이 얼마나 위험한지를 보여줄 수 있다는 생각에 강행했다. 이태석 신부가 살던 톤즈로 가는 방법은 두 가지다. 하나는 정식 비자를 받고 수단의 수도 하르툼을 거치는 것이다. 그러나 수단 정부는 자신들을 홍보하는 내용이 아니면 장비 통관을 금지했다. 그래서 비자 없이도 국경 통과가 가능한 케냐 노선을 이용하기로 했다. 결국 밀입국을 하는 것인데 당시로서는 그 방법밖에 없었다.

톤즈로 가는 길은 쉽지 않았다. 한국을 떠나기 전, 질병관리청 검역소에서 말라리아약을 꼭 복용하라고 연락했다. 말라리아모기는 치사율이 매우 높아서 수단 국민의 사망원인 1위도 말라리아다. 그동안 오지를 취재한 경험이 많지만 혹시 생길지도 모르는 불상사를 막기 위해 병원에서 약을 처방받고 케냐행 비행기에 올랐다. 그런데 문제가 생겼다. 약을 먹은 후 갑자기 열이 오르고 구토와 설사까지 이어졌다. 나이로비 공항에 내릴 때는 너무 기진맥진해서 죽는 줄 알았다. 해외 출장을 다니면서 처음 겪는 일이라 몹시 당황스러웠다. '혹시 이태석 신부가 원치 않는 걸까? 이런 몸으로 수단까지 어떻게 가지?' 불길한 생각마저 들었다. 이틀 후 수단으로 출발하는 날, 꿈에서 이태석 신부를 만났다. 그날의 꿈을 지금도 기억한다. 나는 이신부를 쫓아다니며 질문했다. '신부님 목숨을 걸고 톤즈에 오신 이유가 무엇입니까?' '후회하지 않으세요?' '어머니가 보고 싶지 않으세요?' 이신부는 대답없이 환하게 웃기만 했다. 잠이 깨고 기분이 이상했다. 왜 수단으로 떠나는 날 신부님이 꿈에 나타난 걸까. 얼굴 한 번 본 적 없는 사람이 꿈에 나타난 것도 신기했다. 혹시 앞으로 일어날 일을 현몽해준 건 아닌가 싶어 인터넷에서 꿈풀이를 검색했다. 다행히 돌아가신 분의 얼굴이 밝으면 좋은 소식을 알려주는 길몽이라고 한다.

수단으로 입성하는 날, 현지교민들이 공항까지 나와 배웅했다. 전쟁터로 출정하는 전사를 대하듯 손을 잡고 잘 다녀오라고 걱정한다. 그 이유를 알기까지 오래 걸리지 않았다. 수도 주바(Juba)에 있는 국립병원을 촬영할 때다. 도로에서 병원 건물을 찍고 있는데 차가 갑자기 우리 앞에 서더니 촬영 허가서를 요구한다. 허가서가 없다고 대답하자 어디론가 전화를 걸었고 잠시 후 다른 차가 왔다. 이번에는 비자를 보여달라고 한다. 대답하지 않았더니 우리를 차로 끌고 가려고 해 실랑이가 벌어졌다. 여기서 끌려가면 끝장이라고 생각했다. 바로 그때, 우리 차를 운전해주던 분이 다가와 무슨 일인지 묻는다. 상황을 설명하니 그가 정체불명의 사람들과 한참 이야기를 나눈 끝에 그들이 떠났다. 감사하다고 인사하자 큰일 날 뻔했다고 한다. 그들은 수단의 정보부 요원인데 우리를 간첩으로 의심했다는 것이다. 놀란 가슴을 쓸어내리며 무슨 이야기를 나누었는지 물었다. 이태석 신부에 대해 촬영하러 왔다고 설명하고 자신이 책임지겠다고 약속했다는 것이다. 운전을 해준 분은 남수단에서 선교활동을 하는 사제다. 그 순간 꿈속에서 만난 이태석 신부의 환한 얼굴이 생각났다. 신비한 체험은 두 번 더 있었다. 톤즈에서 추락한 비행기를 촬영할 때다. 군인들이 총을 들이대며 우리를 데려가려고 했다. 이태석 신부 이야기를 했더니 자신도 치료를 받은 적이 있다며 보내주었다. 아버지가 죽어도 울지 않는다는 톤즈 아이들이 이신부 화면을 보여주자 통곡하며 운다. 함께 있던 이탈리아 국적의 수사는 5년 동안 이곳에 있으면서 아이들이 우는 모습을 처음 보았다며 기적이라고 한다.

선택

톤즈에서 촬영을 끝내고 나이로비로 돌아왔다. 교민 한 분이 자기 집에 이태석 신부의 유품이 있다며 검은 가방을 보여주었다. 이태석 신부가 암 검사를 받기 위해 한국으로 떠나면서 맡겼다고 한다. 가방을 열자 톤즈 아이들에게 선물할 묵주와 미사도구, 악기, 색 바랜 바지와 하얀 봉투가 나온다. 봉투에는 미국에 사는 교민이 보낸 20달러 지폐가 들어 있었다. 유품 하나하나를 만지며 이신부의 숨결이 느껴지는 것 같아 가슴이 저려왔다. 이신부의 유품을 일면식도 없는 내가 유가족에게 전달하게 되다니 보통 인연이 아니라는 생각이 들었다. 그래서 비행기를 타고 한국으로 돌아오는 열다섯 시간 동안 가방을 짐칸에 올리지 않고 가슴에 안고 왔다. 그래서 믿기 시작했다. '그분이 나를 선택하셨구나!'

이신부와의 만남이 운명적이라고 생각하는 또 다른 이유는 내가 불교신자라는 점이다. 나는 그분의 삶을 '사제 이태석'보다 '인간 이태석'의 관점에서 보고 싶었다. 인간이 인간에게 해줄 수 있는 가장 아름다운 삶이었고, 행복한 삶이 무언지를 실천으로 보여주었기 때문이다. 가톨릭교회에선 사제의 삶을 영성적인 관점에서 바라보지 않고 일반화시켰다는 섭섭함도 있을 것이다. 실제로 그 점을 비난하는 신부도 있었다. 그러나 종교의 목표가 인간의 행복이라는 관점에서 보면 그건 지나친 욕심이다.

수많은 우여곡절 끝에 완성된 〈울지마 톤즈〉가 극장에서 상영되고 이태석 신부의 삶을 지켜본 관객들은 감동의 눈물을 흘렸다. 그 이유가 궁금했다. 그래서 〈울지마 톤즈〉를 영어로 번역해 세계적으로 유명한 변혁의 리더십 권위자인, 로버트 하그로브 박사와 그린리프리더십센터에 보내 사람들이 종교, 국경, 이념을 초월해 이신부의 삶에 빠져드는 이유를 분석해달라고 요청했다. 두 곳 모두 자신들이 연구하는 리더십의 전형적인 사례라며 깜짝 놀란다. 그들이 이신부의 삶을 분석한 후 찾아낸 키워드는 다섯 가지다. '사람을 진심으로 대한다.' '이야기를 귀담아듣고 해결해주려 노력한다.' '욕심이 없다.' '공감능력이 뛰어나다.' '공동체의 삶을 중시한다.' 그에 덧붙여 켄트 키스 소장과 로버트 하그로브 박사가 의미 있는 분석을 내놓았다.

이태석 신부를 영웅으로 만들면 안 됩니다. 그는 예수그리스도의 사랑을 실천한 사제일 뿐입니다. 이신부가 보여준 섬김의 삶이 바로 예수의 삶입니다(켄트 키스, 그린리프리더십센터 소장).

이태석 신부를 무작정 떠받들거나 지나치게 미화하거나 숭배의 대상으로 신격화해서는 안 됩니다. 중요한 것은 이태석 신부의 삶을 통해 배워야 한다는 점입니다(로버트 하그로브, 하버드대학 리더십 프로젝트 책임자).

분석 결과를 받고 이신부의 삶을 일반화시켰다고 비난하던 신부들이 생각났다. 불교신자가 예수의 삶을 알리고 다니는데 왜 사탄이라고 공격하는 거지……. 전문가들은 그분의 삶을 배우라고까지 하는데…….

그즈음 연세대학교 교목실에서 대학 1, 2학년 채플시간에 강연을 해달라고 요청했다. 개신교에서 운영하는 대학에서 가톨릭 신부의 삶을 소개해도 괜찮은지 물었다. 관계자는 오히려 그분을 통해 예수의 삶을 만날 수 있어 감사하다고 인사한다. 보내온 강사소개서 첫머리에 성경 말씀을 적는 난이 있다. 고민하지 않고 적었다. "가장 보잘것없는 이에게 해준 것이 나에게 해준 것이다"(마태오복음 25:40). 이태석 신부가 아프리카 수단을 찾아간 이유이기도 하다. 강연 중에 이신부가 한센병(leprosy) 환자와 아이들에게 보여준 헌신적인 삶을 저널리스트 입장에서 지켜본 내 생각을 들려주었다. 채플시간이 끝나자 대학생들이 강사 대기실로 찾아온다. 자신들이 생각하는 성공의 틀이 깨지는 것 같아 혼란스럽고 불평불만으로 하루하루를 보내는 자신이 부끄럽다고 한다. 행복한 삶이 무언지 알려주어 고맙다는 인사까지…….

교목실장이 맛있는 점심을 대접하겠다며 교내 중식당으로 안내한다. 신학과 교수 네 분도 함께했다. 모두가 성직자로서 한없는 부끄러움을 느낀다고 했다. 2021년, 부활절을 앞두고 이번에는 연세의료원 교목실에서 연락왔다. 20분짜리 강연 영상을 만들어 의대, 간호대 학생들에게 보여주고 싶다는 것이다. 미래의 의사와 간호사에게 의사 이태석의 정신이 스며들도록 열심히 정성스럽게 제작해서 보냈다. 비용은 받지 않았다. 지난 십 년 동안 이신부의 삶에 담긴 섬김의 정신을 알리기 위해 초중고와 대학, 교회와 사찰, 경찰, 군부대, 소년원, 해외까지 부르면 어디나 달려갔다. 이태석 신부를 알게 되고 취재를 할 때만 해도 그분이 나를 선택했다고 생각했다. 하지만 이제는 '내가 이신부를 선택한 건 아닐까?' 하는 생각이 들기도 한다. 이신부가 보여준 섬김을 실천하고 그분의 뜻을 펼치며 내가 꿈꾸던 세상을 하나씩 현실로 만들어가고 있으니 말이다.

2010년, 영화 〈울지마 톤즈〉로 가톨릭 매스컴 대상을 수상했다. 당시 수상소감을 위해 단상에 올라 앞을 바라보는데 갑자기 이태석 신부의 얼굴이 보였다. 그래서 이 상은 내가 아닌 이신부에게 드리는 상이라며 상금 전액을 수단의 아이들에게 보내겠다고 약속했다. 참석한 내빈들이 보내는 뜨거운 박수 소리와 환한 웃음을 보면서 이신부와의 만남은 운명이라고 생각했다. 영화를 제작하기까지 겪었던 비하인드 스토리 때문에 더 그렇게 믿었다. 이신부가 말기 암으로 투병할 때의 일이다. 이신부를 돕던 이들이 신부님이 선종하기 전에 그의 삶을 다큐로 제작해 기록으로 남기자며 방송사를 섭외했다고 한다. 이신부도 동의했지만 천만다행(?)으로 몇 사람이 반대해서 무산되었다고 한다. 만일 그때 추진됐다면 내가 〈울지마 톤즈〉를 만들지 못했을 것이고 십년 후 영화 〈부활〉의 감동도 만날 수 없었을 것이다.

2020년, 갈등과 분열의 대한민국을 행복한 국가로 만들어보겠다는 마음으로 영화 〈부활〉을 찍었다. 그래서 제작비도 협찬받지 않고 나와 가족의 개인 돈으로 만들었다. 영화에서 이신부가 50명의 제자들로 부활했다. 사람들이 〈울지마 톤즈〉를 보며 그리움과 안타까움의 눈물을 흘렸다면 〈부활〉에서는 희망과 반가움의 눈물을 보인다. 이태석의 정신이 전국 곳곳에서 부활하고 있다. 충청북도 음성고등학교 전교생

가톨릭매스컴 대상을 수상하는 구수환 감독(2010년)

400명이 영화 〈부활〉을 통해 이태석 신부를 만났다. 행복하고 올바르게 살아가는 방법을 알려주고 싶다는 최시선 교장 선생님의 간절한 부탁으로 자리가 마련됐다. 영화가 끝나고 여교사 한 분이 다가와 반갑게 인사하더니 뜻밖의 이야기를 전한다.

부활을 보면서 많이 울었어요. 제 딸이 초등학교 2학년 때 〈울지마 톤즈〉를 보여줬어요. 그때 아이가 크면 '신부님 같은 의사'가 되겠다고 했는데 올해 실제로 '의과대학'에 합격했습니다. 이런 감동이 또 있을까요. 신부님과 감독님께 진심으로 감사드립니다(문이숙 교사).

어느 날 제주도에서 소포가 도착했다. 포장을 뜯자 이신부의 초상화가 보인다. 제주도 교육청 김영관 장학관이 교육자로서 그분의 삶을 닮고 싶어 그렸다 한다. 초상화를 그리면서 정말 행복했다고 감사의 글도 보내왔다. 매년 1월 14일, 전남 담양에 있는 이태석 신부 묘지를 찾아 추모행사를 하고 있다. 2022년 추모행사엔 반가운 손님이 함께했다. 국내에서 선발한 4명의 이태석 장학생이다. 그들 모두 2022년에 대학에 합격했다. 이신부의 길을 가겠다며 간호학과를 지원한 남원 서진여고의 양현아 학생은 말한다. "제가 존경하는 분을 직접 뵙고 나니 앞으로 가야 할 길이 더욱 명확해짐을 알았습니다. 간호사가 되어서 가난하고 고통받는 사람들을 치료해주겠습니다."

이신부 무덤 앞에 올린 초상화의 얼굴이 오늘따라 더 환하게 웃는다. 나는 그분에게 약속했다.

당신의 삶을 닮고 싶어 하는 사람들이 많아지도록 하겠습니다. 그래서 당신이 꿈꾸던 세상을 만들어가겠습니다.

저널리스트, 탐사보도 피디로 30년

1983년 방송을 시작해 1986년 폐지되었던 '피디 저널리즘'을 대표하는 KBS 〈추적60분〉이 1994년 부활했다. 회사에서는 프로그램을 제작할 피디 8명을 뽑았는데 나도 영광스럽게 그중 한 명이 되었다. 당시 TV 출연은 기자의 전유물이었다. 그러나 〈추적60분〉이 그 벽을 깼다. 피디들이 스튜디오에 출연해 리포트까지 하도록 한 것이다. 나중에는 피디가 MC까지 맡았다. 피디로 선발되었다는 소식을 듣고 흥분했다. 세상을 다 얻은 것 같았다. 무엇보다도 내 얼굴이 전국으로 알려진다는 사실을 믿을 수가 없었다. "텔레비전에 내가 나온다면 얼마나 좋을까"라는 노랫말처럼…….

1994년 2월 27일, "서울의 밤"이라는 제목으로 첫 방송이 나갔다.

〈추적60분〉은 1분 30초 기자 리포트를 전달하는 뉴스와 달리 현장을 자세히 보여주는 방식이어서 첫 방송부터 높은 시청률을 기록했다. 나의 〈추적60분〉 데뷔작은 다이어트 식품의 피해를 고발하는 내용이었다. 사회자가 질문하면 내가 답변하는 방식으로 녹화가 시작됐다. 그런데 첫 방송부터 큰 망신을 당했다. 카메라 앞에서 긴장한 탓인지 말을 더듬고 원고를 외우지 못해 여러 차례 NG를 냈다. 제작에 참여하는 스태프에게 미안하고 창피해 쥐구멍에라도 들어가고 싶은 심정이었다. 호된 신고식을 치르고 웅변학원에 다니며 말하기부터 글쓰기까지 피나게 연습했다. 볼펜을 입에 물고 소리 내어 읽고 실수할 때는 바늘로 혓바닥을 찌르며 노력한 덕분에 빠르게 적응했다. 이제 남은 것은 프로그램의 아이템 선정과 취재능력이다.

이번 기회를 놓치면 능력 없는 피디로 찍힌다는 걱정에 온몸을 던지며 취재했다. 안방에서 화면으로 볼 때는 취재 과정이 얼마나 위험한지 모른다. 그러나 막상 현장에 나가면 두려움이 몰려오고 후회도 다반사다. 1995년, 서울시 지하철의 안전 문제를 고발한 "지하철이 불안하다"는 프로그램을 만들었다. 내부 직원의 제보를 받고 열차 운행이 끝난 새벽 1시에 터널 안으로 걸어 들어갔다. 세상에 이럴 수가! 많은 시민들이 이용하는 지하철의 숨겨진 모습이 너무나 충격적이다. 선로 옆 벽에서 물이 폭포처럼 쏟아지고 손으로 툭 치면 벽면이 떨어져나갔다.

취재 도중, 지하철 3호선 동호대교 철교의 선로와 교각을 연결하는

朝鮮日報

고발 프로 시민불안감도 고려해야

입력 1994.11.08 00:00

*추적60분 지하철 내용은 신선 6일 밤 KBS 2TV 추적 60분 을 본 시청자들은 두 번 놀라며 불안감을 감추지 못했다. 첫번째 아이템인 지하철이 불안하다 는, 성수대교 붕괴 충격이 채 가시지 않은 시점이라 더욱 아찔하고 한심했다. 전동차가 달리는 동호철교의 실태를 고발한 현장 화면은 언제 사고가 또 발생할지 모를 만큼 위험천만이었다. 철골구조물의 볼트가 아예 없거나 손으로 돌려도 빠져버리고, 전동차가 지날때면 심하게 흔들려 버티고 있는 자체가 신기할 정도였다. 여기에 신설동역을 비롯한 지하철 이곳저곳에선 물이 새는 것은 보통이고, 시멘트 벽들이 무너져내려 철골이 부식되는등 그야말로 엉망이었다. 더욱이 새로 건설한 지하철 내부마저도 방수처리가 안되고 받침목

서울시 지하철의 위험성을 알린 방송을 다룬 조선일보 사설 일부

볼트가 없다는 제보가 들어왔다. 처음에는 거짓말인 줄 알았다. 철교가 다리와 따로 논다는 것을 믿을 수 없었기 때문이다. 철로 옆 대피난간을 꽉 붙잡고 '안전'을 외치며 중간지점까지 갔다. 아래를 내려다보니 시커먼 한강 물이 흐른다. 아찔하고 현기증이 났다. 거기서 끝이 아니다. 문제의 교각까지는 선로 중간에 있는 계단을 타고 내려가야 한다. 교각의 폭이 좁아 한 발 한 발 내딛는데 다리가 후들거리고 떨어지면 죽는다는 공포가 몰려왔다. 그렇다고 무거운 장비를 들고 영상을 찍는 촬영팀 앞에서 내색도 할 수 없다. 얼마나 힘을 주었는지 다리근육이 뭉쳐 걷기도 힘들었다. 문제의 현장에 도착했다. 충격적인 사실이 눈앞에 펼쳐졌다. 제보자의 말대로 정말 볼트가 없다. 방송 후 파장이 엄청났다. 신문에서는 사설까지 쓰며 방송내용을 소개했다. 지금도 동호대교를 지날 때면 어디서 그런 용기가 났는지 하는 생각에 웃음이 난다.

〈추적60분〉 방송 다음 날, 책상에는 어김없이 시청률 표가 놓여 있다. 스트레스가 이만저만이 아니다. 정말 하루하루가 전쟁이다. 사회적 파장이 큰 아이템은 방송을 막으려는 시도와도 싸워야 한다. 협박 전화는 기본이고 차로 미행하거나 흉기를 담은 상자를 집 앞에 놓고 가기도 한다. 방송하지 말라는 경고다. 거액의 돈을 넣은 과일 바구니를 가져와 사정하다 안 되면 회사를 통해 압력을 가한다. 타협하지 않은 대가는 프로그램 방출이었다. 부당한 권력을 고발하다 몇 번이나 보복당했고 그중 한 아이템은 방송되지 못한 채, 지금도 방송국 영상자료실에 불방 테이프로 남았다. 언론의 이중적인 얼굴을 고발한 내용이었다. 우리 사회의 기득권이 얼마나 똘똘 뭉쳐 있고 국민을 기만하는지 뼈저리게 느꼈다. 그래서 피디들이 기피하는 〈추적60분〉을 계속해서 자원하였고 불의와 싸웠다.

진실을 찾아서

피디도 사람이고 한 집안을 책임지는 가장이다. 방송을 둘러싼 법적 분쟁은 인간적으로 무척 힘들다. 허위 방송이라며 수사기관에 고발당하면 검찰청 조사실 철제 의자에 앉아 죄지은 범인처럼 장시간 조사를 받는다. 그때의 심정은 당해보지 않으면 모른다. 법정에서 거액의 손해배상 소송을 놓고 상대측 변호사와 치열한 법리 공방을 벌이는데 소송자료까지 직접 챙겨야 했다. 이런 법적 분쟁을 열 차례나 당했다. 한 사건이 종결되는 것이 2~3년임을 감안하면 〈추적60분〉에 몸담은 시간은 법적 분쟁과의 전쟁이라고도 할 수 있다. 그 덕분에 진실을 찾으려 노력하고 말 한 마디 토씨 하나까지 꼼꼼하게 확인하는 버릇이 생겼다.

정치권이나 언론학자들은 언론을 비판할 때 진실을 찾는 노력이 부족하다고 지적하고 때론 진실만을 말하라고 충고한다. 정말 멋지고 듣기 좋은 말이다. 그러나 현실을 안다면 그렇게 편하고 쉽게 이야기하지는 못할 것이다. 진실을 찾기까지 얼마나 어려운 과정을 겪어야 하는지는 경험한 사람만 안다.

〈추적60분〉 MC 겸 책임 프로듀서로 있던 2006년, "과자의 공포 우리 아이가 위험하다!" 편이 방송됐다. 부모들은 큰 충격에 빠졌고 언론도 크게 다뤘다. 탐사 전문가인 이후락 피디가 어린아이들이 즐겨 먹는 과자를 만들 때 사용하는 식품첨가물이 아토피피부염을 일으킬 수 있다는 실험 결과를 공개한 것이다.

방송이 나가자 제과업계가 믿을 수 없다며 반발한다. 그래서 공동 실험을 제안하고 후속 방송에 소개하겠다고 약속했다. 그런데 이상한 일들이 벌어지기 시작했다. 국내의 의학, 식품 분야 권위자들이 모두 인터뷰를 거절하고 실험을 약속한 연구기관도 취소를 통보했다. 그리고 한 경제지에는 제과업계가 300억 원의 손해배상 소송을 준비 중이라는 기사가 등장했다. 또 다른 매체는 실험 결과가 검증되지 않았다며 공격한다. 거기서 끝이 아니었다. 식품 안전을 감독하는 식품의약품안전처마저 KBS가 왜 이 문제를 다루느냐며 따지기까지 했다. 기업, 전문가, 언론, 정부 기관이 조직적으로 나선 것이다. 여기에 한 술 더 떠 방송위원회는 제과업계가 문제를 제기했다는 이유로 자신들이 선정한 '이달의 좋은 프로그램상'을 취소했다.

그래서 영어를 잘하는 우현경 피디를 투입해 해외논문을 찾도록 부탁했다. 그리고 유럽까지 보내 전문가의 인터뷰를 담아 방송하고 두 차례 더 후속 방송을 내보냈다. 이렇듯 집요하게 후속편을 제작한 것은 중도에 그만둘 경우, 후배 피디들에게 마음의 상처가 될 수 있다는 걱정과 우리 아이들의 건강 문제를 외국 전문가의 입을 빌려 방송을 제작하는 현실이 부끄럽고 화가 났기 때문이다. 한바탕 전쟁을 치르고 나서야 제과업계는 과자봉지에 식품첨가물을 표기하고 트랜스지방을 쓰지 않겠다고 약속했다. 이렇듯 진실을 찾는 과정은 힘들고 어렵다. 국민을 위해 희생하겠다는 각오와 사명감이 없으면 불가능하다. 피 말리는 하루하루를 보내다가 방송이 나간 후 고맙고 속이 후련하다는 시청자들의 격려 전화를 받으면 다시 힘을 내서 다음 프로그램을 준비한다.

〈추적60분〉의 지향점은 정의롭고 공정한 사회를 만드는 것이다. 무엇이 정의롭고 공정한 것일까? 억울한 사람이 없고, 사회적 약자에게도 기회가 주어져 희망을 갖도록 하는 것이다.

2005년, KTX 여승무원들이 부당해고 철회를 요구하며 일 년 넘게 농성했다. 가족의 걱정과 불안은 이만저만이 아니다. 그러나 그들의 억울함과 아픔에 대해 정부와 언론은 관심조차 없었다. 농성이 장기화

〈추적60분〉 "거리로 내몰린 1년, 우리는 KTX 여승무 원입니다"라는 방송에 등장한 여승무원의 먼지 쌓인 신발

하면서 다들 지쳐갔다. 그때 〈추적60분〉이 그들의 이야기를 카메라에 담았다. 방송이 나가던 날의 기억이 지금도 생생하다. 비좁은 숙소에 쪼그리고 앉아 숨소리도 내지 못하고 화면을 쳐다봤다. 방송을 보던 승무원 모두가 운다. 한 여승무원이 부산에 사는 엄마에게 "엄마 방송 잘 봤어? 속이 후련해"라고 통화하는 소리가 들렸다. 좋은 일을 했다는 뿌듯함보다 더이상 해줄 수 있는 것이 없다는 생각에 마음이 아팠다. 왜 사회적 약자들은 눈물로 살아야 하는가! 십 년 후 뉴스에서 비극적인 소식을 접했다. 해고된 여승무원 한 분이 극단적인 선택을 한 것이다. 아이를 위해 열심히 살아보려고 애쓰던 착한 엄마다. 관심을 기울이고 지켜주지 못했다는 생각에 미안하고 부끄러웠다.

처음엔 방송이 무언지 몰랐다. 방송국을 좋은 직장으로만 생각했다. 그러나 협박받고 소송당하고 다른 프로그램으로 쫓겨나고 근무 평가 점수를 최하위로 받을 때는 '왜 이렇게 사서 고생하지'라는 질문을 수없이 반복했다. 그럴 때마다 우리 사회에서 억울하고 힘들고 고통스럽게 살아가는 사람들을 만나고 눈으로 직접 확인하면서 〈추적60분〉이 그들의 마지막 희망이라는 사실을 가슴 깊이 새겼다.

2019년, 36년 동안 서민들의 애환과 눈물을 담은 〈추적60분〉이 폐지됐다. 시청률도 저조하고 아이템을 찾기도 어려워 새로운 포맷의 프로그램으로 대체한다는 것이 이유라고 한다. 〈추적60분〉의 폐지는 언론이 스스로 감시기능을 포기하는 것이기 때문에 수긍할 수 없었다. 오히려 인력과 예산을 투입해 감시기능을 강화하는 것이 국민의 수

©KBS

〈추적60분〉 방송 중인 구수환 피디

신료로 운영되는 공영방송의 책무라고 생각했다. 회사 결정에 힘없는 내가 목소리를 낸다고 무슨 소용이 있을까 싶어 아무 말도 하지 않았다. 그런데 피디 후배가 고별방송에 출연해달라고 부탁했다. 그동안 〈추적60분〉을 거쳐 간 피디만 수백 명이다. 그중 나를 추천한 것은 내가 〈추적60분〉 책임 프로듀서로 있을 때 동고동락했던 이내규, 최지원 피디가 선배에게 마무리할 기회를 주는 것이라 여기며 고마운 마음으로 승낙했다. 녹화가 있던 날, 무대 앞에는 그동안 방송에 출연한 주인공들이 앉아 있었다. 무대에 올라 카메라 앞에 섰다. 지난 시간들이 생각났다. 결국 이야기 도중에 나도 모르게 울컥하면서 울고 말았다. 녹화가 중단됐다. 잠시 후 떨리는 목소리로 마지막 인사를 했다.

〈추적60분〉은 역사를 기록하는 역할을 해왔는데 오늘 역사의 기록으로 남게 됐습니다. 수많은 피디들의 땀과 노력으로 지켜왔던 프로그램이기에 아쉽고 안타깝습니다. 그러나 〈추적60분〉이 가난하고 억울한 사람들의 친구였던 사실만큼은 잊지 말아주십시오. 저널리스트 지망생께 선배로서 꼭 전하고 싶은 말이 있습니다. 저널리스트는 권력이 아니라 국민을 위해 봉사하는 직업입니다. 봉사는 희생과 노력이 뒤따라야 한다는 것을 꼭 기억해주었으면 합니다.

한지수씨

나 다음 순서로 2009년, 살인누명을 쓰고 중남미 온두라스의 감옥에서 억울한 옥살이를 하다 〈추적60분〉 방송의 도움으로 자유의 몸이 된 한지수씨가 무대에 올라왔다. 그녀는 스킨스쿠버 다이빙 강사 자격증을 따기 위해 온두라스에 머물다가 네덜란드 여성의 죽음을 목격했다는 이유로 살인범으로 몰렸다. 결국 살인 혐의로 징역 30년이 구형됐다. 〈추적60분〉은 온두라스 현지를 찾아가 한지수씨 사건을 취재해 2009년 11월 11일, "온두라스에서 온 편지"라는 제목으로 방송했다. 방송의 파장은 대단했다. 정부 특별지원팀이 파견됐고 한지수씨는 법적 도움을 받아 무죄 선고를 받고 풀려났다. 한지수씨의 소감이다.

십 년 전에 제가 이 자리에 설 줄 상상이나 했을까요? 너무 감격적이고 기쁩니다. 〈추적60분〉에 감사드립니다. 조금 전 구수환 피디님께서 KTX 여승무원의 사례를 소개하며 울컥하고 더 도와주지 못해 미안하다고 말씀하셨어요. 정말 아름답지 않나요? 어떻게 사람이 그런 마음을 가질 수 있을까요? 사실 그런 생각 없이도 살 수 있어요. 우리의 마음 안에 있는 작은 불씨를 알려주는 것 같아요.

종군기자,
가장 고통스런 삶의 현장으로

미국의 전설적인 뉴스진행자 월터 크롱카이트, CNN을 대표하는 크리스티안 아만포, 그들은 종군기자(War corresponder) 출신이라는 공통점이 있다. 그들이 진행하는 방송을 들어보면 핵심을 정확히 지적하고 깊이가 있다. 진정성과 품격도 느껴진다. 종군기자, 말 그대로 전쟁을 기록하며 진실을 전하기 위해 목숨을 거는 사람들이다.

2001년, 미국 뉴욕에서 9·11테러사건이 발생했다. 미국은 레바논에 있는 무장단체가 배후 세력이라고 의심한다. 아랍어로 '신(神)의 당(黨)'을 의미하는 헤즈볼라(Hezbollah)는 중동 지역에서 가장 큰 무장조직이다. 9·11테러로 인한 갈등이 자칫 미국과 이슬람의 종교전쟁으로 비화할 수 있다는 우려 때문에 전 세계 언론의 관심이 레바논으로 쏠렸다. 그러나 우리 언론은 CNN, BBC, 로이터통신 등 서방 언론의 보도 내용을 그대로 전할 뿐 현장에 가지 않는다. 전쟁 보도는 국익을 우선하는 경향이 있기 때문에 외국 언론사의 보도를 받아쓸 경우, 자칫 그 언론사가 속한 국가의 시각이 전달될 우려가 있다. 그래서 현장을 찾아가 우리의 시각에서 프로그램을 만들기로 했다. 분쟁지역을 여러 곳 다녔지만 중동은 처음이다. 막상 떠나려고 하니 걱정이 이만저만이 아니다. 9·11테러의 배후로 의심받는 무장단체를 만나야 하는데 아무런 정보가 없기 때문이다. 레바논 현지에 사는 교민과 가까스로 연락이 닿아 필요한 사항을 부탁하고 일단 출발부터 했다.

베이루트의 헤즈볼라

서울에서 파리까지 이동한 후, 베이루트행 비행기를 탔다. 베이루트는 중동의 파리로 불리던 아름다운 도시다. 하지만 기독교와 이슬람교의 내전으로 큰 상처를 입었다. 베이루트는 북쪽엔 기독교계 주민이, 남쪽은 이슬람계 주민이 거주한다. 북쪽은 고급 저택도 있고 비교적 잘사는 반면, 남쪽은 빈곤층이 많다. 헤즈볼라는 이슬람계 주민이 사는 남쪽에 있다. 베이루트에 도착하자 헤즈볼라 본부를 찾는 것이 관건이었다. 한 가닥 희망을 걸었던 현지 교민마저 그곳을 아는 사람이 없다고 전한다. 현장에 가서 확인만 해보자고 설득한 뒤 남쪽 지역으로 향했다. 주민에게 헤즈볼라를 물어보면 모두가 모른다며 고개를 젓는다. 왜 그곳을 찾느냐며 소리를 지르고 화를 내기도 한다. 한참을 찾아다니던 중, 곳곳에 CCTV가 설치된 건물이 보였다. '왜 이곳에만 CCTV가 설치된 거지?' 이상한 생각이 들어서 차 안에서 몰래 CCTV를 찍기 시작했다.

그런데 갑자기 차량 3대가 우리 차 앞에서 급정거하더니 모두 내리라고 소리친다. 그리고 카메라를 빼앗고 우리를 어디론가 데려갔다. 당시에는 그들이 누군지 몰라 두려웠다. 죽을 수도 있다고 생각해 정신을 바짝 차리자고 이재열 카메라맨에게 이야기했다. 그 사람들이 우리를 데려간 곳은 건물 2층이다. 그런데 문을 열고 들어가니 정면에 헤즈볼라를 상징하는 노란색 깃발이 걸려 있다. 이곳이 미국이 지목한 무장단체의 심장부라니 믿을 수가 없었다. 반가움과 두려움이 동시에 밀려왔다. 조사가 시작됐다. 그들은 우리에게 CCTV를 찍은 이유를 묻고는 우리 여권을 가지고 나갔다. 조사실에서 기다리는 동안 별의별 생각이 다 들었다. 안 좋은 일이 벌어지면 어떡하지, 겁도 나고 숨이 막혔다. 두 시간이 지나고 언론을 담당하는 헤즈볼라 대변인 갈렙아부가 돌아와 여권을 돌려주면서 민감하게 대응한 이유를 설명한다.

당신들이 찍은 화면이 방송되면 이스라엘 정보부가 우리 위치를 파악해 헬리콥터로 폭격합니다. 그래서 당신들이 이스라엘의 정보요원이 아닐까 의심했습니다.

헤즈볼라 창시자를 인터뷰하는 구수환 피디

헤즈볼라는 이스라엘 정보기관의 추적을 받고 있다. 우리를 만난 대변인도 이스라엘 정보기관의 암살 명단에 올랐다고 한다. 무리한 행동을 해서 미안하다고 사과했다. 대변인이 자신의 머리를 보여준다. 느낌이 이상해 자세히 보니 인공 두피다. 이스라엘군과의 전투 과정에서 폭탄이 터져 머리를 다쳤다고 했다. 그가 자살 폭탄 테러를 감행하고 세상을 떠난 젊은이의 집으로 우리를 안내한다. 50대 어머니가 스물두 살 아들 사진을 꺼내 보이며 운다. 자식을 떠나보낸 아픔보다 더 큰 비극은 없다. 계속되는 죽음과 보복, 중동 지역은 한 치 앞도 내다볼 수 없는 일촉즉발의 상황이다.

미국 ABC방송에서 9·11테러 당시 비행기를 납치한 범인의 목소리를 공개했다. 지아드 자라, 레바논 출신 청년이다. 현지 안내인이 그가 살던 집 주소를 알아냈다며 급하게 떠나자고 한다. 밤 10시 베이루트 북동부 시리아 접경지대로 차를 몰았다. 특종이라는 생각에 흥분도 되고 질문 준비로 마음이 급해졌다. 근처에 다다르자 총을 든 사람들이 검문한다. 납치범이 살던 집은 대저택이었다. 아버지는 충격으로 입원하고 가족들도 망연자실한 표정이다. 범행 이틀 전에도 통화를 했단다. 작은아버지가 조카가 한 달 전에 찍은 사진을 보여주며 믿을 수 없다는 듯 말한다.

조카는 이슬람에 대한 신앙심도 깊지 않았고 정치활동을 한 적이 없습니다. 그런 활동을 하겠다고 말한 적도 없는 착한 청년입니다.

남부 레바논 팔레스타인 난민촌의 초등학교. 사회시간에 교과서를 살펴보니 이스라엘군 탱크와 맞서 싸우는 팔레스타인 젊은이들의 사진이 실려 있다. 교사가 아이들에게 미국 무역센터가 무너지는 것을 보고 어떤 느낌이 들었는지 물었다. "너무 기뻐서 길거리에 나가 행진하고 싶었어요." 열두 살 여자아이의 대답이 충격으로 다가왔다.

아이들은 투쟁의 역사를 배우고 가슴에는 분노가 자라고 있음을 알았다. 취재 내용은 "현장보고, 이슬람 끝나지 않는 전쟁"이라는 제목으로 방송됐다. 중동 지역 무장단체가 국내에 공개된 것은 처음이다.

레바논 취재는 중동사태의 심각성을 알게 해준 소중한 경험이었다.

전쟁터에 가게 된 이유

종군기자는 고유명사가 아니다. 전쟁터에서 벌어지는 상황을 취재해 알린다고 해서 그렇게 부른다. 내가 종군기자에 주목한 것은 그들이 진실을 전하고 사회적 약자를 보호하는 언론의 기본정신을 말이 아닌 실천으로 보여주기 때문이다. 전쟁터는 인간의 삶에서 가장 고통스럽고 두려운 곳이다. 진실을 찾는 기자라고 모두 그곳에 가지 않는다. 희생까지 각오해야 하는 건 두말할 필요도 없다. 그렇다면 기자들이 왜 목숨까지 걸면서 전쟁터에 뛰어드는 것일까? 돈을 많이 벌 수 있으니까? 명예를 얻기 위해서? 천만의 말씀이다. 그동안 세계적으로 유명한 종군기자들을 만났다. 그들에겐 공통적으로 인간에 대한 사랑과 올바름을 지켜내고자 하는 정의감이 있었다.

1996년 체첸전쟁 때, 나는 종군기자를 처음 만났다. 당시 러시아군이 마을을 점령한 후 남자들이 끌려가거나 죽고 여자들만 있다는 소식을 들었다. 마을로 찾아가니 사람이 보이지 않았다. 집집마다 문을 두드려도 반응이 없다. 그런데 어느 집 유리창으로 눈동자가 보여 창문을 두드렸지만 소용이 없었다. 그때 백인 남자 여러 명이 도착했다. 부녀자와 아이들이 밖으로 나와 그들과 대화를 나누고 웃기도 한다. 종군기자들이다. 주민들은 자기들이 무서울 때 그들이 곁에 있었다며 무척 고마워했다. 더욱 놀라운 것은 기자들의 표정이다. 활짝 웃으며 자신들이 해야 할 일이라며 겸손해한다. 목숨이 위태롭고 먹고 자는 것도 힘든 곳에서 저렇게 웃을 수 있는 용기와 여유는 어디서 오는 것일까? 한국에 돌아와 끊임없이 자신에게 질문했다. 그리고 직접 체험해 보기로 했다. 내가 전쟁터로 향한 이유다.

분쟁지역을 다니면서 죽을 고비를 여러 번 넘겼다. 어느 순간부터는 죽고 사는 것이 운명이라고 생각했다. 이스라엘의 최대도시 예루살렘, 조용하던 도시가 충격에 빠졌다. 중심가 시장에서 폭탄 테러가 발생한 것이다. 부근을 지나던 버스는 처참하게 일그러져 있고 붉은 피가 흥건하다. 열두 명의 시민이 억울하게 죽었다. 팔레스타인 무장단체의 소행이다. 폭탄이 설치된 장소를 보고 소스라치게 놀랐다. 예루살렘의 재래시장은 폭탄 설치를 막기 위해 진열대 아래쪽 공간을 막아놓는다. 그런데 폭탄 테러 하루 전날 바로 그 장소에서 테러 위험에 대비하는 내용을 촬영했다. 만일 하루만 늦었다면 어떤 일이 벌어졌을까 생각하니 가슴이 철렁했다.

팔레스타인 나블루스에서 이스라엘군이 마을 출입을 봉쇄해 시신이 썩고 악취가 진동한다는 소식이 들려왔다. 마을 입구에 와 있던 수십 명의 기자가 갑자기 웅성거린다. 이스라엘군이 기자들의 출입을 금지한 것이다. '도대체 저 안에서 무슨 일이 벌어지고 있지?' 옆에 있던 프랑스 기자가 현장까지 가는 방법이 있다며 동행할지 묻는다. 그를 따라 군인들을 피해 걷기 시작했다. 그런데 본사에서 급하게 연락해 CNN에서 베들레헴이 나오는데 상황이 심각하다며 생방송으로 전화

예루살렘 재래시장 폭탄 테러 전(위)과 후(아래)

연결이 가능한지 묻는다. 프랑스 기자에게 사정을 설명하고 베들레헴으로 이동했다.

그날 밤, 프레스센터가 뒤숭숭하다. 기자가 저격병의 총에 맞아 사망한 것이다. 낮에 동행을 제안했던 그 프랑스 기자다.

이라크, 아프가니스탄, 팔레스타인, 레바논, 요르단, 이스라엘, 체첸, 코소보, 동티모르, 미얀마, 멕시코……. 육 년 동안 뛰어다닌 현장이다. 그곳에서 수많은 종군기자를 만났다. 기자들은 국적이 달라도 오랜 친구를 만난 듯 반가워하며 정보를 교환한다. 물론 특종 경쟁도 없다. 이유가 무엇일까? 종군기자는 전쟁의 승리와 패배를 기록하지 않는다. 그들이 세상에 알리고자 하는 것은 힘없는 민간인의 고통과 절망 그리고 전쟁의 잔인함과 폭력성이다.

나도 위험한 것을 알고 있다. 친하게 지내던 기자가 두 명이나 죽었다. 전쟁으로 고통받는 사람들에게 초점을 맞추는 게 가장 중요하다(사미아 나훈 / 로이터TV 종군기자).

사람들은 왜 위험한 일을 하느냐, 죽을지도 모른다고 걱정하지만 내가 그곳을 가는 것은 고통받는 주민들의 목소리가 되어주고 싶기 때문이다(엘리다 라마나니 / APTN 종군기자).

전쟁터에 다니면서 어느 순간부터 기자들을 찍기 시작했다. 그들이 삶으로 보여준 기자정신을 한국에 알리고 싶었기 때문이다. 팔레스타인 라말라 지역에 열흘째 통행금지령이 내렸다. 이스라엘군은 기자들에게 라말라를 떠나라고 경고했다. 그러나 기자들은 총격을 당할 것을 알면서도 작은 스튜디오에 숨어 취재를 계속한다. 스튜디오 주인이 카메라를 들고나와 보여준다. 앞뒤로 다섯 발의 총탄 자국이 있다. 그는 카메라가 테러리스트냐며 분노한다. 이스라엘군 탱크가 움직이자 기자들의 행동이 민첩해진다. 마침 그곳에 경력 27년째인 CNN의 대표적 카메라 기자 마거릿 모드가 있다. 그녀는 유고 내전에서 저격수가 쏜 총에 맞아 턱이 부서지고 혀가 일부 훼손됐다. 하지만 수술을 받고 다시 전쟁터로 돌아왔다. 그래서 얼굴도 망가지고 말도 어눌하다. 무거운 카메라를 들고 다니기 힘들지 않냐고 묻자 마거릿 모드는 미소 지으며 대답한다.

한쪽 팔에 아이를 안고 다른 팔로 식료품 봉지를 안고 다니는 여자가 많아요. 일상생활에서 들고 다니는 물건보다 무겁지 않습니다.

그녀가 오랜 시간 전쟁터를 떠나지 않았던 것은 주민들에게 가해지는 폭력적인 만행을 세상에 알리기 위해서다. 2010년, CNN에서 그녀의 죽음을 알리는 추모 특집방송을 했다. 그녀는 3년 동안 결장암으로 고생하다 쉰아홉의 나이로 세상을 떠났다. 방탄복을 입고 카메라를 들고 나서던 그녀의 뒷모습이 그립다.

2003년 미군이 바그다드에 입성하던 날, 진입장면을 촬영하던 로이터TV 기자가 미군이 쏜 포탄이 터져 사망했다. 테라스 기자는 이라크전쟁에서 죽은 열두 번째 종군기자다. 그가 마지막 촬영을 하던 곳은 바그다드 호텔 10층 발코니. 현장은 포탄 파편으로 어지럽다. 그가 마지막에 서 있던 곳에 카메라를 세워놓고 생각했다. 기자들이 목숨을 걸면서까지 현장을 찍으려 한 이유가 무엇일까?

저널리스트는 현장을 떠나서는 안 된다. 직접 눈으로 확인해야 한다.

육 년 동안 목숨을 걸고 뛰어다니며 배운 교훈이다.

2001년, '인종청소'의 아픈 역사를 간직한 코소보와 마케도니아 국경에서 치열한 교전이 벌어져 많은 주민이 희생됐다. 그 소식을 듣고 달려온 기자가 있었다. 로이터TV의 종군기자인 케럼 로템. 당시 그곳을 찾은 유일한 기자다. 그도 다음 날 촬영을 끝내고 돌아오다 수류탄이 터져 사망했다. 마지막 모습이 촬영된 화면에는 취재를 위해 풀밭에 엎드린 채 밝게 웃는 모습이 담겼다. 그의 장례 행렬에 5만 명이 넘는 주민들이 뒤를 따랐다. 주민들은 마을 중심에 그의 묘비를 세우고 감사의 글을 새겼다.

우리를 지켜준 유일한 친구인 케럼 로템을 존경한다.

마을에서 만난 주민들은 그를 영웅이라고 부르고, 진심으로 감사하는 마음을 표했다. 존경이라는 단어가 이날처럼 무겁게 느껴진 적이 없다. 우리나라의 기자들이 종군기자들의 죽음을 보고 어떤 반응을 보일지 궁금하다.

철의 여검사 프린치파토

최근 우리 사회에서 공정하고 정의로운 사회를 만들어야 할 검찰이 논란의 중심에 섰다. 고위공직자범죄수사처(공수처)를 만들었지만 스스로 아마추어임을 드러내며 여론의 질타를 받고 있다. 수사권을 부여받은 경찰도 별반 다르지 않다. 왜 우리나라의 사법기관은 불공정과 불신의 대상에서 벗어나지 못하는 걸까? 내 경험상 그 이유는 제도보다 사람의 문제다. 검찰조직을 자기 편으로 만들려고 애를 쓰는 정치권의 개입도 문제지만 승진에 목을 매고 학연, 지연을 따져가며 정치권을 기웃거리는 이른바 정치검사가 더 큰 문제다. 이탈리아에서 '공정'과 '정의'를 행동으로 실천하는 검사를 만났다.

독일 시사 잡지 『슈피겔(Der Spiegel)』에 이탈리아의 검사 이야기가 실렸다. 세계적으로 악명 높은 마피아와 목숨을 걸고 싸우는 여자 검사의 이름은 프린치파토. 기사를 보고 깜짝 놀랐다. 검사가 수사가 아니라 전쟁을 하고 있었기 때문이다. 섭외는 당연히 불가능하다. 무조건 현장에 가서 부딪히기로 했다.

이탈리아 로마에서 비행기를 타고 남쪽으로 한 시간을 가면 아름다운 섬, 시칠리아가 있다. 시칠리아는 지중해에서 가장 큰 섬으로 세계적인 관광지다. 중심도시 팔레르모는 지중해의 화창한 날씨와 음악, 음식으로 유명해 유럽인들이 즐겨 찾는다.

팔레르모에서 차로 30분을 달리면 이탈리아 마피아의 본거지가 나온다. 현지 안내인에게 그곳에 가자고 하자 무서워서 절대 갈 수 없다며 가버린다. 하는 수 없이 한국에서 동행한 이탈리아어 통역에게 차를 빌려달라고 부탁하고 직접 운전해 그곳으로 떠났다. 끝이 보이지 않는 푸른 초원과 호수. 이렇게 멋진 곳이 마피아의 본거지라는 사실을 믿을 수 없었다.

마을 입구에 팻말이 보인다. '콜레오네(Corleone)' 영화 〈대부〉에 나오는 마을로 영화도 실제로 이곳에서 촬영했다. 마을 분위기가 싸늘했다. 지나가던 이가 낯선 이방인을 노려보듯 쳐다본다. 그래도 피디가 이곳까지 왔다는 사실을 담아야 한다는 생각으로 카메라를 세우고 현장 리포트를 시작하는데 갑자기 스쿠터를 타고 달려온 10대 소년이 수건으로 덮은 무언가를 옆구리에 들이대며 떠나라고 협박한다. 총이었다. 그 순간, 어떻게 봤는지 경찰이 달려오고 소년은 달아났다. 경찰은 이곳에 다시는 오지 말라며 빨리 떠나라고 재촉했다. 현지 안내인이 오지 않은 이유를 그제야 알았다. 경찰에게 양해를 구하고 현장 리포트와 마을을 잠깐 찍고 그곳을 떠났다.

이탈리아 마피아의 잔인함은 상상을 초월한다. 배신자는 수단과 방법을 가리지 않고 흔적도 없이 죽여버린다. 자신들을 비난하는 사람은 곧바로 응징한다. 마피아의 사업을 비난한 신부가 다음 날 성당에서 미사를 집전하다 총격으로 사망했다. 교황청은 분노하고 마피아와의 전쟁을 선포했다. 마피아는 우리나라의 조폭과는 차원이 다르다. 무기도 가지고 있다. 검거된 마피아 두목의 집 지하창고에는 엄청난 양의 기관총과 수류탄, 바주카포까지 있었다.

마피아 소탕에 나선 검사를 만나기 위해 그녀의 집으로 찾아갔다. 500미터 전부터 무기를 든 공수부대원이 제지한다. 세 차례의 검문을 받고 가까스로 도착한 곳은 15층 아파트 앞이다. 그녀에 대한 신변보호는 상상을 넘어선다. 무장한 특수부대가 24시간 아파트 전체를 에워싸서 그곳은 요새로 변해버렸다. 현관문을 통과할 때도 두 개의 검색대를 거친다. 경호책임자에게 한국의 공영방송에서 취재를 왔다고 검사에게 전해달라고 부탁했다. 하지만 마피아의 암살 위협 때문에 외부인과는 접촉할 수 없다며 거절한다. 목숨을 걸고 싸우는 이유가 무엇인지 꼭 물어보고 싶었다. 그래서 매일 아침 아파트 입구에서 기다렸다. 나흘째 되는 날 아침, 군인들이 갑자기 아파트 주변 도로의 차량을 막고 주차 중이거나 정차한 차를 모두 이동시킨다. 차량과 사람의 통행이 정리되자 차종과 색이 같은 차량 두 대가 도착하고 경호원들이 차 트렁크에서 방탄복을 꺼내 입고 총기를 점검한다. 차는 모두 방탄차로 검사가 마피아의 표적이 되지 않도록 두 대를 동원한 것이다. 출발 준비가 끝났다는 사인이 들어가자 현관 안쪽에서 하얀색 코트를 입고 가방을 든 여성이 다섯 명의 경호원에 둘러싸여 걸어나왔다. 시칠리아 검찰청 소속 테레사 프린치파토 검사다. 그녀에게 인사했더니 미소짓는다. 차가 출발하자 검찰청까지 신호등은 모두 파란불로 바뀌었다.

©KBS

무장한 경호원의 보호를 받으며 출근하는 프린치파토 검사

영화 같은 장면이 순식간에 눈앞에서 벌어졌다. 목숨을 걸고 정의를 지키려는 그녀의 출근길이 너무나 부러웠다. 다음 날, 아파트 입구에서 또 기다렸다. 갑자기 경호책임자가 다가와 엄지손가락을 치켜세우며 웃는다. 인터뷰가 성사된 것이다. 인터뷰 시간은 20분이다. 그녀는 자신의 집에 초대한 언론은 처음이라며 아들 사진은 찍지 말라고 부탁한다. 납치 위험이 있기 때문이다.

지난주 이 건물에 폭탄이 장치되었다는 정보 때문에 아파트 주민 전체가 피신했습니다. 마피아는 항상 우리를 지켜보고 있으며 우리가 자신들의 손아귀에 있다는 것을 상기시킵니다.

프린치파토 검사는 자신이 창살 없는 감옥에 살고 있다고 말한다. 하지만 얼굴엔 두려움이 보이지 않는다. 프린치파토 검사는 팔레르모 법대를 졸업하고 검사가 되었다. 남편도 검사다.

이탈리아 검찰의 마피아 수사는 전쟁 같다. 검찰청 입구를 장갑차가 지키고 차량이 들어오면 군인들이 거울을 이용해 차량 하부까지 샅샅이 살핀다. 청사 안도 분위기가 살벌하다. 총을 든 경찰이 방문객의 몸을 수색하고 조금이라도 이상한 행동을 하면 곧바로 데려간다. 그녀의 사무실은 마피아 전담 검사들이 근무하는 3층이다. 다른 층과 달리 방탄 처리된 출입문을 통과해야 하고 사무실의 허락을 얻어야만 들어갈 수 있다. 검사실마다 십여 명의 경호원이 입구를 지키고 있다. 마피아 수

사는 서른세 명의 검사가 참여하는 검사단이 맡는다. 검사 중 누군가가 암살되더라도 중단되지 않도록 하는 조치다. 그녀에게 목숨을 걸고 수사하는 이유가 무언지 물어보았다. 그녀의 대답이 이 모든 상황을 설명한다.

시칠리아 마피아의 특징은 정부의 보호를 받고 있다는 점입니다. 우리가 정부요인을 수사대상으로 삼는 것도 마피아의 심장부를 공격하기 위해서지요. 그래서 더 힘들고 위험합니다.

프린치파토 검사가 법정에 세운 권력자는 상원의원, 전직 장관, 도지사, 판사 등 마피아의 배후 세력이다. 그래서 마피아가 그녀를 노리는 것이다. 프린치파토가 마피아 검사를 자원한 것은 동료의 죽음이 계기가 되었다. 1992년, 마피아 전담 검사로 근무하다 법무부 과장으로 옮긴 팔코네 검사가 부인과 함께 비밀리에 팔레르모를 방문한다. 마피아는 그 정보를 미리 알아내 고속도로에 1,000킬로그램의 폭탄을 묻고 원격장치를 이용해 그들이 탄 차가 지나갈 때 폭파시켜 인근 100미터를 흔적도 없이 날려버렸다. 그것으로 끝이 아니었다. 두 달 후, 이 사건을 수사하던 팔코네의 동료 보르셀리노 검사도 끔찍하게 살해됐다. 차에 폭탄을 장치해 폭발시킨 것이다.

그녀가 목숨을 건 마피아 수사를 자원한 이유를 설명했다. "절망했습니다. 모든 것이 끝났다고 생각했죠. 하지만 동료의 죽음이 처참하

©KBS

마피아가 저지른 팔코네 검사 살해 폭파현장

게 끝나서는 안 된다고 생각해 마피아 수사를 자원했습니다." "동료의 죽음 보면서 두렵지 않았습니까?"라는 질문에 그녀는 담담하게 대답했다.

대학에서 정의를 배웠습니다. 정의로운 사회를 지키기 위해 마피아가 이 전쟁에서 이기게 놔둘 수는 없습니다.

일 년 후, 프린치파토 검사는 동료 검사를 죽인 마피아 두목을 검거하고 그들과 관련된 정치인, 정부 관료 등 100여 명을 구속했다. 2016년 미국 타임 지에 그녀에 관한 기사가 실렸다.

The 'Iron Prosecutor' Hunting the Godfather of Sicily(시칠리아 대부를 사냥하는 철의 검사).

그녀는 목숨을 건 마피아와의 전쟁을 20년 넘게 계속하고 있다.

우리나라에서는 수사기관의 수장이 임명되면 국민에게 하는 약속이 있다. '성역 없는 수사'다. 이를 믿는 국민이 얼마나 될까? 정치권력이 마피아와 결탁하는 상황에서도 이탈리아가 버티는 것은 그 권력을 목숨을 걸고 수사하기 때문이다.

2022년 5월 초, 검찰의 수사권을 폐지하는 세칭 '검수완박 법안'이 우여곡절 끝에 공포됐다. 이를 바라보는 마음이 무겁다. 아무리 좋은 법을 만들어도 결국 운영하는 것은 사람이기 때문이다. 수사 책임자가 무장한 경호원에 둘러싸여 출근하는 모습을 우리도 보고 싶다.

베들레헴의 숨 막히는 7시간

학교 강연은 분위기도 산만하고 자는 아이도 있어서 힘들 때가 있다. 강연을 앞두면 아이들을 어떻게 집중하게 할까 고민하곤 한다. 그래서 강연 시작과 함께 포탄이 터지고 총격전이 벌어지는 종군기자 시절의 살벌한 현장 영상을 보여주었다. 조는 아이도 없고 시끄럽지도 않다. 영상의 힘이 효과 만점이다. 아이들이 가장 신기해하는 것은 방탄복이다. "피디가 왜 방탄복을 입어요?" "죽지 않으려고." "왜 고생을 사서 하세요?" "내가 행복하니까." 45분 동안의 강연이 끝나면 아이들은 사인을 부탁하고 기념사진을 찍자고 난리다. 전주에 있는 초등학교에서는 사인을 받으려고 30미터 넘게 줄을 섰다.

방탄복을 입은 피디

방탄복은 지금까지 세 번 입어봤다. 첫 번째는 20대인 군대 시절, 강원도 최전방 GOP에서 근무할 때이고 두 번째는 국군의 날 특집 프로그램을 제작하기 위해 비무장지대 수색 장면을 찍을 때다. 마지막은 2002년, 예수가 탄생한 기독교의 성지, 베들레헴에서다. 앞의 두 사례와 달리 마지막은 실전이었다.

방탄복은 조끼 형태로 위급한 상황에서 상체를 보호하기 위해 입는다. CNN, BBC처럼 세계적인 방송사는 기자에게 방탄복, 방탄모 심지어 방탄차까지 제공한다. 현장에서 그 모습을 보면서 무척 부러웠다. 지금은 우리도 방탄복을 지급하지만 내가 해외 취재를 다니던 시절에는 아무런 지원이 없었다.

기자가 방탄복을 입는 것은 몸의 보호 차원을 뛰어넘어 목숨을 걸었다는 의미다. 진실을 알리기 위해 희생을 각오하고 네 편 내 편을 가르기보다 옳고 그름을 밝혀내겠다는 자신과의 약속이다. 고통받고 억울한 사람을 위해 봉사하겠다는 의지를 행동으로 실천하는 것이다. 국내에서 고발 프로그램을 하면서 언론인으로서 나름 자부심이 있었는데 현장에서 종군기자들을 만나면서 나 자신이 한없이 작아지고 부끄러웠다.

이스라엘군과 교전을 벌이던 팔레스타인 민병대가 베들레헴에 있는 예수탄생교회로 피신했다. 이스라엘군은 도시로 향하는 모든 도로를 막고 대대적인 소탕작전을 벌였다. 봉쇄가 장기화하고 식량과 생필품이 떨어지자 주민들의 안전 문제가 관심사로 떠올랐다. 그래서 베들레헴으로 들어가는 길목에는 이른 아침부터 많은 기자가 모여들었다. 이스라엘군은 진입로에 전차를 세우고 기자의 출입을 막았다. 기자들이 항의하면 총으로 위협하며 떠나라고 소리친다. 낮 12시, CNN이 긴급뉴스로 베들레헴 현장을 생방송으로 연결했다. CNN 로고가 찍힌 방탄복을 입은 기자가 현장을 오가며 피해 상황을 전한다. 현지인 통역까지 대동해 주민인터뷰도 내보낸다. 'CNN 기자는 어떻게 베들레헴으로 들어간 거지?' '이스라엘의 허가를 받은 건가?' '위성장비로 생방송까지 하다니…….' 화면을 지켜보면서 우리 언론이 우물 안 개구리 수준이구나 생각했다.

저널리스트로서 오기가 발동했다. 팔레스타인 측 고위인사를 만나 베들레헴으로 들어가고 싶다고 도움을 청했다. 현지 안내인을 알아보겠다면서 방탄복을 꼭 착용하라고 부탁한다.

그런데 난감한 일이 벌어졌다. 방송 제작비에 방탄장비를 구입할 예산이 책정되지 않아서 방탄복을 살 수 없었기 때문이다. 카메라맨의 안전이 걱정됐다. 영상을 찍다 보면 카메라를 공격 장비로 오인해 표적이 되기 때문이다. 회사에 급히 전화해 방탄복 구입을 허락받았다. 가격을 알아보니 천차만별이다. 가볍고 성능이 좋은 방탄복은 당시에도 5,000달러 가까이 됐다. 그러나 예산을 아낀다며 1,000달러짜리로 결정했다. 싼 게 비지떡이라는 말이 있듯이 방탄복에 내장된 보호막이 허덩어리다. 이재열 카메라맨에게 괜찮은지 묻자 안 입은 것보다는

©KBS

방탄복을 입고 베들레헴에서 취재 중인 구수환 피디

났다고 웃는다. 방탄복에 테이프로 TV라는 글씨를 써 붙였다. 이것이 KBS 최초의 취재용 방탄복이다.

다음 날, 베들레헴 잠입을 안내할 사람이 왔다. 차를 타고 산을 넘자 마을이 보인다. 차가 갑자기 최고속도를 낸다. 상점은 모두 철시했고 사람의 그림자조차 보이지 않는다. 정말 분위기가 살벌하다. 차가 작은 병원 앞에 서더니 안내인이 마을로 들어가는 입구를 손으로 가리킨다. 그쪽으로 이동하는데 별안간 이스라엘 전차가 나타나 포신을 우리 쪽으로 조준한다. 깜짝 놀라 온몸이 얼어붙어 한참을 서 있었다. 안내인이 베들레헴으로 들어갈 건지 물었지만 망설였다. 바로 그때, 베들레헴에서 구급차가 나와 병원에 도착하고 시신이 운구된다. 총에 맞았는지 궁금해 시신이 안치된 곳으로 달려갔다. 호텔 건물의 불을 끄던 소방관인데 저격병의 총에 맞아 사망했다고 한다. 얼굴을 보고 싶다고 하니 시신을 담은 포대를 연다. 히잡을 쓴 젊은 여성이다. 죄 없는 사람의 억울한 죽음을 보고 화가 났다. 그래서 안내인에게 들어가겠다고 대답했다.

베들레헴의 총소리

한 시간을 기다리자 방탄복을 입은 사람이 왔다. 전날 CNN 기자를 안내한 사람이라고 자신을 소개해서 안심했다. 모든 것을 맡겨도 된다는 생각 때문이다. 전쟁터에서 현지 안내인의 영향력은 절대적이다. 안내인에게 왜 위험한 일을 하는지 묻자 주민들의 고통을 알리고 싶어 나섰다고 한다.

그를 따라나섰다. 드디어 베들레헴으로 들어간다. 안내인이 갑자기 도로 중앙으로 나오라고 한다. "저격병이 어디 있는지 몰라 건물에 붙어서 움직이면 공격받을 수 있다"는 것이다. 이재열 카메라맨에게 내 뒤에서 따라오도록 했다. 나도 소형 카메라를 들었다. 시장으로 올라가는 계단에 수백 발의 탄피가 널려 있어서 손으로 집었더니 뜨겁다. 얼마 전까지 총격전이 있었다는 얘기다. 그 순간, 총소리가 적막을 깬다. 안내인이 손가락으로 예수탄생교회라고 알려준다. 예수 그리스도가 태어난 기독교의 성지가 피로 물들고 있다는 사실이 슬프고 그래서 더 아프게 다가왔다. 주민들을 만나고 싶다고 하자 베들레헴 재래시장으로 안내한다. 한쪽에서 연기가 피어오르고 불에 탄 차들은 총알 세례로 벌집이 됐다. 상점도 마찬가지다. 널브러져 있는 음식들. 시장을 정신없이 카메라에 담았다. 문 닫힌 가게 안으로 사람이 보인다. 문을 두드리자 젊은이 두 명이 나왔다. 카메라를 보고 냉장고에서 고기를 꺼낸다. 악취가 진동한다. 전기가 끊겨 고기가 썩은 것이다.

젊은이는 이십 분 동안 쉴 틈 없이 말을 쏟아낸다. 절규처럼 들렸다. 주소 하나를 알려주며 그곳으로 가보라고 한다. 골목길로 들어서자 주택 발코니에서 어린 여자아이가 쳐다본다. 지금도 그 눈빛을 기억한다. 무표정한 얼굴이 두려움으로 가득하다. 집 안으로 들어가니 아이의 엄마가 나와 우리를 부엌으로 데려가 냉장고와 밀가루 담는 통을 보여준다. 아무것도 없다. 갓난아이가 있는데 분유가 떨어졌다며 운다. 침실로 들어가니 창문을 방석과 이불로 막아놓았다. 총탄을 막기 위해서다. 주민들은 집에서 또 다른 전쟁을 치르고 있다. 카메라를 고정하고 인터뷰를 시작했다. 집주인인 아이 아버지는 "열일곱 살 아들이 잡혀갔는데 생사를 모른다"고 한다. 그는 일곱 살 딸의 상처 난 팔을 보여준다. 오빠가 잡혀갈 때 손을 놓지 않자 군인들이 밀쳐서 생긴 상처라고 했다. 아이가 무섭다며 울기 시작한다. 아이에게 무언가 해줄 게 없다는 사실이 아프게 다가왔다. 인터뷰가 끝나고 가지고 있던 현금을 손에 쥐어주었다. 아이의 부모가 처음으로 웃는다. 안내인도 고맙다며 내 손을 잡는다. 그들의 웃음을 통해 중요한 것을 깨달았다.

고통받는 사람에게 가장 필요한 것은 관심이고 아픔을 함께 느끼는 것이다.

날이 저물자 안내인이 빨리 빠져나가야 한다고 재촉한다. 길을 걸으면서도 카메라를 끄지 않았다. 모든 것을 담아야 한다는 생각뿐이었다. 멀리 골목에 다섯 명의 종군기자가 보인다. 프랑스 기자다. 그들에게 다가가니 군인들이 총격을 가해 피신해 있다고 했다. 바로 그때 총탄의 굉음이 들린다. 안내인이 정공법으로 가자고 한다. 일곱 명이 두 손을 들고 걸어갔다. 생사를 함께하는 동지라는 생각이 들어 마음이 든든하다. 맨 앞줄에 섰다. 카메라맨에게 촬영을 계속하라고 했다. 혹시 모를 급박한 상황을 기록으로 남겨두기 위해서다. 이스라엘군이 정지하라고 소리친다. "우리는 기자다, 이곳을 떠나고 싶다"고 외쳤다. 군인들이 빨리 피하라고 한다. 건물 빈 곳으로 뛰어가 바닥에 엎드렸다. '탕' 총소리가 진동한다.

베들레헴의 숨 막히는 7시간이 지났다. 방탄복이 땀으로 젖었다. 이재열 카메라맨에게 처음으로 수고했다는 인사를 건넸다. 열흘 후 "피로 물든 성지 예루살렘"이라는 제목으로 방송이 나갔다. 우리나라 언론으로는 처음이다.

체첸전쟁

내가 전쟁터를 찾는 것은 대단한 사명감이 있어서가 아니다. 기자나 피디들이 가지 않는 곳을 찾다 보니 그곳밖에 없었다. 젊은 시절부터 일에 대한 욕심이 많았다. 그 욕심은 회사에서 승진하거나 조직에서 인정받기 위함이 아니다. 힘없는 사람들이 왜 고통을 받는지 직접 확인하고 싶었을 뿐이다. 그래서 재미있는 일화도 많다.

체첸전쟁 때의 일이다. 점령 러시아군이 철수한다는 정보를 듣고 수도 그로즈니시 외곽에서 두 시간을 기다렸다. 통역은 우리말을 공부한 러시아 사람이다. 멀리 이동하는 전차와 군용 트럭이 보인다. 어림잡아 70대는 넘는 것 같다. 현장에 우리만 있다는 사실에 흥분됐다. 그들이 가까이 오자 앞으로 달려가 두 손을 들었다. 전차와 트럭이 멈춘다. 선두에 있던 탱크의 해치가 열리고 군인들이 어이없다는 듯 쳐다본다. 탱크의 포신을 잡고 위로 올라갔다. 갑자기 두 손바닥에 열기가 느껴진다. 포신이 달구어져 있었던 것이다. 아픔을 생각할 겨를 없이 마이크를 켰다. "체첸 국민에게 미안합니까?" "우리는 지시에 따를 뿐입니다." 군인들이 엉겁결에 대답을 해놓고 화가 난 모양이다. 총을 조준하며 내리라고 소리친다. 조금 뒤 손바닥에 물집이 잡혀 고통스러웠다. 하지만 점령군의 목소리를 담았다는 사실에 흥분되고 기뻤다.

초중학교에서 강연할 때면 아이들에게 방탄복을 입고 행복한 이유를 설명한다.

"어려운 사람을 도와주면 기뻐하고 고마워합니다. 기분이 좋겠죠?

그것을 한 번에 그치지 않고 계속하면 알게 되는 것이 있어요. 내가 사회에 필요한 사람이구나. 존경도 받겠죠? 그러면 자신감도 생기고 삶이 즐거워져요. 그래서 방탄복을 입고도 행복한 거예요."

아프가니스탄의 비극

2021년 광복절 아침, 아프가니스탄 수도 카불에서 벌어지는 아비규환의 현장이 TV 화면을 통해 세상에 알려졌다. 자유를 찾기 위해 갓난아기를 데리고 공항의 담을 뛰어넘고 비행기 바퀴에 매달려 필사적으로 탈출을 시도하다 수천 미터 상공에서 떨어진다. 목숨을 건 탈출이 더 가슴 아프게 다가오는 것은 그들이 무엇을 두려워하는지 알기 때문이다.

2021년, 아프가니스탄전쟁은 이슬람 극단주의 탈레반의 승리로 끝났다. 이 전쟁은 TV에서 보는 것이 전부가 아니다. 아프가니스탄전쟁에서 우리가 꼭 기억해야 할 교훈이 있다. 내가 아프가니스탄에 관심을 가진 것은 2001년이다. 당시 미국은 9·11 테러사건의 배후로 지목

된 오사마 빈 라덴이 아프가니스탄에 숨었다며 집권 세력인 탈레반에게 그를 인도하라고 요구했다. 탈레반이 거절하자 미국은 연합군을 결성해 공격한다. 이것이 아프가니스탄전쟁이다. 연합군에 쫓긴 탈레반은 파키스탄 국경으로 도망가 게릴라전과 테러전을 하며 세력을 키워나갔다. 미국은 아프가니스탄의 수도 카불에 친서방 정부를 세우고 군사력과 경제지원에 나섰다. 우리나라도 국군 의료지원단인 동의부대를 파견해 의료를 지원했다.

비극의 서막, 탈레반 집권

세계가 탈레반의 재집권에 주목하는 것은 그들이 1996년부터 2001년까지 아프가니스탄을 통치하면서 저지른 끔찍한 만행 때문이다. 탈레반은 이슬람 율법을 지키지 않으면 참수형에 처해 공포감을 조성하고 서구문화를 몰아낸다며 TV, 영화, 음악을 금지했다. 열 살이 넘은 여자아이는 학교에 갈 수 없고 결혼도 그들의 지시에 따르도록 했다. 여성은 남편과 가족 말고는 다른 남자에게 얼굴을 보여서는 안 된다. 그래서 외출할 때는 머리부터 발끝까지 덮는 부르카를 입고 다닌다. 아프가니스탄 국민은 그런 끔찍한 경험 때문에 목숨을 건 탈출을 시도하는 것이다.

내가 아프가니스탄을 처음 찾은 것은 2002년 탈레반이 쫓겨난 직후다. 아랍에미리트의 두바이 공항에서 비행기를 타고 아프가니스탄의 수도 카불로 향했다. 비행기에서 내려다보이는 카불은 도시 전체가 모래바람에 덮여 뿌옇다. 공항에는 폭격당한 전투기들이 그대로 있고 공항 청사에는 돈을 달라고 손을 내미는 사람들로 발 디딜 틈이 없다. 거리에는 두 다리를 잃은 청년이 기어다니고 의족을 한 아이들도 많이 보였다. 전쟁이 얼마나 무서운 폭력인지 실감했다.

아프가니스탄 수도 카불은 실크로드의 중간 기착지로 불교 역사의 보고(寶庫)다. 불교 관련 유물만 이십만 점이 넘는다. 알렉산드로스대왕의 헬레니즘 문화와 인도의 불교미술이 결합한 간다라미술의 중심지이다. 부처의 얼굴이 서양인의 모습을 띠기 시작한 것도 헬레니즘의 영향이다. 2001년, 탈레반은 불교 문화재들을 로켓포와 탱크를 동원해 파괴했다. 이슬람의 우상숭배 금지 율법에 위배된다는 것이 이유였다. 때를 놓칠세라 전 세계 문화재 수집상들은 현지 주민을 부추겨 유물을 약탈하고 해외로 빼돌렸다. 기원전 3세기에 대리석으로 제작된 유네스코가 세계적인 유물로 인정한 제우스상의 신발이 일본 전시장에서 발견되기도 했다. 문화재는 아프가니스탄 국민의 자존심이고 희망이었지만 탈레반이 무참히 짓밟은 것이다.

카불박물관을 찾아갔다. 입구에 "문화가 살아 있을 때 국가가 존재한다"는 현수막이 걸려 있다. 박물관 측과 사전협의가 되어 내부를 촬영할 수 있었다. 불상은 절단돼 두 동강이 나고 2층 전시관은 유물을 도난당해 텅 비었다. 오마라 칸 마소디 박물관장은 유물의 70퍼센트가 부서지고 사라졌다며 눈물 흘렸다.

박물관은 뼈대만 남았어요. 약탈꾼들이 들어와 문화재를 가져갔습니다. 아프가니스탄의 슬픔이지요.

카불에서 차로 6시간을 달리면 바미안 마을이 나온다. 카불과의 거리는 150킬로미터에 불과하지만 도로 사정이 워낙 나빠 5시간 넘게 걸린다. 이곳에 유네스코 세계문화유산으로 지정된 바미안석불이 있다. 힌두쿠시산맥의 절벽을 파서 만든 대형석불이다. 높이가 55미터, 35미터로 세계에서 가장 크다. 신라의 혜초 스님이 이곳을 직접 답사한 후 쓴 『왕오천축국전』에도 나온다.

석불의 높이가 1백4십5척 금빛으로 번쩍이며 보석이 빛나고 있다.

탈레반은 이 석불을 다이너마이트로 폭파했다. 같은 이슬람국가인 파키스탄과 이란이 나서서 말렸지만 소용없었다. 국내 언론으로는 처음으로 바미안석불이 파괴된 현장을 카메라에 담았다. 파괴 당시 화면을 보니 석불이 무너져 내리자 '알라신'을 외치며 좋아한다. 종교전쟁은 피도 눈물도 없다.

탈레반의 근거지, 페샤와르(Peshawar)

파키스탄 수도 이슬라마바드로 향했다. 탈레반이 재기를 꿈꾸며 임시정부를 세웠다는 소문 때문이다. 아프가니스탄전쟁 직후라서 그런

전쟁의 참상을 보여주는 바미안석불 파괴되기 전, 후

지 파키스탄의 반미 감정은 대단했다. 시위현장에서는 미국은 살인자라며 성조기를 불태우고 미국 타도를 외친다. 취재진의 카메라를 향해 떠나라고 협박도 한다. 탈레반이 은신하고 있는 파키스탄의 서북부 지역으로 이동했다. 페샤와르(Peshawar), 아프가니스탄으로 가는 관문이다. 탈레반 집권 시절, 인권유린과 전쟁을 피해 많은 아프가니스탄인이 이곳으로 피신했다. 그런데 이곳 분위기도 살벌하다. 외국인을 보면 경찰이 신분증을 요구하고, 국경으로 향하는 도로는 외국인 출입금지다. 그래서 현지인을 고용해 카메라 촬영 방법을 알려주고 국경으로 들여보냈다. 화면을 보니 많은 수의 탈레반이 보이고 그들의 목소리가 담겼다. "전쟁에 져서 어떻게 해야 할지 모르겠다. 마음이 아프다. 오사마 빈 라덴의 새로운 명령을 기다리고 있다."

탈레반은 파슈툰어로 '학생들'이라는 뜻이다. 그들의 목표는 '종교가 곧 국가의 법'이라는 이슬람 신정국가 건설이다. 페샤와르에서 탈레반을 묻는 것은 금기사항이다. 서방세계의 정보요원들이 몰려 있어 외국인을 조심해야 한다. 페샤와르에는 이슬람의 교리를 가르치는 학교가 삼천여 개가 있는데 마드라사(madrasah)라고 부른다. 원래는 전쟁고아들을 모아 코란을 가르치려고 세웠다. 하지만 지금은 탈레반의 집결장소로 미래의 탈레반을 양성하는 역할을 한다. 여러 경로를 통해 마드라사 취재를 섭외했다. 한 학교에서 허락한다는 답변이 왔다. 큰 기대를 하지 않았던 터라 무척 놀랐다. 상대가 경계심을 갖지 않도록 무슬림 남자들이 쓰는 타키야라는 모자와 간단한 인사말도 외우는 등

만반의 준비를 끝냈다.

마드라사에 들어가는 날이다. 학교 정문에서부터 코란을 읽는 소리가 귓전을 울린다. 운동장에 아프가니스탄에서 도망 나온 탈레반이 모여 있다. 교장은 매일 100명이 온다고 했다. 그래서 그들을 위해 기숙사도 운영한다. 기숙사에는 풀지 않은 짐 가방이 여기저기 놓여 있다. 방 한쪽에서는 흙바닥에 담요 한 장을 깔고 코란을 읽는 모습도 보인다. 하루 전, 아프가니스탄에서 왔다는 탈레반은 반드시 아프가니스탄으로 돌아가 미국을 응징하겠다며 목소리를 높인다. 옆에 있던 탈레반이 몰려와 소리를 지른다. "미국에 죽음을!" "오사마 빈 라덴은 살아 있다!" "미국은 우리의 적이다." "탈레반 만세" 마드라사에서는 온종일 코란을 읽고 토론한다. 마드라사의 학생도 어린아이부터 청년, 성인까지 다양하다. 학교장은 강력한 탈레반 전사를 만들겠다며 주먹을 불끈 쥔 채 말한다. "탈레반은 처음에는 10명에서 15명 정도로 시작했습니다. 그렇지만 계속해서 늘어났어요. 이제는 우리가 다 죽든지 아니면 미국이 지든지 둘 중 하나밖에 선택의 여지가 없습니다."

2021년, 탈레반이 돌아왔다. 마드라사에서 만났던 어린아이가 전사가 되어 미국을 이겼다. 그리고 예상대로 공포정치가 또 시작되었다. 아프가니스탄전쟁의 참패는 우리에게 중요한 교훈을 남겼다. 미국은 테러와의 전쟁을 명분으로 아프가니스탄에 막대한 돈과 첨단무기를 투입하고 정규군까지 창설해 훈련했다. 아프가니스탄 정규군은 30만

마드라사에서 교장(가운데)과 함께,
뒤에 보이는 청년들과 어린이가 탈레반 전사

명, 탈레반은 8만 명으로 전력상 도저히 질 수 없는 전쟁이다. 그런데 아프가니스탄은 싸움 한번 제대로 하지 못하고 무너졌다. 이유가 무엇일까?

미국이 아프가니스탄에 쏟아부은 돈은 2,600조 원, 우리나라 한 해 국방예산의 50배다. 미국은 어마어마한 돈을 아프가니스탄으로 보냈다. 하지만 군인들은 월급조차 제대로 받지 못했다. 그 돈은 정치 지도자들의 주머니로 들어갔다. 군인들은 배신감을 느끼고 분노했다. 대통령과 측근의 행동은 더 기가 막힌다. 탈레반의 공격이 카불로 향하는데도 전쟁을 지휘할 국방부 장관을 10개월이나 공석으로 두었다. 야당과의 권력 싸움에만 목을 맨 것이다. 이런 추악한 모습을 보고 어느 누가 조국을 위해 목숨을 걸고 싸우겠는가! 그래서 아프가니스탄전쟁의 패배는 군사력이 아닌 정치의 패배다.

카불이 함락되기 직전, 대통령이 달러를 가지고 해외로 달아났다는 소문이 돌았다. 행방이 묘연하던 그가 나타난 것은 빼돌린 돈이 2천억 원이 넘는다는 주장 때문이었다. 대통령은 뻔뻔스럽게도 SNS에 등장해 2천억 원은 거짓말이라고 부인하고 항전을 포기한 것은 대량 인명피해를 막기 위한 불가피한 선택이었다고 변명만 늘어놓았다. 그런 그가 아이러니하게도 2005년의 한 강연에서 이렇게 말했다.

"아프가니스탄 국민이 가장 두려워하는 것은 국가에게 버려지는 것이다."

믿었던 대통령에게 배신을 당한 국민의 심정은 어떨까. 탈레반의 공포정치보다 더 아픈 상처로 남았을 것 같다. '정치가, 정치 지도자가 권력욕에만 몰입하면 국가의 미래는 없다.' 아프가니스탄전쟁을 통해 우리가 잊지 말아야 교훈이다.

경청하는 리더, 앙케르 예르겐센

〈추적60분〉 후배들 손에 이끌려 오랜만에 영화관을 찾았다. 제목은 〈라디오스타〉. 유명 가수가 불미스런 사건에 연루되어 삼류 가수로 전락해 강원도 시골 방송국에서 라디오 DJ를 하며 재기한다는 내용으로 줄거리는 단순했다. 시작부터 빠져들었다. 배우들의 명품연기 때문이 아니다. 장면 하나하나가 내 이야기처럼 다가왔고 방송의 목표가 감동과 행복, 희망이라는 것을 잘 보여주었기 때문이다.

영화 속에선 할머니와 살던 아이가 생방송에 출연해 집 나간 아버지를 만나고, 방송 덕분에 흠모하던 여인에게 사랑을 고백하고 결혼까지 한다. 화투 치던 할머니들이 방송 중인 MC에게 고스톱 점수 계산 방법을 묻기도 한다. 시골 방송국에서 만든 프로그램이 전국으로 방송될 때는 감동의 눈물도 흘렸다. 각본에 의해 연출된 허구라는 사실을 알면서도 가슴 깊은 곳에서 뜨거움이 솟아올랐다. 그 이유가 무얼까 생각했다. 경청하고 소통하고 공감하려는 노력으로 약자가 강자를 이기는 통쾌함을 실제로 방송국에서도 경험했기 때문이다.

KBS 입사 2년 차에 본사 스포츠국에서 근무하다 강원도의 지역 방송국으로 발령이 났다. 3층짜리 작은 건물에 보도, 기술, 시청자, 방송제작부서가 있었다. 피디는 5명이고 TV프로그램은 〈어린이 노래자랑〉 달랑 하나다. 라디오는 음악방송과 전화상담 프로가 전부다. 여의도에 있는 본사에 비해 근무환경이 너무 열악해 그만둘까 고민도 했지만 고생하시는 부모님을 생각해서 꾹 참았다. 당시 라디오는 영향력이 크지 않다는 이유로 가볍게 생각하는 경향이 있었다.

지방으로 발령받고 맡은 첫 프로그램은 〈젊음의 864〉라는 라디오 음악프로다. '864'는 방송국 주파수다. 방송은 매일 밤 8시부터 10시까지 2시간 동안 엽서 사연을 소개하고 신청곡을 들려준다. 밤에 하는 방송이라 낮에 사전녹음을 한 뒤 송출팀에게 테이프를 넘겨 방송했다. 그래서 종종 사고도 일어난다. 릴에 감아서 사용하는 테이프가 갑자기 끊어지고 편집이 잘못되어 같은 내용이 반복해 나가기도 한다. 지금 생각하면 어처구니없는 실수에 웃음이 나온다.

경청의 소중함

〈젊음의 864〉에는 하루 20여 통의 엽서가 왔다. 대부분 중고등학생이 보낸 것이다. 모두 다 소개할 수 없어 몇 개의 사연을 선정해 방송에 내보냈다. 고민을 적어 보낸 사연은 용기를 내라는 말과 함께 꼭 소개했다. 점점 반응이 오기 시작했다. 10대의 생각과 사연을 적은 엽서가 많아지면서 하루에 70여 통까지 늘었다. 고맙다고 선물도 보내온다. 초콜릿, 사탕, 케이크. 피디가 누군지 궁금하다는 편지까지……. 방송국 입사 후 처음 접하는 반응이어서 신기하고 재미가 있었다. 욕심이 생겼다. 영화 〈라디오스타〉처럼 사연자를 전화로 연결해 MC와 직접 이야기를 나누도록 했다. 프로그램이 생기고 처음으로 녹음 대신 생방송을 시작했다,

음악 신청 전화 외에도 당직실, 보도국 제보전화까지 방송국 전체가 종일 전화벨 소리로 몸살을 앓았다. 때론 밤 12시까지 전화벨이 울렸다. 첫 방송이 끝나고 엔지니어가 이런 기분 처음이라며 손을 내밀어 하이파이브를 하고 방송국장은 나만 불러 고기도 사주었다. 단지 이야기를 들어주고 소통한 것뿐인데 대성공이다. 생방송이어서 재밌는 뒷이야기도 많다. 방송하는 곳은 2층인데 LP음반실은 1층에 있었다. 사연자가 음악을 신청하면 MC와 이야기를 나누는 2~3분 안에 계단을 뛰어 내려가 음반을 가져와야 한다. 많을 땐 하루에 스무 번 이상 그 일을 반복했다. 방송이 끝나면 초죽음이 된다. 그래서 신청곡을 미리 정해놓고 지정한 노래를 신청하도록 으름장(?)까지 놓았다. 그래도 전화가 쏟아졌다. 심지어 중장년층, 외지에서 놀러 온 관광객까지 전화했다. 본사 FM 음악프로그램에서도 담당 피디인 나에게 전화를 연결할

라디오 음악 프로그램에 보내온 정성 가득한 음악 신청 엽서

정도였다. "어제 젊음의 864 들었어?" "방송에서 보내준 사연과 노래 잘 들었다. 고마워" 어느 순간부터 방송이 중고생의 소통 창구로 자리 잡았다. 그래서 생방송을 토, 일요일까지 확대했다. 방송은 성공했지만 내 삶은 엉망이 되었다. 일주일 내내 방송국에서 살다시피 해서 고향에 계신 부모님을 찾아뵙지도 못하고 친구들과의 만남도 끊겼다.

방송의 인기가 오르자 엽서를 보낸 학생들을 직접 만나보고 싶었다. 그래서 아픈 사연을 보낸 학생들을 방송국으로 초대해 구경도 시켜주고 대화도 나눴다. 그들에게 〈젊음의 864〉에 빠진 이유를 물었더니 세 가지 이유를 말한다. 첫째, 학교나 집에서 자신의 고민을 들어주는 어른이 없고 둘째, 고민을 털어놓으면 속이 후련하다. 마지막은 다른 사람의 생각도 듣고 혼자가 아니라는 것을 방송 참여를 통해 느낀다. 라디오 생방송은 방송 생활이 창창하게 남은 입사 2년 차 피디에게 엄청난 선물을 선사했다. 경청의 소중함을 알게 된 것이다.

경청하는 리더, 예르겐센

경청(傾聽), '상대의 이야기를 귀담아듣다'는 뜻이다. 대통령, 국회의원, 지방선거 때 가장 많이 듣는 말이다. 그런데 국민들은 정치인들의 약속을 왜 믿지 않는 걸까. 경청하려면 상대방을 진심으로 대해야 한다. 고통과 아픔을 같이 느끼는 공감능력이 필요하다. 필요한 것을 해결해주려는 실천이 따라야 한다. 선거 때만 되면 출마자는 서민의 아픔을 경청하겠다고 당직자, 지지자들을 대동하고 재래시장에 찾아간다. 그곳에서 어묵도 먹고 물건도 사고 거스름돈은 받지도 않는다. 옆에서 후보님께 박수를 보내자고 바람까지 잡는다. 기자들은 그 장면을 놓칠세라 카메라 셔터를 누른다. 사진이 마음에 들지 않으면 다시 찍겠다고 소리치고 후보자는 다시 한번 환하게 웃어준다. 과연 생선가게 아주머니가, 나물 팔던 할머니들이 진심으로 고마워할까. 내 경험으로 그건 착각이다. 정치인들이 쓸고 간 자리에 찾아가 마이크를 대면 볼멘소리가 가득하다.

장사가 안돼 힘들어 죽겠는데 왜 여기까지 와서 방해하는 거야!

정치를 잘해서 먹고살게 해주면 되지 왜 난리법석인지……. 이제는 안 속아!

후보자들은 재래시장 행보를 표를 얻기 위한 수단으로 생각할 것이다. 하지만 그곳은 서민들에겐 생존의 현장이다. 서민의 고통을 듣고 싶다면 조용히 혼자 찾아가 무엇을 도와드려야 할지 조사해서 정책에 반영하면 된다. 누군가 그 모습을 사진 찍어 공개한다면 그것이야말로 금상첨화다. 상상만 해도 행복하고 감동이 몰려오지 않는가!

경청의 중요성을 강조하는 것은 취재현장의 경험 때문이다. 2016년, 20대 총선을 앞두고 복지국가 스웨덴 정치를 다큐멘터리로 소개했다. 20대 국회 개원 후에는 "행복한 나라 덴마크 정치를 만나다"를 방송했다. 두 나라를 선택한 것은 선진정치를 보여주기 위함이 아니다. 첫째, 정치의 본질이 무언지 보여주고 싶었고 둘째, 특권 없는 정치가 국민을 얼마나 행복하게 하는지 알려주고 싶었다. 마지막으로 정치 지도자가 갖춰야 할 덕목 중에 가장 필요한 것이 무엇인지 말하고 싶었다. 바로 경청이다.

2016년 5월, 덴마크 정치다큐 프로그램을 만들기 위해 덴마크 의회를 방문해 의원들을 만났다. 모두가 한목소리로 덴마크 정치를 상징적으로 보여주는 지도자로 앙케르 예르겐센(Anker Jørgensen, 1922~2016) 전 총리를 소개하면서 그가 살던 집에 꼭 가보라고 한다. 그곳은 코펜하겐 남쪽 노동자 주거지역에 있는 50년 된 임대아파트다. 노동자 출신이었던 앙케르 예르겐센은 47년 동안 그 아파트 3층에서 살았고 총리 시절에도 관저 대신 그곳에 살면서 걸어서 출퇴근했다. 그가 살던 아파트로 올라가니 한 나라를 이끈 정치가가 살던 곳이라고 상상하기 어려울 만큼 시설이 열악했다. 엘리베이터도 없고 방 두 개와 비좁은 부엌, 낡은 샤워실이 전부다.

예르겐센이 이곳을 떠나지 않은 이유는 정치가 서민의 삶과 함께해야 한다는 소신 때문이었다. 주민들은 그와 함께 살았다는 사실이 자랑스럽다며 총리 부부를 그리워했다.

그분은 우리와 다르지 않은 삶을 살았습니다. 한번은 총리의 아내가 아파트 현관을 청소하고 있는데 경호원들이 경호를 하려고 하자 크게

©KBS

예르겐센 전 총리가 살던 집의 내부

화를 냈습니다. 주민들을 불편하게 한다고 말이죠.

그분과는 언제나 대화를 할 수 있었습니다. 길가에서나, 슈퍼 어느 곳이든 말이죠. 총리 부부가 그립습니다. 두 분은 정말 좋은 분들이었습니다.

주민들이 들려주는 한 마디 한 마디가 비수처럼 다가오고 부러웠다. 그의 삶에 더 깊게 다가가고 싶어 어렵사리 아들을 만났다. 코펜하겐 외곽에 사는 그는 아버지가 돌아가신 후 언론과 처음으로 인터뷰한다며 아버지의 유품을 공개했다. 50년 넘게 정치를 했지만 남긴 것은 투박한 가구가 전부다. "아버지는 재산이 없습니다. 그나마 있는 것도 모두 기부하셨습니다"라고 아들 라스 크비스 예르겐센은 말한다. 덴마크 국민이 예르겐센을 그리워하는 데는 또 다른 이유가 있었다. 바로 경청하는 그의 자세다.

예르겐센은 가난하고 삶이 고단한 사람을 만나 이야기 나누는 것을 아주 중요하게 생각했다. 그래서 현장을 자주 찾아가 이야기를 귀담아 듣고 정책에 반영하려 애썼다. 아들이 아버지가 미국을 방문했을 때 일화를 소개하며 환하게 웃는다. "아버지는 외국을 방문하실 때도 그 나라의 서민들을 만나 이야기하고 싶어 했습니다. 미국 대통령과의 정상회담을 위해 워싱턴을 방문했을 때의 일입니다. 차를 타고 이동 중이었는데 갑자기 차를 세우고 한 시간 정도 시민들과 이야기를 나눴습

표지석 하나 없이 꽃만 놓인 예르겐센 전 총리의 무덤

니다. 미국에서 지원 나온 경호원들이 당황해 어쩔 줄 몰라 하며 난감해했지요."

예르겐센은 정치를 떠난 후에도 국민의 삶을 개선하기 위해 혼신을 다 바쳤다. 그리고 요양원에서 투병하다 세상을 떠났다. 그는 유언으로 살던 집 근처 공원에 묻어달라고 했다. 그의 마지막 길도 감동이다. 유명 정치 지도자임에도 그가 묻힌 곳을 찾기가 어려워 주민에게 안내를 부탁했다. 그는 호숫가에 비석도 없이 잠들어 있다.

현장을 찾아다니며 경청하고 국민에게 필요한 법과 제도를 만들어 내는 지도자들의 헌신이 오늘날 덴마크를 최고의 행복 국가로 만든 것이다.

2005년, 학교폭력으로 괴로워하다 극단적인 선택을 한 학생들의 유서가 공개됐다. 대부분 원망과 절망감이 드러난다. 집단 따돌림에 괴로워하던 고등학생은 "친구 하나 없는 바보라며" 자신의 처지를 비관한다. 초등학교 4학년 아이는 "오늘만이라도 학교에 가기 싫다"고 적었다. 고등학교 여학생은 "모든 것이 무섭게 보인다. 가슴이 답답하고 미칠 것 같다. 죽으면 이런 고통은 없겠지"라는 글을 남겼다. 안타까운 사연을 읽으며 생각했다. 그들의 답답함과 억울함을 들어준 사람이 있었다면 비극을 막을 수 있었을 텐데……. 그래서 요즘 학교에서 강연할 때면 이태석 신부의 사례를 소개하고 경청의 소중함을 강조한다.

소통과 공감의 지도자, 타게 엘란데르

복지국가 스웨덴에서 가장 존경하는 정치인을 물어보면 대답이 한결같다. 타게 엘란데르(Tage Fritiof Erlander, 1901~1985) 23년간 총리를 지냈다. 재임 중 11번의 선거를 모두 승리로 이끌었고, 마지막 선거 때는 스웨덴 선거 사상 처음으로 과반이 넘는 53.1퍼센트의 득표율로 재집권했다. 스웨덴이 다당제 국가인 점을 고려하면 대단한 결과다. 하지만 그는 후계자에게 자리를 넘겨주고 정치계를 떠났다. 우리의 정치권을 생각하면 동화 같은 이야기지만 국민이 행복한 나라를 만들기 위해서는 반드시 보고 배워야 할 대목이다. 스웨덴 국민이 20년 넘게 한 정치 지도자를 믿고 지지한 이유가 무엇일까?

2017년, 스웨덴의 남서쪽 린셰핑이라는 작은 도시에 엘란데르의 아들이 산다는 소식을 들었다. 아들은 아버지의 전기를 집필했다. 그를 만나면 엘란데르 총리에 대해 더 정확하고 자세한 이야기를 들을 수 있을 것 같았다. 아들에게 인터뷰를 요청하는 편지를 보냈다. 일주일 후 만나자는 연락이 왔다. 린셰핑은 수도 스톡홀름에서 열차로 2시간 걸린다. 열차에는 우리 취재팀과 70대 부부만 있었다. 촬영 장비를 본 부부가 반갑게 인사를 하며 어딜 가는지 묻는다. 엘란데르의 아들을 만나러 간다고 하자 자리에서 일어나 축하한다며 악수를 청하고 자신의 노트북을 켜고 영상을 보여준다. 엘란데르가 총리로 재직하던 시절 화면이다. 부부는 엘란데르 총리가 오늘의 스웨덴을 만든 장본인이라며 그립다고 했다. 노부부의 눈가에 눈물이 고인다.

스웨덴 의회에서 가장 연장자인 토니 비크란데르 의원(당시 78세, 스웨덴민주당)을 의원회관에서 만났다. 그는 엘란데르가 이끈 사회민주당과 대립하는 극우 정당 소속이다. 그가 책상 서랍에서 책 한 권을 꺼내 보인다. 엘란데르의 친필 사인이 있는 자서전이다. 책을 소개하는 그가 어린아이처럼 좋아하고 감격스러워한다. 토니 의원이 칠십의 늦은 나이에 정치의 꿈을 꾸게 만든 일화를 들려준다.

한 행사장에서 엘란데르 총리를 만나 "우리 마을에 사는 아흔 살 된 오스카라는 노인이 당신 만나기를 손꼽아 기다립니다"라고 말씀드렸습니다. 며칠 후, 다른 모임에서 총리가 단상으로 올라가 이렇게 이야기하더군요. '여기 맨 앞줄에 제 오래된 친구 오스카가 앉아 있습니다.

아들이 쓴 엘란데르 전 총리 전기 표지

안녕 친구!' 그 말을 들은 오스카 노인은 눈물을 흘렸습니다. 너무나 감동이었습니다.

토니 의원은 "엘란데르 총리는 국민이 어떤 이야기를 하든 잘 들어주고 대변하고자 노력한 지도자였다"며 아직도 그를 사랑한다고 했다. 그의 눈가에도 눈물이 고인다. 엘란데르의 정적이었던 야당 지도자들도 그를 그리워한다. 보수당 정권에서 국방부 장관을 지낸 에릭 마르코 전 의원은 "엘란데르는 인격적으로 훌륭한 분입니다. 겸손하고 동정심이 많았습니다. 유능한 협상가로 야당과도 늘 비공식적으로 만났습니다"라며 그를 스웨덴을 구한 영웅이라고 했다.

마음과 노력

스웨덴 국민이 세상을 떠난 정치 지도자를 눈물로 기억하고, 야당 정치인조차도 존경하는 비결이 무엇일까. 그 해답이 엘란데르의 자서전에 있다. "사람들이 무엇을 걱정하는지 찾아내야 한다. 무엇을 걱정하는지 귀담아듣고 그것에 집중해야 한다."

국민의 아픔과 고통을 함께 느끼는 마음, 국민이 필요한 것을 해결하려는 노력, 이것이 23년 장기 집권을 가능하게 만든 원동력이다. 그는 떠났지만 국민을 진심으로 섬기는 마음은 특권 없는 정치로 유명한 스웨덴 정치의 정신으로 살아 있다.

엘란데르 아들 부부가 사는 곳은 지은 지 100년이 넘는 목조건물이다. 장기 집권한 최고 권력자의 아들이 사는 곳이라고 믿을 수 없을 만큼 허름하다. 아들은 린셰핑대학교 총장을 마치고 아버지가 살아온 길을 책으로 펴냈다. 아들 부부가 엘란데르의 유품이 있는 지하실로 안내했다. 재임 시절 찍은 사진이 가득하다. 병원을 방문해 간호사들과 활짝 웃고, 공장노동자의 이야기도 듣는다. 아들 부부가 풀어놓는 전직 총리의 삶은 감동의 연속이다. 그들이 엘란데르 총리가 재임 시절 입었던 양복과 구두를 꺼내왔다. 상표를 보니 가격이 저렴한 양복이다. 어깨와 손목 부분은 해지고 빛이 바랬다. 총리는 그 양복을 20년 동안 입었다. 구두는 밑창을 갈아 오래도록 신었다. 검소함은 부인도 똑같다. 집권 23년 동안 총리 부인으로서 국회 개원식에 참석할 때 입은 옷이 단 한 벌이다. 아들 부부가 더 놀라운 이야기를 들려준다. "아버지는 총리 전용차를 이용하지 않고 어머니가 운전하는 자가용을 이용해 출퇴근하셨습니다." 당시 총리의 출근 소식은 언론에도 소개돼 큰 화제를 불러일으켰다. 감동은 계속된다. 엘란데르 부부는 총리관저 대신 서민들의 내 집 마련을 위해 지은 임대아파트에서 살았다. 서민들과 함께 지내기 위해서다. 월세도 꼬박꼬박 개인 돈으로 냈다. 아들은 아버지가 최고 권력자였지만 검소하고 정직하게 살았다며 자랑스러워했다.

며느리가 서재에서 하얀 장갑을 끼고 작은 상자를 조심스럽게 들고 온다. 엘란데르가 총리 시절 쓴 일기장이다. 임기 중 경험했던 모든 것을 빼곡하게 적었다. 일기장에는 국민의 고통을 걱정하고 해결하기 위해 얼마나 애를 썼는지 보여주는 내용이 적혀 있다.

끔찍한 밤이다. 잠을 이룰 수가 없다. 총리직을 수락한 것은 권력을 원하거나 리더의 자격이 있어서가 아니다. 내가 실패하면 그다음에는 어떻게 되는 거지…….

너무 피곤해 지쳤다. 허리가 끊어지는 줄 알았다. 마지막 해에는 정말 많은 일을 했다. 무척 힘들었다.

아들 부부에게 일기장을 직접 넘겨봐도 되는지 물었다. 한 장 한 장 만질 때마다 손끝으로 진한 감동이 몰려왔다. 엘란데르 총리가 가졌던 23년의 권력은 국민을 위한 봉사 그 자체였다.

유엔 산하 자문기구인 지속가능발전 해법네트워크(SDSN)는 2012년부터 146개 나라를 대상으로 국가별 행복지수를 산출해 순위를 발표한다. 평가 기준은 기대수명, 사회적 지지, 자유, 부정부패, 관용 등 6개 항목이다. 2022년, 우리나라의 행복지수는 5.935점으로 59위다. 1위를 차지한 핀란드부터 덴마크, 스웨덴, 노르웨이 같은 북유럽 국가가 모두 10위 안에 들었다.

한때 가난과 노사갈등으로 혼란스러웠던 스웨덴이 세계 최고의 행복한 국가가 된 비결은 무엇일까? 그 비결의 산파 역할을 한 특별한 장소가 있다. 스톡홀름에서 차로 1시간 30분을 달리면 하르프순드라는 시골 마을이 나온다. 이곳 넓은 호숫가에 단층 건물 세 채가 보인다. 내부 시설도 특별하지 않다. 총리의 여름별장이다. 엘란데르는 집권 23년 동안 이곳을 자신을 위해 사용하지 않았다. 그는 매주 목요일 기업 대표, 노동자 대표, 야당의원, 지방의원 들을 총리 별장으로 초대해 식사하고 대화하며 정책을 협의했다. 그리고 세계가 부러워하는 복지제도를 만들어냈다. 목요모임은 '하르프순드 민주주의'로 불릴 만큼 유명해졌다. 유럽 정상들도 대화의 장소로 이용하는 민주주의를 상징하는 장소가 되었다. 생각과 이념이 다른 정당과 단체를 한자리에 모아놓고 대화를 통해 합의를 이끌어낸 비결은 무엇일까?

엘란데르 총리가 기업 대표, 노동자 대표, 야당의원 들과 정책을 협의한 목요회의

안데쉬페르베 금속노조위원장의 말이 그것을 상징적으로 보여준다. "총리를 신뢰한 것은 일방적 통보가 아니라 우리를 존중해주는 진심을 느꼈기 때문입니다. 엘란데르는 항상 우리와 이야기를 나누고 야당과 대화를 한 다음, 국회에서 정책을 통과시켰습니다."

타게 엘란데르는 청년 시절 급진주의 활동을 한 좌파 정치인이다. 총리로 선출되었을 때 국왕과 국민들은 많은 걱정을 했고 노사분규로 힘들어하던 경영자들의 거부감도 대단했다. 그러나 취임 후 그의 행보는 전혀 달랐다. 야당 인사를 내각에 포함하고 경영자에게 손을 내밀었다. 경영자들의 마음을 돌려놓은 것도 설득하려고 노력을 다한 진심 덕분이다.

아동무상급식, 자녀수당, 주택수당, 산업재해보상, 의료보험, 9년제 의무교육, 국비대여장학금은 엘란데르의 대화 정치가 만들어낸 정책들이다. 서민이 행복한 삶을 살아가도록 도움을 주는 선물이다. 스웨덴 국민이 엘란데르 총리를 눈물로 기억하는 이유다.

우리나라도 노사갈등이 심해지자 스웨덴 모델을 도입해 노사정이 참석하는 대타협 기구를 만들었다. 그러나 번번이 합의에 실패한다. 정치권도 협치를 실천하겠다고 대국민 약속을 하지만 말뿐이다. 상대를 진심으로 설득하려는 노력보다는 보여주기 식의 결과에 집착하기 때문이다. 모두가 동상이몽이다.

I feel your pain

1969년, 엘란데르는 과반이 넘는 지지로 총선에 승리했지만 후계자인 팔메(Sven Olof Joachim Palme, 1927~1986)에게 권력을 넘겨주고 정계를 떠났다. 그런데 스웨덴 국민은 엘란데르 부부가 돈이 없어 거처할 곳을 구하지 못한다는 소식에 또 한 번 놀란다. 당원들이 급하게 돈을 모아 집을 마련해주었다. 스톡홀름에서 차로 2시간 거리에 있는 봄메쉬빅, 호수가 있는 한적한 시골이다. 그는 이곳의 작은 주택에서 16년 동안 살았다. 놀라운 것은 총리 시절보다 더 많은 사람이 찾아왔는데 그중 상당수는 정치적으로 반대편에 섰던 사람들과 기업 대표들이었다. 그가 살던 집은 정치를 꿈꾸는 젊은이들이 꼭 방문하는 명소가 됐다. 집권 사회민주당은 이곳에 정치학교를 세워 엘란데르가 실천했던 봉사의 정치를 가르치고 있다.

스웨덴 린네대학에서 정치학을 가르치는 최연혁 교수가 전하는 스웨덴 정치에 대한 경험담은 우리가 깊이 새겨들어야 할 대목이다.

스웨덴 정치인들은 국민이 낸 세금을 단돈 1원이라도 헛되이 쓰는 것을 도적질이라고 생각합니다. 정치는 봉사하는 것입니다. 그래서 정치를 오래 할수록 경험과 경력을 가지고 자랑하거나 군림하거나 권위를 내세우지 않습니다. 저는 그런 정치인을 한 번도 본 적이 없습니다.

잉바르 칼손(Gösta Ingvar Carlsson, 1934~) 전 총리 또한 생존한 스웨

엘란데르 전 총리가 은퇴 후 거주한 당원들이 구해준 집

덴 정치인 가운데 가장 존경받는 인물이다. 엘란데르 총리 시절 비서와 장관을 지내고 두 번의 총리를 지냈다. 그 역시 스스로 물러났다. 그가 장관 시절 경험한 감동적인 일화를 들려주었다. 엘란데르의 부인 아이나 안데르손의 이야기다. 엘란데르가 총리를 사임한 뒤, 부인이 주택부 장관인 자신을 찾아와 볼펜 자루 뭉치를 건넸다고 한다. 그래서 왜 자신에게 주는지 묻자 이렇게 대답했다. "남편이 총리 시절 쓰던 볼펜입니다. 총리를 그만두었으니 정부에 돌려주는 것이 옳다고 생각합니다." 볼펜에는 '정부 부처' 이름이 쓰여 있었다.

엘란데르 아들 부부는 "부모님의 삶은 겸손 그 자체입니다. '당신을 이해합니다.' '당신을 중요하게 생각합니다.' '당신을 위해 돕기를 원합니다.' 그런 마음으로 사람들을 대하신 부모님과 함께했다는 것이 너무나 감동입니다"라고 부모를 회고했다.

"I feel your pain(나는 당신의 고통을 함께 느낍니다)." 우리말로는 공감의 뜻과 같다. 공감(共感)은 다른 사람의 감정, 의견, 주장을 함께 느끼고 이해하는 것이다. 국민이 행복하고 정치가 신뢰받는 나라의 공통점은 바로 공감지수가 높다. 2016년과 2017년, 다섯 편의 북유럽 정치 다큐를 방송하고 파장이 무척 컸다. 우리 국회의원들의 볼멘소리도 들려왔다. "우리와 정치 상황도 다르고 문화도 다르다. 할 일이 태산인데 자전거 타고 출근하고 보좌관 수를 줄이면 어떻게 일을 하나, 단순 비교는 안 된다." 놀라운 것은 동조하는 의원이 여당 야당 구분이 없고 정치개혁을 주장하는 소장파도 있었다는 것이다. 내가 북유럽 정치를

권위와는 거리가 멀어 보이는 스웨덴 3선 의원 사무실

소개한 것은 그들의 정치를 그대로 따라 하라는 것은 아니다. 정치 지도자에게 공감능력이 얼마나 중요한지 보고 느꼈으면 하는 마음이었다. 앞서 소개한 종군기자의 목숨을 건 취재도, 마피아 전담 검사가 목숨을 걸고 수사를 하는 것도, 다음에 이야기할 가난한 사람에게 무료 진료를 해준 선우경식 박사도 모두 공감능력이 있기에 그 일을 할 수 있었다.

2022년 1월, 방화복을 입은 소방관들이 함박눈을 맞으며 팻말을 들고 청와대로 행진한다. "잇따른 순직에 현장은 분노한다." "더이상 죽기 싫다." 화재를 진압하다 3명의 소방관이 또 희생되자 거리로 나온 것이다. 2008년, 〈추적60분〉 책임 프로듀서 시절, 우리나라 소방행정과 소방관 처우 문제를 고발했다. 제1편 "소방관들이 분노한 이유" 제2편 "생존" 당시 총리실 홈페이지에 소방관이 올린 글이다.

주 84시간 근무, 2교대, 비번 날 근무, 특별경계근무 더이상 어떻게 더 특별하란 것인가. 대한민국 소방관은 현대판 노예다, 소방관도 인간이다.

10여 년의 시간이 흘렀지만 변한 게 없다. 사고만 나면 대책을 약속하지만 그때뿐이다. 그러는 사이 불타는 현장에서 소방관들이 계속해서 쓰러졌다. 영결식장에서 만난 소방관은 그들이 분노하는 이유를 이렇게 말한다. "소방관은 권력과 아무런 관계가 없으니까, 사건이 터질 때만 필요한 존재로 생각하는 겁니다."

법과 제도를 만드는 국회의원과 공무원들이 소방관들이 처한 현실을 한 번이라도 진심으로 아파하고 고통을 느꼈다면 반복되는 비극만큼은 막을 수 있었을 것이다.

가난한 이의 벗, 선우경식 원장

2021년 11월 첫날, 새벽 열차를 타고 지방 강연에 가기 위해 용산역에 도착했다. 날씨가 쌀쌀한데 대합실 입구 바닥에서 잠을 자는 노숙인이 보인다. 아무것도 덮지 않았다. 지나가는 사람 누구도 그에게 관심이 없다. 그 노숙인의 머리맡에 가지런히 놓인 깨끗한 운동화를 보고 발걸음을 멈추었다. 그 모습을 보는 순간 마음이 찡하다. 한때는 한 집안의 가장이고 노모를 모시던 아들이었을 텐데……. 돌아가고 싶어도 갈 수 없고, 보고 싶어도 볼 수 없는 현실이 그를 얼마나 힘들게 할까! 〈추적60분〉에서 이내규 피디와 "서울역25시"라는 제목으로 노숙인의 실태를 다룬 적이 있다. 직장을 잃고 가족에게 미안해 집을 떠난 사람들. 그들이 역에서 노숙하는 이유가 무언지 궁금했다. 혹여 아는

머리맡에 가지런히 신발을 놓아두고 잠든 노숙인

사람을 만날까 걱정은 되지만 고향으로 가는 열차를 보면 위안과 희망이 생긴다고 한다. 그래서 그들의 처지가 더 아프게 다가왔다.

대합실 안으로 들어가자 TV 화면에 여당과 야당 대통령 후보의 모습이 보인다. 지지자에 둘러싸여 불끈 쥔 두 손을 흔든다. 그의 이름을 부르며 환호하는 소리도 들려온다. "국민의 행복을 책임지겠습니다." 오늘도 공허한 메아리처럼 들려온다. 노숙인은 경제정책의 실패가 만들어낸 이 시대의 가장 가난한 사람들이다. 그들의 손을 따뜻하게 잡아주고 아파하는 지도자를 보고 싶은 것이 무리한 바람일까?

영등포 쪽방촌 슈바이처

2008년, 〈추적60분〉 책임 프로듀서로 있을 때 영등포 쪽방촌에서 무료 진료를 해주던 의사가 세상을 떠났다는 소식을 접했다. 선우경식(1945~2008) 원장이다. 부끄럽지만 당시엔 그분이 누군지 몰랐다. 그렇지만 자료를 찾아보고 깜짝 놀랐다. 11년 동안 43만 명에게 무료 진료를 해준 분이다. 모두가 신용불량자, 독거노인, 주민등록이 말소돼 의료보험 혜택을 받지 못하는 국가가 외면한 환자를 혼자서 돌본 것이다. 자신의 모든 것을 내려놓고 가난한 사람들을 돌본 그분의 생각과 마음을 만나고 싶어 후배 피디에게 아이템으로 긴급 제안했다.

쪽방촌은 힘겨운 삶을 살아가는 사람들의 마지막 안식처다. 자식에게 버림받고 가족과 연락을 끊고 사는 아픈 사연의 주인공들이다. 주거환경도 말이 아니다. 한 사람이 누워도 빠듯한 공간에서 밥을 해서 먹고 빨래도 해서 말린다. 생계를 위해 폐지와 병을 주워 팔기도 한다. 하루 수입이 고작 몇천 원이다. 그래서 아파도 병원에서 치료받을 엄두도 내지 못하고 쓸쓸하게 세상을 떠나는 사람이 많았다.

영등포 쪽방촌은 1960년대에 형성된 집창촌이었다. 정부가 성매매 단속에 나서자 가난한 이들에게 세를 주는 쪽방촌으로 바뀌었다. 그래서 원주민보다는 외부에서 유입된 사람들이 대부분이다. 취재 당시엔 500여 개의 쪽방에 600여 명이 살고 있었다. 많은 사람들이 아침부터 술에 취해 산다. 마음의 상처가 깊어 사소한 말 한마디에도 싸운다. 우리 시대의 가장 가난한 이웃이 사는 곳, 그곳에 4층짜리 건물이 있다. 요셉의원, 쪽방촌 사람들을 무료 진료하는 곳이다. 이 병원을 세운 선우경식 원장이 세상을 떠났다.

발인 날, 새벽부터 병원 앞으로 사람들이 모여든다. 선우경식 원장이 세상을 떠났다는 소식을 듣고 전국에서 달려온 것이다. 운구차가 도착하고 영정 사진 속 원장이 환하게 웃으며 주민들을 만난다. 전남 영광에서 온 여인은 아버지를 떠나보낸 아이처럼 서럽게 울고, 굳게 닫힌 병원 문을 만지며 한참 동안 떠나지 못하는 남성도 보인다. 모두가 두 손을 모으고 허리를 굽혀 마지막 인사를 한다.

원장님 그동안 감사했습니다, 고마웠습니다!

어깨가 축 처져 걸어가는 그들의 뒷모습을 보면서 그분이 떠난 빈자리가 너무나 크고 무거워 보였다.

선우경식 원장은 무료 진료를 하면서 자신이 알려지는 것을 원하지 않았다. 그의 삶과 관련된 뉴스 기사가 없는 것도 그 때문이다. 가족도 그분의 뜻에 따라 취재에 응할 수 없다며 양해를 구한다. 없는 일도 자신이 한 것처럼 자랑하는 세태를 생각하니 더 큰 감동이 밀려오고 그래서 더욱 세상에 알려야겠다고 생각했다. 후배 피디에게 원장님에게 도움받은 사람들을 찾도록 했다. 직접 뵙지를 못한 상황에서 사람들의 증언이 그분의 삶을 판단할 수 있는 방법이기 때문이다.

선우경식 원장은 국내에서 의대를 졸업하고 미국의 유명 병원에서 내과 전문의 과정을 마친 엘리트다. 국내로 돌아와 병원에서 진료도 하고 의대에서 학생도 가르치게 되면서 동료나 후배들에게 부러움의 대상이 됐다. 그런데 1987년, 갑자기 의과대학 교수직을 그만두고 서울 신림동의 한 시장에 있는 허름한 건물에 병원을 개원한다. 동창과 지인들이 찾아와 축하해주었다. 병원 개원은 의사들의 꿈이기 때문이다. 그들은 얼마 지나지 않아 선우경식 원장이 무료 진료를 한다는 놀라운 소식을 듣게 된다.

병원을 찾는 환자들은 모두가 형편이 어려운 사람, 주변 달동네에 사는 가난한 사람들이다. 선우경식 원장이 시장에 개원한 데는 이유가 있었다. 환자들이 쉽게 찾을 수 있고 대중교통이 편리한 곳을 택한 것이다. 당시 신림동 지역엔 우리나라에서 가장 큰 달동네가 있었다. 무료 진료 소식이 퍼지자 환자들이 몰려들었다. 대기실이 부족해서 원장실도 없앴다. 병원은 오래가지 못했다. 시장 상가가 재개발 지역으로 묶인 것이다. 주민들은 더는 무료 진료를 받지 못한다는 사실에 안타까워했다.

환자들의 아버지, 선우경식

선우경식 원장은 무료 진료를 중단하지 않았다, 이번에는 도시빈민이 모여 사는 영등포 쪽방촌에 다시 병원을 열었다. 신림동 달동네보다 더 어려운, 치료비 한 푼 낼 수 없는 노숙인과 행려자들이 사는 곳이다. 그는 11년 동안 이곳에서 환자를 돌보며 마음의 상처를 어루만져주고 희망을 찾도록 도와주었다. 그러다가 위암 판정을 받고 3년 동안 투병하다 예순셋의 나이에 생을 마감했다. 주민들은 그를 '쪽방촌의

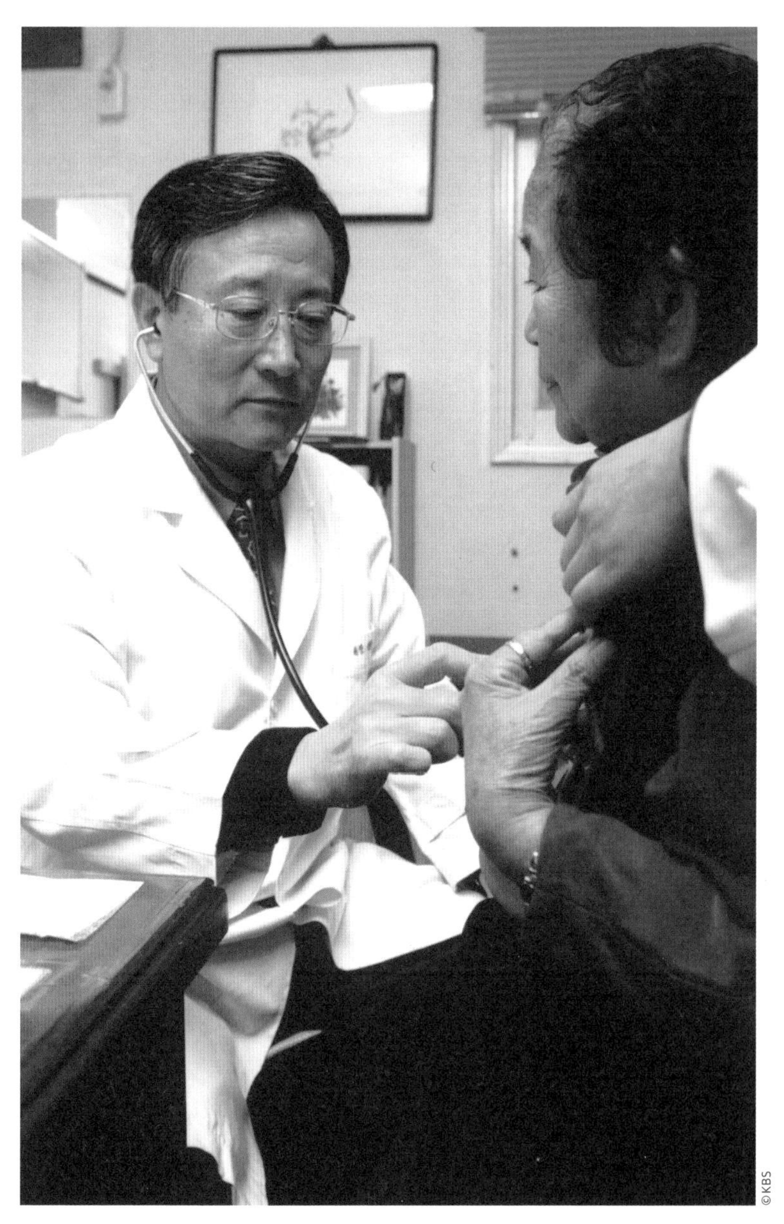

환자를 진료하는 선우경식 원장

슈바이처'라고 불렀다. 선우경식 원장이 빈민촌을 찾아간 것은 특별하거나 대단한 계획이 있어서가 아니다. 그는 가톨릭 TV와의 인터뷰에서 자기 뜻을 밝혔다. "환자들이 치료를 잘 받아서 사회의 한 사람으로 독립해 자활할 수 있는 터전을 마련하는데 도구가 되었으면 하는 것이 저의 바람입니다."

가난한 환자에 대한 그의 애정은 각별했다. 환자를 기다리지 않고 찾아다녔다. 무료 진료지만 진료에 소홀하지 않았고 치료를 거부하면 설득하고 엄포도 놓았다. 환자가 술에 취해 행패를 부리면 아이가 엄마에게 떼를 쓰는 것이라 여기고 받아주라고 직원들에게 부탁했다. 가난한 환자를 치료하는 것은 그의 삶의 전부였다. 그래서 결혼도 하지 못했다.

진료비를 한 푼도 낼 수 없는 이들이 귀한 보물임을 발견한 곳이 진료실이다. 그래서 평생 진료실을 떠날 수 없었다. 돌이켜 보면 환자들은 내게는 선물이나 다름없다. 의사에게 아무것도 해줄 수 없는 환자가 진정 의사에게 필요한 환자가 아닌가?(『착한이웃』 2003년 5월호, 선우경식 원장 기고문 중에서〉)

환자들이 선우경식 원장을 아버지처럼 믿고 따른 것은 특별하게 도움을 주어서가 아니다. 환자들이 괴로워하고 슬퍼할 때 함께 아파해주고 답답함을 해결해주려 노력했기 때문이다. 닫힌 마음의 문이 열리자 치료도 효과를 보기 시작한다. 병원이 자리를 잡아가자 이번엔 알코올 치료센터도 운영했다. 이곳 환자의 90퍼센트가 술에 의존하기 때문이다. 장례미사에서 알코올 재활치료를 받은 젊은이가 감사의 인사를 했다.

살아 계실 때 원장님을 아버지라고 불러보고 싶었습니다. 이제라도 아버지라고 불러보고 싶습니다. 아버지! 그동안 감사했습니다. 속 안 썩이고 열심히 살겠습니다. 아버지도 하느님 곁에서 편히 쉬십시오. 아버지!

아버지를 외치는 원생의 외마디가 그리움에 사무친 절규처럼 들려왔다. 인간이 꽃보다 아름다운 이유를 알 것 같았다. 가난하고 고통받는 사람에게 삶의 희망을 찾도록 도와주기 때문이다. 선우경식 원장은 병원 옥상 4층을 가장 좋아했다. 쪽방촌을 내려다볼 수 있기 때문이다. 김수환 추기경이 방문했을 때도 그는 옥상에서 쪽방촌 사람들의 애환을 전했다.

간호사가 진료실 중고 캐비닛에서 그가 생전에 신던 구두를 꺼낸다. 오래되고 낡았다. 진료할 때 매던 넥타이는 오천 원짜리다. 그가 남긴 흔적 하나하나가 감동이다. 치료 약이 부족해 동창들을 찾아다니며 도움을 청하고 병원 운영비가 부족해서 동생에게 손을 내밀었다. 병원으로 보내오는 후원금은 아껴 썼다. 사람의 크기는 사랑의 크기라는 말이 생각난다. 가난한 환자에 대한 지극한 사랑은 욕심과 이기심이 가득한 우리를 부끄럽게 한다.

환자를 살려야 한다는 생각뿐이다. 염치 불구하고 동창이 운영하는 병원에 환자를 떠맡기고 큰 병원에 가서 환자를 살려야 한다고 떼를 쓰기도 했다. 병원에서 밤을 새우며 치료를 해달라고 매달리기도 했다. 가난한 사람이라고 치료를 소홀히 할 수는 없다(개원 20주년 소식지).

2005년, 선우경식 원장은 위암 말기 진단을 받는다. 환자의 생명을 살리기 위해 애를 쓰면서도 정작 자신의 건강은 돌보지 못했다. 3년간 항암 치료를 받는 동안에는 식사도 하지 못하고 통증으로 고생했다. 머리가 빠지고 몸이 야위어 움직이기조차 힘들었다. 그러나 진료실에선 환하게 웃으며 환자들을 만났다. 그는 뇌출혈로 쓰러지기 전날까지 환자를 돌보며 진료일지를 기록했다. 진료차트에 힘없이 써 내려간 그의 마지막 글씨가 마음을 더 아프게 했다. 선우경식 원장과 함께했던 간호사는 참았던 눈물을 쏟아낸다. 취재 내용은 "가난한 환자는 나에게 선물이었다"는 제목으로 방송했다. 감동과 찬사의 글이 게시판에 쏟아진다. 〈추적60분〉의 클로징 멘트다.

가난한 사람의 한숨을 보듬어주는 선우경식 원장 같은 리더십을 국민들은 원하고 있습니다. 존경은 돈으로도 권력으로도 살 수 없습니다. 가난하고 절망하는 사람에게 가장 필요한 것은 돈이 아니라 사랑입니다.

이년 후 같은 삶을 살다간 또 한 분의 의사를 만났다. 선우경식 원장 덕분에 그분의 삶을 이해하는 데 큰 도움이 됐다. 이태석(1962~2010) 신부다.

제2부

이태석 신부님, 당신은 사랑입니다

톤즈 성당 십자가에서 찾은 해답

2010년 개봉해 전국을 감동으로 물들였던 〈울지마 톤즈〉의 열풍이 2011년 영국으로 이어졌다. 영국에서 100년의 역사를 자랑하는 가톨릭헤럴드는 1면 상단에 "한 번도 들어보지 못한 21세기의 살아 있는 성인"이라는 제목으로 특집기사를 실었다. 그 파장이 영국 의회까지 번졌다. 영국 상원의원 데이비드 알톤 경은 기사를 읽고 한국에 있는 지인에게 부탁해 〈울지마 톤즈〉 DVD를 구한 뒤, 식량원조 요청을 위해 영국 의회를 방문한 북한 대표단에게 영화 DVD를 전달했다. 북한 대표는 우리의 국회의장 격인 최태복 최고인민회의 의장이다. 알톤 경은 영화를 좋아하는 김정일 위원장이 꼭 봤으면 좋겠다는 의견을 전달했다고 한다. 홍콩에서도 현지 주민을 상대로 영화를 상영했다. 즉석에서 2천여만 원을 모아 이신부의 제자들을 위해 써달라며 맡겨왔다.

새로운 꿈

해외에서의 뜨거운 반응은 나에게 새로운 꿈을 꾸게 했다. 이신부의 뜻을 전 세계로 확산시키겠다는 욕심이 생긴 것이다. 그래서 가톨릭의 성지 바티칸에 이신부의 삶을 알리고 싶었다. 가톨릭신자도 아니면서 교황청을 생각하는 것 자체가 가당치 않다고 생각했다. 하지만 이신부와의 만남부터 영화가 만들어지기까지 경험한 신비한 체험을 생각하며 이신부가 도와줄 거라고 믿었다. 교황청 성직자성 장관으로 임명된 당시 천주교 대전교구장 유흥식 주교를 찾아가 도움을 청했다. 〈울지마 톤즈〉 후속 프로그램 때문에 몇 번 뵌 적이 있고 주교님도 이신부에게 각별한 관심이 있었기 때문이다. 유흥식 주교께서 주한 바티칸 대사와의 만남을 주선하고 면담에도 동행해주었다. 이탈리아로 번역된 영화 원고와 DVD 열 개를 전달하고 교황청 상영을 정식으로 요청했다. 8개월 후, 영화를 상영하겠다는 연락이 왔다. 그런데 조건이 있었다. 로마에 있는 살레시오 방송국에서 이탈리아어 번역과 더빙작업을 다시 하는 조건이다. 감독의 의도와 달리 가톨릭의 입장으로 해석하겠다는 생각이 들어 마음이 불편했지만 이신부를 알릴 절호의 기회라고 생각해 받아들였다.

2012년 12월 15일, 한국 영화사에 새로운 역사가 쓰였다. 〈울지마 톤즈〉가 국내 영화로는 처음으로 바티칸에서 상영됐다. 더구나 평신부의 삶이 영화로 소개된 것은 이번이 처음이다. 상영 장소는 베드로 광장에 있는 교황 비오 10세를 기념하기 위해 만든 홀. 전문 극장이 아닌 까닭에 이동용 스크린에 간이 의자 180개가 마련됐다.

바티칸은 이신부가 사제가 되기 위해 공부한 곳이자 수단과의 인연을 맺어준 곳이기에 더욱 감격스러웠다. 내 최대 관심사는 교황님의 참석 여부였다. 영화 상영 전날까지도 기대하고 있었다. 하지만 갑자기 건강 때문에 참석이 어렵다는 연락이 왔다. 대신 교황청의 두 번째 서열인 국무원장 베르토네 추기경, 성인 시성(諡聖)을 담당하는 시성성 장관, 기록물관리 관장 등 고위 성직자가 참석한다고 알려왔다. 국무원장은 우리의 국무총리다. 그리고 바티칸 주재 12개 나라 대사도 참석 의사를 보내왔다. 한국인 사제의 삶을 담은 영화에 큰 관심을 가질 거라고는 예상하지 못했다. 유가족 대표로 동행한 이태영 신부와 감독인 나도 앉을 좌석이 없을 정도로 자리가 꽉 찼다.

상영장의 불이 꺼지고 〈열애〉를 열창하는 이신부가 스크린에 등장하고 아들의 이름을 애타게 부르며 통곡하는 어머니가 보인다. 이탈리아 남자 성우의 내레이션이 영상의 감정을 제대로 전달하지 못할까 걱정했지만 관객들은 화면 속 주인공에 빠져들었다. 도화지에 한센인의 발을 그리고 신발을 만들어 직접 신겨주는 장면에서는 예수님을 만난 듯 감동하고 숨소리도 크게 내지 않는다. 카메라 한 대로 앞줄에 앉은 교황청 고위 인사들의 반응을 담았다. 베르토네 국무원장이 손수건을 꺼내 눈물을 닦는다. 옆에 있는 두 분의 추기경도 함께 울었다.

눈물에 담긴 의미가 무엇일까. 머릿속이 복잡해진다. 90분 동안 시사회장은 탄식과 웃음과 흐느낌이 쉴 틈 없이 반복됐다. 영화가 끝났다. 누군가 박수를 치자 모두가 하나가 돼 한참 동안 박수가 이어진다. 베르토네 추기경이 단상에 올라왔다. 눈물이 채 마르지 않은 듯 손수건을 꺼내 얼굴부터 닦고 먼저 가족에게 감사의 인사를 했다.

예수님처럼 아름다운 삶을 살아온 모습 앞에서 무슨 말을 할 수 있겠습니까? 이신부의 해맑은 미소와 가득한 향기는 하느님의 사랑을 그대로 보여준 것입니다. 이런 훌륭한 분을 우리에게 주신 가족, 특히 어머님께 경의를 표합니다. 이신부가 뿌린 작은 불씨가 우리들의 마음 속에서 크게 피어나기를 바랍니다.

〈울지마 톤즈〉를 관람하는 바티칸 고위 성직자들

시사회장에 박수 소리가 가득하다. 추기경이 연설한 5분 동안 세 차례 박수가 쏟아졌다. 추기경에게 다가가 감사의 인사를 하자 "이태석 신부는 예수님의 사랑을 온몸으로 실천하셨는데 나는 그렇지 못해 부끄럽습니다"라는 말로 화답하고 추기경은 자리를 떠났다.

추기경이 흘린 눈물의 의미가 무엇인지 알 것 같았다. 바티칸에 있는 우르바노대학, 394년의 역사를 가진 곳이다. 선교사를 양성하는 곳으로 신부, 수녀, 일반인도 다닌다. 사제의 길을 가고자 하는 신학생에게 큰 도움이 될 거라는 생각에 학교 식당에서 영화를 상영했다. 아프리카, 아시아, 남미에서 온 50명의 학생이 모였다. 교황청 상영 때처럼 눈물이 가득하다. 중국에서 온 신학생은 "사랑은 말이 아닌 실천을 통해 이뤄지는 것을 깨달았다"고 했다. 몽골 출신의 유학생은 "겸손하고 진정성을 보여주는 것이 사제에게 중요하다는 것을 알았다"며 감사하다고 인사했다.

분당 같은 부자 성당에 가면 신발을 벗고 미끄러질까 봐 조심해서 걸어야 할 것 같은 그런 느낌도 있고 하여튼 많이 불편해요. 꼭 내가 다른 세상에 와 있는 것 같다는 그런 느낌이 많이 들었어요(이태석 신부, 로스앤젤레스, 2008년).

톤즈 성당, 벽돌로 지은 건물 곳곳에 구멍이 보인다. 흙으로 다진 바닥은 울퉁불퉁하다. 우리나라 성당과는 비교할 수 없을 만큼 낡고 허름하다. 그러나 이곳은 가난과 전쟁의 고통으로 신음하는 주민들에게 삶의 희망을 찾도록 도와준 곳이다. 성당 정면에 먼지가 뽀얗게 앉은 작은 예수상이 보인다. 의자에 앉아 예수상을 바라보는데 갑자기 마음에 큰 울림이 다가왔다. '예수님은 고통받고 절망할 때 용기와 희망을 주는 분이었구나! 예수님은 하늘 높은 곳에 있는 것이 아니라 우리의 마음속에 계셨구나!' 이태석 신부가 온갖 고생을 하면서도 웃음을 잃지 않고 사랑을 나눠주려고 애를 쓴 이유가 궁금했는데 예수상을 보면서 그 해답을 찾았다. 이태석 신부가 예수님이다. 〈울지마 톤즈〉가 유명해지자 이신부를 성인으로 추대하자는 목소리가 들려왔다.

나는 그가 성인의 반열에 오르는 일에 크게 마음 쓰지 않는다. 그것은 가톨릭교회에서 판단하고 결정할 문제다. 다만 영국 가톨릭신문의 제목처럼 나를 비롯해 사람들의 가슴엔 이미 성인으로 기억되고 있다. 이태석 신부의 삶에 담긴 사랑과 나눔이 오래도록 기억되었으면 하는 마음뿐이다.

주민들에게 위로와 희망이 된 톤즈 성당 십자가

성당에서 미사를 집전하는 이태석 신부

또 다른 도전

다큐멘터리는 사건이나 인물을 단순히 소개하는 데 그쳐서는 안 되고 모두가 공감하고 사회변화를 이끌어내는 힘이 있어야 한다. 나는 이태석 신부의 삶에서 돈과 권력을 지키기 위해 공정과 정의를 헌신짝 버리듯 내팽개치는 병폐를 바꿀 수 있다는 희망을 보았다. 불교신자가 십 년 넘게 가톨릭 사제의 삶을 놓지 못하는 이유이기도 하다. 〈울지마 톤즈〉 이후 5편의 다큐멘터리를 더 만들었다. 이신부의 삶을 사람들이 계속해서 기억했으면 좋겠다는 간절함 때문이었다. 한 인물에 대해 여러 편의 후속 이야기를 다룬 것은 1983년, 이산가족 찾기 방송 이후 처음이다. 이태석 신드롬을 사회변화로 연결하기 위해서는 단순한 감동의 차원을 넘어 관심을 결집할 수 있는 새로운 무언가가 필요했다.

2011년, 개발도상국에 원조기금을 지원하는 한국수출입은행 담당자가 찾아왔다. 자신들이 추진하는 대외 원조 사업에 이태석 신부의 정신이 함께하면 좋겠다는 뜻밖의 제안을 했다. 가난한 나라가 자립할 수 있도록 도움을 주는 원조 사업은 무상원조와 유상원조가 있다. 우리도 1950~60년대 선진국의 원조로 경제성장을 이루는 데 큰 도움을 받았다. 이처럼 좋은 취지임에도 최근 일부 강대국들이 자국의 이익을 위해 경제, 국방 분야까지 간섭한다는 비판이 제기되고 있다. 공짜는 없다는 의미다. 따라서 이태석 신부의 사랑과 헌신의 정신을 담은 원조 사업을 한다면 대한민국의 진정성을 알릴 수 있어 국익에도 도움이 되고 무엇보다도 그의 삶을 해외로 확산시킬 수 있는 절호의 기회라고 생각했다.

부활을 위한 프로젝트

구체적인 사업 추진을 위한 실무자 회의가 시작됐다. 나는 수출입은행 담당자에게 남수단에 병원 건립을 제안했다. 장기간의 전쟁으로 폐허가 된 남수단에 병원은 시급하고 절박한 문제다. 내가 병원 건립에 더 적극적으로 나선 것은 생전 이신부의 꿈이기 때문이다. 진심은 통했다. 남수단 수도에 600병상 규모의 현대식 병원을 짓겠다는 구체적인 사업계획이 확정됐다. 이 소식이 언론을 통해 알려지자 축하 전화가 쏟아진다. 담당자를 만나 고맙다는 인사를 하고 부탁을 하나 더 했다. 아예 의과대학까지 세워 병원 이름을 '이태석의과대학병원'으로 하자고 제안했다. 수출입은행도 흔쾌히 받아들였다. 우리나라 세브란스병원처럼 이신부의 사랑을 남수단 국민에게 영원히 남길 수 있다는 생각에 잠이 오지 않았다. 한편으로는 상상도 하지 못하던 일이 일사천리로 진행되어 걱정도 됐다.

2011년 1월의 마지막 날, KBS 5층 회의실, 한국수출입은행장, 남수단 기획재정부 차관, KBS 사장이 정부와 기관을 대표해 협약을 체결했다. 사업명은 '스마일톤즈 프로젝트'다. 우리나라 최초의 정부와 민간단체 협력 사업이다. 정부는 남수단 최초의 의과대학병원을 짓는 데 필요한 돈을 지원하고 톤즈 지역 보건소와 학교 건립 및 교육지원은 국민이 참여하는 성금으로 추진토록 했다. 민간 사업을 위해 발족한 기구가 사단법인 이태석 재단이다. 초대 이사장으로 유가족인 이태석 신부의 형인 이태영 신부를 추대했다. 이와는 별도로 KBS는 남수단에 문화 사업을 지원하겠다고 약속했다. 첫 사업으로 아랍어로 번역된 〈울지마 톤즈〉 테이프를 남수단 국영TV에 보냈다. 사업이 하나하나 추진될 때마다 꿈을 꾸는 것 같았다. 피디가 프로그램을 제작하는 역할을 뛰어넘어 정책을 이끌어낼 수 있는 힘이 있다는 것을 처음 알았고 이태석 신부가 얼마나 대단한 존재인가를 체감했다.

2011년 7월 14일, 남수단이 193번째 독립국가로 UN의 회원국이 됐다. 대통령이 병원 건립을 1호 공약으로 내세울 만큼 의료시설 확보는 새 정부의 핵심과제였다. '스마일톤즈 프로젝트'는 그들에게 큰 선물이었다. 유럽 국가가 병원을 지어주겠다고 나섰지만 거절하고 한국으로 결정했다. 정부 주도가 아닌 국민이 함께 참여하는 원조방식이었기 때문이다. 프로젝트에 참여한 사람들의 사명감과 자부심은 대단했다. 수출입은행 직원들은 책상에 이태석 신부의 사진을 걸어놓고 열의를 불태웠다. 병원의 조감도가 3D로 완성돼 공개됐다. 친환경과 첨단 시설을 갖춘 병원이다. '이태석의과대학병원' 팻말을 보자 톤즈 강에서 퍼온 모래로 벽돌을 만들고 병원을 짓던 이태석 신부가 떠올랐다. 재료가 부족해 빈 깡통으로 환기통을 만들었다고 웃던 얼굴을 떠올리니 만감이 교차하고 감정을 주체할 수가 없다. 이신부가 살아서 첨단 시설을 갖춘 병원 설계도를 보았다면 얼마나 기뻐했을까?

병원 건립을 위한 남수단 현지실사가 시작됐다. 수출입은행, 의료시설을 지원할 국제보건의료재단까지 참여했다. 남수단 대통령은 병원 지을 땅을 직접 챙기고 실사팀이 편하게 이동하도록 헬리콥터까지 지원했다. 톤즈 마을 방문 때는 주 정부 차원의 대대적인 환영행사도 열었다. 한국 정부가 나서 수단의 시골 마을을 돕는다고 하니 그 기쁨은 말로 표현할 수 없었을 것이다. 그래서 가는 곳마다 이신부의 애칭인 '쫄리'를 외치고 엄지손가락을 치켜세운다.

민간 사업을 지원하는 이태석 재단도 한국에서 오는 방문자들이 묵을 숙소로 방문자센터(Visitor Center)를 지어 문을 열었다. 젊은이들을 위한 기술학교도 운영하고 한센인 마을에 태양광 가로등을 설치해 불도 밝혔다. 주 정부와 주민들은 이태석 신부가 돌아온 것 같다며 기쁨의 눈물을 흘렸다.

'스마일톤즈 프로젝트'는 주변 아프리카 국가의 부러움의 대상이 됐고 서울에서 또 하나의 기적을 만들어냈다. 2012년 10월, 서울에서 아프리카 38개국 경제장관이 참석한 '한국 아프리카 장관급 경제협력회의(KOAFEC)'가 열렸다. 중국, 미국, 일본 등 강대국의 돈과 물량공세에 맞서 한국을 알리는 중요한 자리다. 주관부서인 기획재정부와 수출입은행 담당자에게 환영행사에 이태석 신부를 영상으로 소개하고, 이신부가 만든 브라스밴드를 무대에 세우자고 제안했다. 행사의 주인이 아프리카 국가라는 것을 알리자는 의도였다. 기획재정부에서 획기적인 내용이라며 추진하자고 했다. 그 제안을 하고 나서 깊은 고민에 빠졌다. 톤즈에서 서울까지 브라스밴드 단원을 비롯해 40명을 데려와야 하고 무대에 세우려면 일정 기간 연습도 해야 했기 때문이다. 마침 동행하겠다는 음악교사, 악기 연주자, 가수가 있어서 수출입은행 담당자와 함께 톤즈를 방문했다. 한국까지의 이동은 UN 비행기를 타고 케냐 나이로비까지 간 다음, 서울과 나이로비 직항노선을 이용하는 것으로 해결했다. 브라스밴드는 5일간 연습했는데 단원들이 열심히 해서 잘 마무리되었다.

한국 아프리카 장관급 경제협력회의가 열리는 날, 행사장에 일찍 가서 환영행사를 준비했다. 브라스밴드를 무대에 세우고 아무도 볼 수 없도록 큰 가림막으로 가렸다. 이신부 소개영상은 영어자막을 넣어 만들었다. 행사시간이 되자 세계은행 총재, 아프리카 개발은행 대표, 아프리카 38개 나라 장관들이 행사장으로 입장한다. 만반의 준비가 끝났다. 하지만 걱정이 됐다. 유명 K-POP 가수 공연과는 비교가 안 될 텐데 괜히 브라스밴드 공연을 제안했다는 후회도 되었다. 그러나 이태석 신부를 믿었다.

사회자가 오늘의 회의 주제를 영상으로 만나겠다는 오프닝멘트를 하자 행사장의 불이 꺼졌다. 무대 양쪽에 설치된 스크린에서 한국인의 얼굴이 보인다. 그가 아프리카인들을 치료하고 한센병 환자를 돌보는 모습이 화면에 보이자 참석자들이 깜짝 놀란다. 장례식 장면을 보고 서럽게 우는 아이들의 울음소리가 장내에 울려퍼지자 분위기가 숙연해지고 눈물을 닦는 모습이 보였다. 그리고 무대의 커튼이 올라가자 탄성이 터져나온다. 화면 속에서 서럽게 울던 브라스밴드 아이들이 서 있기 때문이다. 공연이 시작됐다. 밴드는 아프리카 음악을 연주하고 한국말로 노래를 부른다. 더구나 무대에 선 아이들의 조국은 전쟁으로 고통받다가 일 년 전 독립한 나라 남수단이 아니던가! 회의장은 놀라움과 감탄으로 박수 소리가 끊이질 않는다. 남수단 장관은 두 손을 들어 만세를 외치고 이태석 신부의 제자들은 국제회의 무대에 섰다는 기쁨으로 환호성을 부르며 좋아서 어찌할 줄 모른다. 기획은 대성공이다. 시에라리온 경제장관이 카메라 앞으로 다가와 말했다.

신부님과 제자들을 보니까 내전으로 고통받는 우리 아이들이 생각나 눈물이 납니다. 강대국들이 원조하는 이유를 우리도 압니다. 그들은 수십 배의 이익을 더 가져갑니다. 화는 나지만 어쩌겠습니까. 하지만 당신들은 다른 것 같습니다. 우리를 생각하는 진심이 느껴집니다. 우리에게도 이태석 신부님 같은 분이 있었으면 좋겠습니다.

닷새 후, 인천 송도에서 UN 산하의 녹색기후기금 사무국 선정을 위한 국제회의가 열렸다. 녹색기후기금은 세계은행, IMF와 비교되는 세계적인 금융기구다. 그동안 사무국을 유치하기 위해 독일, 그리스, 한국 등 일곱 나라가 치열한 경쟁을 벌였다. 한국은 주최국으로 마지막으로 신청했다. 사무국 유치는 우리에게는 특별한 의미가 있다. UN 기구가 아시아에 처음으로 유치되기 때문이다. 그래서 정부 차원에서 적극적인 유치운동을 펼쳤다. 당시 많은 분담금을 내는 독일이 강력한 후보였고 그다음이 그리스였다. 그런데 대이변이 일어났다. 다섯 차례의 투표 끝에 인천 송도가 선정된 것이다. 다음 날 기획재정부 국장이 전화를 걸어 "송도 유치의 기적은 장관회의에 참석한 아프리카 대표들의 지지가 결정적이었습니다. 이태석 신부의 헌신에 깊은 감동을 받은 것 같습니다"라며 고마움을 전했다.

솔직히 사무국 유치보다 이태석 신부가 세계를 움직였다는 사실이 더 기쁘고 행복했다. 사랑의 기적을 체험하면 할수록 그분의 삶에 더 깊이 빠져 들어갔다. 이태석 신부가 우리에게 남긴 '진심'의 힘은 불가능을 가능하게 만드는 마법이라는 확신을 갖게 됐다.

행사가 끝나고 이상한 일이 벌어졌다. 이태석의과대학병원 건립추진이 흔들리기 시작한 것이다. 일부 단체에서 병원 운영과 관련해 욕

이태석 신부 무덤에서 〈고향의 봄〉을 연주하는 브라스밴드(2012년)

〈KBS 열린음악회〉 공연을 마친 브라스밴드와 관계자들

심을 낸다는 소리가 들려왔다. 이해가 되지 않았다. 병원 사업은 무상 지원이 아닌 싼 금리로 돈을 빌려주고 나중에 갚는 유상원조였기 때문이다. 병원 사업의 시행이나 운영은 전적으로 남수단 정부의 몫이다. 그 일이 있고 난 후 수출입은행은 담당자까지 교체하며 사실상 사업을 중단시켰다. 어떤 속사정이 있었는지는 모른다. 하지만 은행 측 태도를 이해할 수 없었다. 사업 중단은 국가 간의 약속을 일방적으로 파기하는 행위이고 더 나아가서는 대한민국의 신뢰에 영향을 미칠 수 있기 때문이다. 남수단 정부는 병원 건립이 진행되도록 도와달라고 이태석 재단에까지 도움을 청했다. 여러 경로로 사업재개가 가능한지 알아봤다. 사업재개가 어려운 이유로 남수단의 불안한 치안 상태를 내세웠다. 과연 그럴까?

2019년, 영화 〈부활〉을 촬영하기 위해 남수단의 수도 주바를 방문했다. 이태석병원 건설 예정지를 가보고 깜짝 놀랐다. 새로 지은 대규모 병원이 들어섰기 때문이다. 병원 정문에 중국 구호단체의 이름이 붙어 있다. 우리 정부를 대신해 중국 정부가 병원을 지어준 것이다. 토르바케라 남수단 국립병원장을 만났더니 "남수단은 신생국입니다. 우리는 많은 병원이 필요합니다. 이태석 신부는 톤즈에서 전설과 같습니다. 많은 사람들이 그를 기억하고 있으며, 그의 이름을 기억할 수 있는 병원을 운영할 수 있다면 정말 기쁠 것 같습니다"라고 말했다. 부끄럽고 미안했다.

국가 간의 약속은 꼭 지켜야 한다. 지킬 수 없으면 이유를 설명하고 양해를 구해야 하는데 우리는 그러지 않았다. 아프리카 국가들이 대한민국을 어떻게 바라볼까. 외교는 달면 삼키고 쓰면 뱉는 물건이 아니다. 대통령의 순방외교로 그 나라 국민의 마음까지 얻을 수는 없다. 진심이 담겨 있어야 한다.

이태석의과대학병원 사업이 중단되고 정신적, 육체적으로 고통이 컸다. 이신부의 정신을 알려야 한다는 절박한 마음을 음해하고 방해한 사람들에게 분노가 치밀었지만 참았다. 이태석 신부의 명성에 누가 되고 이 또한 이신부의 뜻이라고 받아들였기 때문이다. 대신 그분이 남긴 사랑을 이어가는 또 다른 도전을 시작했다. 의대생이 된 이신부의 제자들을 통해 그분을 부활시키는 프로젝트다. 예비 의사가 40명이 넘는다. 영화 〈부활〉은 그 프로젝트를 꼭 성공시키겠다는 국민과의 약속이다.

브라스밴드의 부활

2020년, 이태석 신부 선종 10주기를 맞아 〈울지마 톤즈〉 후속영화를 제작하기로 했다. 그동안 제자들과 톤즈의 상황이 궁금하다는 이야기가 많았다. 그러나 전편 영화가 워낙 반응이 뜨거웠고 후속영화는 대부분 실패한다는 징크스가 있어 결정하기가 쉽지 않았다. 그래서 영화의 흥행보다는 십 년 후의 변화된 모습을 보여주고 이신부가 생전에 해오던 일들을 복원시키는 데 초점을 맞추기로 했다. 하나는 이태석 신부 제자들의 근황을 찾아가는 것이다. 또 하나는 이신부가 남긴 사랑이 주민들의 삶에 어떤 영향을 미쳤는지 확인하는 것이다. 마지막은 톤즈에 이신부의 사랑을 부활시키는 것이다.

영화 제작을 위해서 남수단 톤즈에 있는 제자들과 연락을 취하고 그쪽의 근황을 듣을 필요가 있었다. 무엇 한 가지 쉬운 일이 없었다. 통신 사정이 원활하지 않아 제자들과 연락도 어렵고 부족 간의 총격전으로 인명피해가 나는 등 안전상 문제로 과연 톤즈를 방문할 수 있을까 걱정이 되었다. 재단을 운영하면서 연락해오던 몇 명의 제자들을 통해 톤즈 상황을 확인하고 준비를 했다. 다큐멘터리를 만들 때는 현장을 미리 방문해 사전조사를 하고 만날 사람까지 섭외하는 것이 원칙이다. 그러나 이태석 신부 선종 10주기가 6개월 정도밖에 남지 않은 상황이라 〈울지마 톤즈〉 때처럼 현장에서 직접 해결하기로 했다. 이신부가 도와줄 거라는 믿음을 가지고…….

역시 믿음은 실망하게 하지 않았다. 연락된 제자들이 놀라운 제안을 해왔다. 톤즈 주 정부에 부탁해 '이태석 신부 선종 10주기' 행사를 준비하겠다는 것이다. 무슨 계획을 하고 있는지 궁금했지만 묻지 않았다. 이신부를 생각하는 제자들의 마음이 고마웠기 때문이다. 행사를 한다고 하니 제일 먼저 떠오른 것이 이신부가 만든 브라스밴드다. 〈울지마 톤즈〉 때도 소개됐지만 크고 중요한 행사에는 빠지지 않는 단골손님이다. 제자들에게 브라스밴드가 연주할 수 있는지 물었더니 가슴 아픈 소식을 전한다. 학교에서 2016년부터 브라스밴드 활동을 중단시켰다는 것이다. 이신부가 떠난 후 어렵게 명맥을 이어왔는데 이마저도 끊겨버린 것이다. 브라스밴드는 이태석 신부의 혼이 담겨 있고 제자들에겐 희망의 상징이었다.

이태석 신부가 톤즈 아이들에게 희망을 선물한 브라스밴드

희망의 상징

남수단에서 지금도 전설처럼 회자되는 이야기가 있다. 2005년, 지금의 남수단 대통령인 살바키르가 고향을 방문한다. 주민들은 대대적인 환영행사를 준비하면서 이태석 신부의 브라스밴드를 초청했다. 이 신부는 아이들을 트럭에 태우고 비포장 길을 7시간 달려 행사장에 도착했다. 브라스밴드가 등장하자 십만여 명의 인파가 모두 넋을 잃고 그들을 쳐다보았다. 화려한 단복과 번쩍번쩍 광채가 나는 악기를 처음 본 것이다.

대통령을 보기 위해 나온 아이들이 브라스밴드를 보고 그 주위를 둘러싼 채 좀처럼 떠나려 하지 않았다. 대통령이 도착하고 떠날 때까지 대통령은 안중에도 없고 시선은 밴드부에서 떠나지 않았다. 그들은 음악을 연주하는 우리 아이들의 일거수일투족에만 관심이 있다(이태석 신부 글 중에서).

행사가 끝나고 살바키르 대통령도 궁금했는지 참모에게 어느 나라에서 데려왔는지 물었다. 톤즈에서 왔다고 하자 깜짝 놀라며 이태석 신부에게 "우리는 아이들을 전쟁터에 내보내는데 신부님은 아이들에게 꿈을 심어주고 있습니다. 부끄럽고 고맙습니다"라고 인사했다.

그날 이후 이신부는 대통령에게 희망의 상징으로 기억되고 있다. 2018년, 남수단 정부는 외국인으로는 처음으로 이태석 신부에게 대통

벤자민 대통령 비서실장과 구수환 감독

령훈장을 추서하고 교과서에 그의 이야기를 실었다. 당시 이 상황을 옆에서 지켜본 벤자민 대통령 비서실장은 "대통령이 먼저 훈장을 제안하는 일은 굉장히 드문 경우입니다. 신부님은 인간애와 선한 영향력을 실천으로 보여주었기에 대통령에게 영웅입니다. 그래서 국민의 이름으로 훈장을 드린 겁니다"라고 회고하며 2005년 이후부터 자신도 이신부를 잊지 않고 있다고 했다.

이신부의 혼이 사라지지 않도록 브라스밴드를 부활시키기로 했다. 2012년부터 브라스밴드 단원들과 교류를 가져온 국승구 배문중학교 음악교사에게 밴드 재창단 문제를 상의하고 35인조 악기를 구입했다. 단복도 새로 디자인해 만들었다. 밴드 이름도 제자들의 의견을 반영해

이태석 신부가 실린 교과서를 펼쳐 보이는 학생들

'톤즈 이태석 브라스밴드'로 정했다.

톤즈로 갈 준비가 끝났다. 십여 년 전에는 가방 몇 개와 카메라 장비가 전부였지만 이번에는 악기, 단복, 선물, 촬영장비, 짐 가방 등을 포함해서 상자만 50개가 넘는다. 우리는 에티오피아의 아디스아바바 공항으로 가서 남수단행 비행기로 갈아타고 수도 주바에서 1박을 한 다음 톤즈로 이동하기로 했다. 모든 준비가 끝난 줄 알았는데 큰 문제가 생겼다. 에티오피아에서 남수단까지 운행하는 비행기가 소형이어서 짐을 다 실을 수 없다고 항공사에서 연락이 왔다. 그러다 짐이 분실되면 어쩌나 걱정했는데 걱정이 현실이 됐다. 주바 공항에 상당수의 악기가 도착하지 않았다. 화물칸 공간이 부족하고 짐은 부피가 커서 중간 기착지에서 싣지 못했다는 것이다. 언제 보낼지 약속도 하지 못한다고 했다. 시작부터 왜 이런 일이……. 이태석 신부가 이번 방문을 못마땅해하는 건 아닌지 불길한 생각마저 들었다.

이틀 후, 천만다행으로 악기들이 파손되지 않고 도착했다. 안도의 한숨도 잠시 톤즈까지 짐을 운반하는 것이 또 문제가 되었다. 주바에서 톤즈까지는 정기항공편이 없다. 그래서 비행기로 한 시간 거리인 와우(Wau)까지 이동해 그곳에서 차를 타고 7시간을 가야 한다. 그런데 길이 무척이나 험했다. 비포장도로인데다가 곳곳이 움푹 패어 차가 상하좌우로 심하게 흔들려 악기가 망가질 가능성이 컸다. 특히 부족 간의 총격전으로 위험하기 짝이 없다. 비싼 돈을 주고 11인승 프로펠러 비행기를 두 대 빌렸다. 그러나 기체가 낡고 간간이 추락사고도 벌어져 걱정은 됐다. 하지만 그것만이 악기를 안전하게 운반할 수 있는 유일한 방법이다.

주바에서 톤즈 공항까지는 1시간 정도 걸린다. 공항을 이륙하고 구름 아래로 펼쳐지는 아프리카의 대자연을 보니 톤즈로 간다는 것이 실감 났다. 한참 지나 비행기 위성위치확인시스템(GPS)에 톤즈라는 지명이 보이자 십 년 전의 기억이 떠올랐다. 이신부의 마지막 모습을 보고 서럽게 울던 아이들, 이신부를 그리워하며 울다가 잠이 든다는 한센인, 그들은 어떻게 지내고 있을까? 기대와 걱정이 한꺼번에 몰려온다. 조종석 창문에 비포장 활주로가 눈에 들어왔다. 십 년 전 보았던 추락한 비행기도 그대로다. 잠시 후, 비행기 바퀴가 '쿵' 하더니 흙먼지가 일고 기내에서는 살았다며 박수가 나왔다. 비행기의 문이 열렸다. 저 멀리 환영 나온 주민들이 노래를 부르고 춤을 춘다. 트랩에서 내리자 반가운 얼굴들이 보였다. 십 년 전에 만났던 이신부의 제자들이다. 오래된 연인을 만난 듯 서로의 이름을 부르며 포옹하고 안부를 물었다. 톤즈 주 정부에서 나온 이가 나를 환영 행사장으로 안내했다. 이동하는데 꽃다발을 든 여성이 다가와 한국말로 인사를 한다. "안녕하세요!" 깜짝 놀라 얼굴을 자세히 보니 2012년 브라스밴드 한국방문 때 단원으로 왔던 마리다. 열세 살이던 소녀가 스무 살 대학생이 됐다. 그녀는 톤즈 돈보스코 브라스밴드의 클라리넷 주자다. 전남 담양에 있는 이태석 신부의 묘지를 방문해 서럽게 울던 모습이 떠올라 반가움과 감동이 더했다.

2012년, 이태석 신부 묘지를 방문한 마리(위)
이태석 신부의 온기를 느끼려는 듯 무덤에 기댄 단원들(아래)

그의 숨결

톤즈에는 이태석 재단 건물이 있다. 방문객 숙소로 지었지만 재단의 현지 사무소 역할도 한다. 이신부 제자를 책임자로 임명해 한국과 톤즈의 가교역할을 맡겼다. 브라스밴드 제자들이 우리가 온다는 소식을 듣고 이곳에 모였다. 1기부터 3기까지 40명이 넘는다. 선후배가 한자리에 모인 것은 이신부가 떠난 후 처음이다. 한국에서 가져간 상자를 하나씩 열었다. 트럼펫, 트롬본, 클라리넷 등 악기가 나올 때마다 탄성을 지른다. 이태석 신부가 주는 선물이라고 했다.

처음 그곳에 가서 아이들을 보니까 전쟁 중이어서 보통 심성이 정상적인 아이들이 아니에요. 자기 눈앞에서 가족들이 총에 맞아 죽어가고 폭탄 맞아 돌아가시고 이런 걸 본 아이들이라서 정상적인 아이들이 아닌 거예요. 음악으로 어떻게 해봐야 할 것 같아 음악을 가르치기 시작했어요(이태석 신부).

제자들은 상자에 있는 악기를 꺼내며 이신부의 숨결이 느껴진다고 했다. 여자 제자는 손바닥에 쓴 "이태석 신부님 당신을 사랑합니다"라는 글씨를 보여주며 우리의 진짜 아버지라고 말한다. '진심을 담은 사랑의 힘, 이보다 위대한 것은 없다'고 생각했다. 제자들에게 연주해 보라며 트럼펫을 건넸다. 도 레 미 파 솔 라 시 도! 소리를 내자 모두가 박수를 치고 함성을 지른다. 꿈같은 두 시간이 지나고 누군가 합창

재창단되는 브라스밴드의 새 단복을 입고 악기를 든 단원들

을 제안한다. 선배인 모세가 색소폰으로 연주를 시작했다. 귀에 익숙한 멜로디다. 말로 표현할 수 없는 감정이 몰려온다. "나의 살던 고향은……." 이신부가 어두운 병실에서 아이들에게 가르쳐주던 그 노래다. 〈고향의 봄!〉 음정 박자를 정확하게 기억하고 한국말로 부르는 것이 놀랍고 반가워 가슴이 뭉클했다. 아프리카 작은 마을에서 듣는 〈고향의 봄〉은 내 마음에 아름다운 향기를 듬뿍 심어주었고 브라스밴드를 재창단할 수 있다는 자신감을 갖게 했다.

제자들도 악기를 보고 신이 났다. 그래서 악기를 마음껏 불어보라며 톤즈 강가로 나갔다. 그곳에서 국승구 교사의 개별지도와 합주 연습도 했다. 클라리넷을 부는 아키타가 배가 불러 보여 몸이 불편한지 묻자 두 달 후 출산 예정이라며 웃는다. 아이를 낳으면 이름을 신부님의 이름으로 지을 거라고 한다. 브라스밴드가 제자들에게 어떤 의미였는지 알았다.

영화 〈울지마 톤즈〉에서 이신부를 그리워하며 서럽게 울던 아이가 막내 단원 브린지다. 그의 근황이 궁금해 집으로 찾아갔다. 집 앞에 있던 망고나무는 사라지고 움막처럼 보이던 브린지의 방도 수리해 말끔하다. 말라리아로 고생하던 엄마는 건강해 보인다. 모든 게 달라졌지만 변하지 않은 것이 있다. 그리움과 눈물이다. 브린지는 스물두 살 청년이 됐지만 이신부 이야기만 나오면 운다. 무엇이 이토록 그를 아프게 한 것일까.

브린지가 이신부를 만난 것은 일곱 살 때다. 브린지는 브라스밴드

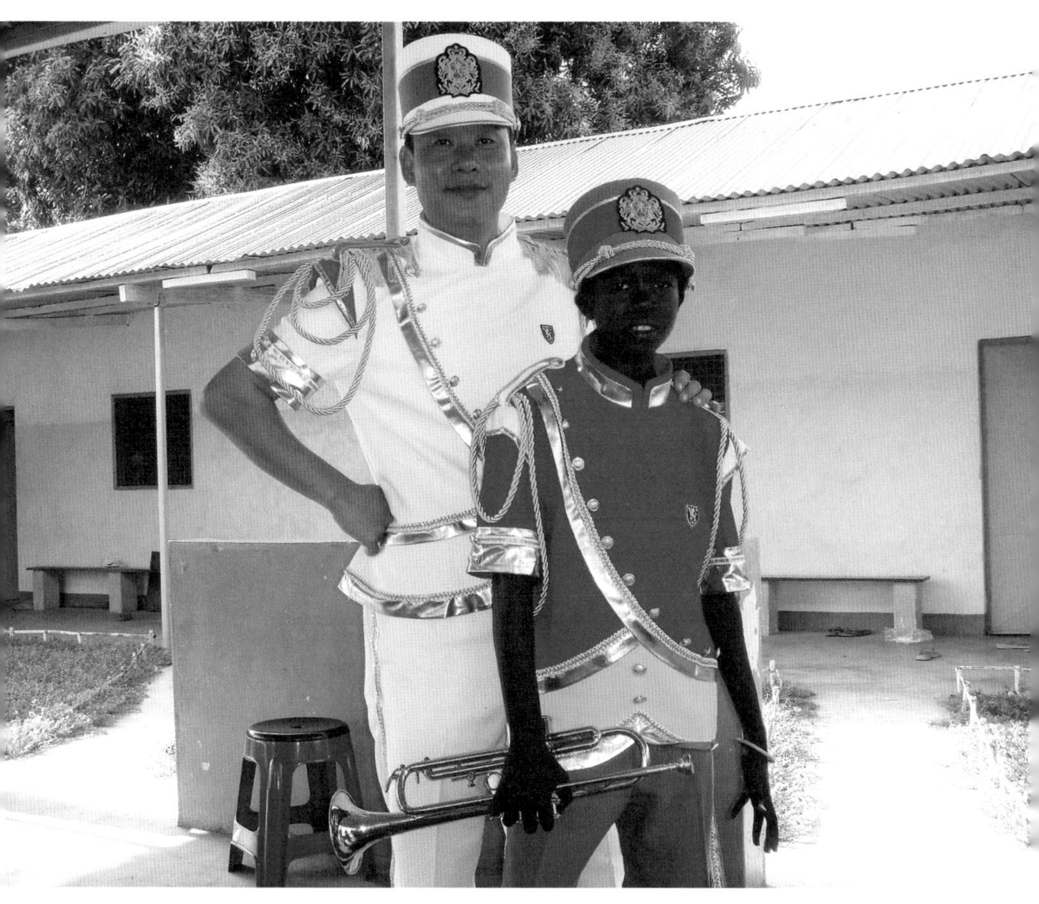

이태석 신부와 함께한 브라스밴드의 막내 단원 브린지

연주 소리가 들리면 곧장 연습장으로 달려가 음악을 듣고 리듬에 맞춰 몸짓도 했다. 이신부는 그런 그가 연습에 방해된다며 쫓아내지 않았다. 오히려 밴드 옆자리에 자리를 마련해주고 연주 연습을 지켜보도록 했다. 그리고 어느 날 아이에게 트럼펫 연주법을 알려주고 불어보게 했다. 이신부는 브린지가 낸 트럼펫 소리를 듣고 깜짝 놀랐고 최연소 브라스밴드 단원으로 가입시켰다. 브린지는 이신부를 아버지처럼 따랐다. 초등학교 때, 브린지가 수업료를 내지 못해 결석하자 이신부는 그의 집으로 찾아가 돈을 주고 수업료를 직접 내도록 했다. 어린 마음에 상처가 되지 않도록 세심하게 신경을 쓴 것이다. 브린지도 그 마음을 안다. 그래서 운다.

신부님이 아니었다면 브라스밴드 단원이 되지 못했을 겁니다. 음악은 가난과 배고픔을 잊게 해준 최고의 선물입니다. 단복을 입고 악기를 불면 저 자신이 자랑스러워집니다. 그래서 이태석 신부님을 생각하면 눈물이 납니다.

브라스밴드를 재창단하는 날이다. 제자들은 일주일 동안 열심히 연습했다. 이태석 신부의 사랑을 이어갈 수 있다는 기쁨에 뜬눈으로 새웠다. 아침부터 이태석 재단 톤즈 사무실이 시끄럽다. 제자들의 웃음이 떠나지 않는다. 한국에서 가져간 단복과 모자를 입고 너무나 좋아한다. 가슴에 있는 이태석 브라스밴드라는 이름이 자랑스러운지 여러

재창단을 알리는 거리 공연을 하는 이태석 브라스밴드

번 손으로 만지며 웃는다. 삼삼오오 기념촬영도 하고 파이팅을 외치고 함성도 지른다.

브라스밴드 재창단식은 톤즈 주 정부 청사에서 했다. 브라스밴드의 부활이 톤즈의 기쁨이라는 주지사의 간곡한 요청 때문이다. 붉은색 상의에 광채가 나는 악기, 지휘자인 찬족이 주지사에게 브라스밴드 재창단을 신고한다. “우리는 톤즈 이태석 브라스밴드입니다.” 연주가 시작되자 주민들이 소리를 지르며 축하해준다. 연주 소리도 힘이 있고 표정도 비장하고 자신감이 넘쳤다. 브라스밴드가 청사를 빠져나와 시내로 향한다. 앞줄에는 어린아이들이 이신부의 사진을 들고 브라스밴드가 그 뒤를 따랐다. 사진 속 이신부의 얼굴이 활짝 웃고 있다. 톤즈의 중심가에서 브라스밴드의 재창단을 알리는 연주가 시작됐다. 우리나라 애국가다. 가슴이 뭉클하다. 대한민국 국민에게 감사하는 마음을 담았다. 이태석 신부의 사랑은 특별한 사랑이 아니다. 자신이 할 수 있는 것을 아이들에게 나눠주고 함께 했을 뿐이다.

저널리스트 아투아이

〈부활〉은 이태석 신부가 남긴 사랑의 씨앗이 열매를 맺는 아름답고 행복한 영화다. 그래서 영화를 기획할 때 관건이 이신부의 삶을 실천하는 제자를 찾아내는 일이었다. 처음부터 고민에 빠졌다. 벌써 십 년의 시간이 지났고 남수단의 상황이 열악해 졸업생을 찾기 쉽지 않았기 때문이다. 그때 한 통의 메일이 왔다. 자신은 아투아이 알비노이고 이신부의 제자라고 소개한다. 신부님 영화를 만들려면 자신을 꼭 만나야 한다는 충고도 적었다. 누굴까 궁금하기도 하고 사실인지 의심도 했다. 그러나 지푸라기라도 잡는 심정으로 당장 남수단으로 달려가겠다고 답장을 보냈다.

그가 사는 콰족(Kuajok)은 수도 주바에서 비행기로 한 시간을 간 뒤 차로 비포장도로를 5시간 더 달려야 한다. 남수단 고그리알 주의 주도로 현 대통령의 고향이다. 숙소 도착 후 20분이 지나자 'UN'이라는 글씨가 쓰인 지프차 한 대가 들어왔다. 건장한 체격의 젊은이가 차에서 내리더니 "Mr Goo"를 부르며 다가와 악수하고 포옹까지 한다. 〈울지마 톤즈〉를 찍을 때 잠깐 통역을 해서 나를 잘 알고 있다는 것이다. 뜻밖의 이야기에 기억을 더듬어보니 브린지라는 아이를 찍을 때 통역하던 사람이 아투아이였다. 그래서 다시 한번 포옹을 했다. 그런데 왜 UN 차를 타고 왔는지 궁금해 물었더니 자신을 UN 라디오 방송국 앵커 겸 기자라고 소개하고 지역에서 유명하다고 자랑한다. 끔찍한 전쟁을 겪으며 무서움에 떨던 아이가 저널리스트가 되었다니……. 흥분되고 영화가 큰 반응을 가져올 수 있다는 자신감이 생겼다. 아투아이에게 먼저 집을 보여줄 수 있는지 묻자 자신 있게 가자고 한다. 사는 곳을 선뜻 보여주겠다는 것은 형편이 좋다는 의미여서 그가 살아온 과정이 더욱 궁금했다.

아투아이의 집은 붉은 벽돌로 지은 단층 건물이다. 동네에서 가장 좋아 보인다. 차가 도착하자 부인이 아이들을 데리고 나와 반갑게 인사한다. 남편에게 이태석 신부의 이야기를 자주 듣는다며 넷째를 낳으면 이름을 신부님 이름으로 짓겠다고 했다. 행복한 가정을 이루고 있는 모습을 보니 흐뭇했다.

화를 내지 않는 사람에 대한 기억

마당에 의자를 놓고 이야기를 나누다 아투아이에게 사진 한 장을 보여주었다. 아이들과 이신부가 활짝 웃고 있는 사진이다. 아투아이가 웃으며 이신부 옆에 있는 아이가 자신이라며 가리킨다. 그리고 놀라운 이야기를 들려주었다. 사진 찍은 장소가 한센인 마을이고 자신도 그곳에서 어린 시절을 보냈다고 했다. 아투아이는 일곱 살 때 한센병 환자인 할머니를 따라 그곳에 왔다. 온몸에 피고름이 흐르고 손가락, 발가락 없이 살아가는 사람들의 모습은 어린아이의 눈에도 충격이었다. 아투아이는 한센병보다 더 무서웠던 것은 죽음과 고통의 그늘에서 방치된 채 지내는 것이라고 했다. 그때 매일같이 마을을 찾아오는 분이 있었다. 아이들에게 사진도 찍어주고 농구, 축구도 가르쳐주며 함께 뛰고 땀도 흘렸다. 학교가 없었지만 교과서를 나눠주고 공부를 하도록 도와주었다. 잘못된 행동을 하거나 약속을 지키지 않을 땐 따끔하게 혼도 냈다. 아이들은 그분을 '쫄리 신부님'이라고 불렀다. 아투아이가 신부님과 얽힌 일화를 들려준다.

이태석 신부님이 저에게 화를 내신 적이 있습니다. 비가 오는 날, 교과서를 나무 밑에 놓고 농구를 했습니다. 비가 그치자 신부님이 저를 부르는데 화가 난 표정이었어요. 순간 때릴지도 모른다는 생각이 들어 도망가려고 생각했습니다. 그런데 신부님이 화를 내지 않고 이렇게 말씀하셨습니다. '책을 준 것은 단순히 보라고 준 것이 아니라 미래에 특

이태석 신부와 함께 한 아투아이(뒷줄 오른쪽 세 번째 줄무늬셔츠)

브라스밴드 단원 시절 아투아이(뒷줄 왼쪽 두 번째)

별한 사람이 되기를 바라는 내 마음이 담겼다. 나는 너를 돕기 위해 여기에 왔다. 다음에는 비가 오는 곳에 교과서를 두지 마라'고 하셨습니다. 저는 신부님께 '감사합니다. 죄송합니다. 다신 이런 일이 없도록 하겠습니다'라고 말씀드렸습니다.

그때는 어린 마음에 무서웠지만 이신부를 아버지처럼 믿고 따랐다. 자신을 애정으로 대한 유일한 분이었기 때문이다. 이신부는 한센인 마을 아이들에게 가장 필요한 자신감을 찾아주기 위해 애를 썼다. 대표적인 사례가 '엄지 척' 사진이다. 이신부와 아이들이 찍은 사진에는 엄지손가락을 치켜세운 모습이 많다. "신부님은 우리를 만날 때마다 엄지손가락을 치켜세우셨어요. 우리는 그것이 무엇을 의미하는지 몰랐습니다. '너희들이 이 나라를 일으켜 세울 최고의 인재'라는 의미였다는 것을 나중에 알게 됐습니다."

칭찬은 최고의 교육법이다. 아이들에게 자신감을 북돋고 행복하게 만든다. 선생님을 믿고 따를 수 있도록 신뢰를 준다. 이신부가 교육전문가는 아니지만 최고의 교육자인 까닭이다.

저널리스트가 되어

아투아이는 초등학교 과정을 마치고 상급학교에 진학하고 싶었지만 학비를 낼 돈이 없어 포기한다. 소식을 들은 이신부는 자신이 세운 중고등학교에서 공부할 수 있도록 학비를 내주었다. 그러나 학교생활은 쉽지 않았다. 한센인 마을 출신이라는 열등의식이 어린 마음을 힘들게 한 것이다. 이신부는 아투아이를 브라스밴드 단원으로 가입시켜 재능을 마음껏 펼치도록 했다. 그리고 특별한 부탁을 한다. 평화와 전쟁고아의 문제를 세상에 알리는 저널리스트가 되어달라고……. 이신부가 떠난 후 알비노는 그 약속을 지키기 위해 노력했고 결국 저널리스트가 되었다.

UN 라디오 방송은 분쟁지역에서 발생하는 사건, 인권 문제를 취재해 방송한다. 그래서 정부에겐 눈엣가시 같은 존재다. 알비노가 소속된 방송국은 미국에서 파견된 책임자와 알비노 둘뿐이다. 취재와 편집, 송출, 앵커 역할을 알비노 혼자 담당한다. 위험한 지역이다 보니 여러 차례 목숨을 잃을 위기도 있었다. 나도 종군기자 경험이 있다고 하자 "와우"라면서 악수를 청한다. 알비노가 근무하는 책상에 반가운 사진이 보인다. 브라스밴드 시절 찍은 사진이다. 덩치가 큰 남학생이 왜 클라리넷을 연주하는지 묻자 신부님의 결정이라며 웃는다.

아투아이가 마이크와 녹음기를 챙기고 취재를 준비한다. 동행해도 괜찮은지 묻자 OK사인을 보낸다. 차를 타고 마을 중심으로 나갔다. 주민들이 그에게 다가와 인사하고 자신들의 고민을 이야기한다. 귀찮아하거나 외면하지 않고 모두 녹음한다. 아투아이가 한쪽 다리가 없는 아이에게 다가간다. 나이는 여섯 살인데 지뢰가 터져 다리를 잃었다고 한다. 질문을 하던 알비노가 갑자기 아이에게 돈을 주고 집으로 돌아가라며 보낸다. 이유를 묻자 어른들이 구걸하라고 시켰다며 이것이

전쟁고아를 취재하는 아투아이

남수단의 현실이라고 했다. 알비노가 그동안 방송한 내용을 살펴봤다. 평화와 전쟁고아 이야기가 대부분이다. 이태석 신부가 살아 있을 때 목숨을 걸고 지키려 애를 쓰고 가슴 아파하던 이야기다.

아투아이를 만나면서 점점 그에게 빠져들었다. 이태석 신부에게 받았던 사랑을 똑같이 주민들에게 나누고 있었기 때문이다. 남수단은 식수 문제가 심각하다. 아투아이는 사비를 들여 마을에 우물을 팠다. 양동이에 물을 채우던 주민은 아투아이 덕분에 두 시간을 걷지 않아도 된다며 고마워했다. 한센인 마을에서도 그의 사랑은 계속됐다. 아투아이가 10여 명의 주민과 이야기를 나누고 주머니에서 돈을 꺼내 나눠주었다. 그때 이런 소리가 들려왔다. “역시 이태석 신부 제자구나.”

아투아이와 세 시간 가까이 인터뷰를 하고 이태석 신부에게 드리는 마지막 인사를 부탁했다. 그는 부모 잃은 아이처럼 한참 동안 서럽게 울었다. 나와 촬영팀, 부인까지 모두 울었다.

가난하고 조그마한 아이가 커서 가정을 갖게 됐습니다. 신부님이 살아 계신다면 정말 좋아하셨을 텐데, 일찍 돌아가셔서 안타깝습니다. 신부님! 이제는 편안하게 쉬세요. 신부님 덕분에 학교에 갈 수 있었고, 주민들도 도울 수 있습니다. 그래서 신부님은 돌아가시지 않았다고 생각합니다. 제자들이 있으니까요…….

반년 후 아투아이가 심장마비로 사망했다는 소식이 전해졌다. 믿고 싶지 않았다. 같은 종군기자 출신이라고 유난히도 좋아하고 잘 따랐기에 충격은 더 컸다. 한국으로 초청해 KBS 월드 라디오 프로그램에 출연시킨 적이 있다. 아투아이는 30분 동안 유창한 영어로 이태석 신부를 전 세계에 알렸다. 방송이 끝나고 내 손을 잡고 “당신이 최고”라며 흥분하던 모습이 떠올라 마음이 더 아팠다. 사망소식을 듣고 톤즈에 가려고 했지만 코로나 때문에 출국이 불가능해 톤즈에 사는 제자들을 급히 보냈다. 장례비용이 없어 애를 태운다기에 돈을 보내고 브라스밴드 사진을 무덤에 함께 묻어주도록 부탁했다. 그리고 부인에게 매달 생활비와 학비를 보내주었다.

아투아이가 마을에 판 우물에서 물을 긷는 주민(위)
이태석 신부를 따라 아이들을 살뜰히 챙기는 아투아이(아래)

일 년 후 아투아이의 부인 얀제이트 미오리크에게 편지가 왔다.

제가 초등학교 학력뿐이라 일자리를 구할 수 없었습니다. 중학교를 마치고 채소장사라도 해서 아이들을 잘 키우고 싶은데 도움을 요청할 곳이 없었어요. 그때 이태석 신부님이 생각나 재단에 연락했는데 공부할 수 있도록 도움을 주셨습니다. 이태석 재단은 제가 급하게 도움을 청할 때마다 큰 도움을 주셨습니다. 그 고마움을 잊지 않겠습니다.

영화 〈부활〉의 마지막 부분에 그동안의 고마움을 자막으로 담았다.

아투아이 알비노 반가웠습니다. 그리고 고마웠습니다.

가난한 사람 중에 가장 가난한 사람

영화 〈부활〉을 만들면서 이신부의 가족에게 외장하드를 하나 받았다. 이태석 신부가 톤즈에 살면서 찍은 사진, 편지, 문서가 남아 있었다. 톤즈에서 8년간의 삶을 알 수 있는 중요한 자료다. 그래서 하나도 빠짐없이 꼼꼼하게 확인했다. 자료를 통해 십 년 전에 몰랐던 한센인 마을에 관한 새로운 사실을 알게 되었다. 한센인들이 모여 사는 라이촉 마을은 톤즈에서 차로 40분 떨어진 외딴곳에 있다. 이번에 자료를 확인하기 전까지는 우리나라 소록도처럼 강제로 격리했거나 마을에서 쫓겨나서 자연스럽게 조성된 마을인 줄 알았다. 그런데 그게 아니었다. 라이촉에는 이신부의 깊은 사랑이 담겨 있었다. 그래서 더 큰 감동이 다가왔다.

한센병은 나균에 의해 감염되는 만성 전염성 질환이다. 병에 걸리면 통증과 감각이 없어지고 손가락, 발가락이 흉측하게 변형되고 떨어져 나간다. 균이 눈에 침범하면 실명하는 지독한 병이다. 우리나라에서는 치료 약 덕분에 거의 사라졌지만 톤즈의 한센인 마을에서는 지금도 환자가 발생한다.

이태석 신부가 톤즈에서 한센인을 처음 만난 것은 신학생 때다. 로마에서 공부하던 이신부는 대학 4학년 때, 현장답사 겸 선교지역을 알아보기 위해 케냐 나이로비에 머물렀다. 아프리카에서 선교하던 제임스 신부가 의사 출신 신학생이 왔다는 소식을 듣고 이태석 신학생을 찾아와 한센병 환자를 도와달라며 톤즈로 데려온다. 신학생 이태석은 그곳에서 큰 충격을 받는다. 치료 한 번 받지 못하고 처참하게 죽어가는 한센인들을 목격했기 때문이다. 이신부가 한센인에게 특별하게 애정을 쏟은 이유가 있다.

가난한 사람이 많은데 가난한 사람 중에 가장 가난한 사람이 나환자(한센병환자)가 아닌가 생각해요. 왜냐면 외적으로 상처가 있고 가족들로부터 버림받았기 때문에 생긴 내적인 상처도 있고……(이태석 신부, 로스앤젤레스 성령쇄신대회, 2008년).

사랑하는 부모, 형제로부터 버림받는 것보다 더 큰 고통이 있을까. 내가 이태석 신부의 마음을 재빠르게 이해한 것은 소록도 한센인 다큐멘터리를 제작한 경험 덕분이다. 소록도에 '탄식의 장소'라고 불리는 곳이 있다. 그곳을 찍은 사진을 보고 큰 충격을 받았다. 길 한가운데에 경계선을 긋고 아이들과 엄마가 마주 보며 서 있다. 전염의 위험성 때문에 아이들을 엄마에게서 분리해 얼굴만 보도록 한 것이다. 몸이 아픈 것도 서러운데 자식을 먼발치에서 쳐다만 봐야 하는 어머니의 심정은 얼마나 아프고 괴로웠을까. 톤즈의 한센인도 같은 아픔을 겪고 있다고 생각했다.

이신부는 톤즈에 돌아온 후 한센병 환자가 있는 곳이면 어디든 찾아가 치료해주었다. 그런데 톤즈에만 있는 줄 알았던 환자가 곳곳에 흩어져 있다는 것을 알게 된다. 멀리는 50킬로미터 떨어진 곳에도 있었다. 이신부는 한센병 환자의 치료를 위해 한곳으로 모으는 것이 급하다고 생각해 40여 개가 넘는 한센인 거주지를 일일이 찾아다니며 실태를 조사했다. 그리고 526명을 한곳으로 이주시켰다. 그곳이 지금의 라이촉 마을이다. 그러나 거기서 끝이 아니었다. 치료에 필요한 시설과 약이 필요했다. 혼자서 감당할 수 없어서 독일 구호단체와 한국에 있는 가족에게 절박함을 담은 편지를 보낸다. 한센인을 살리기 위한 전쟁이다.

앞으로 환자들을 보아야 한다고 생각하니, 막막하기도 했고 서럽기도 했다. 그렇게 허탈하게 서 있기도 잠시, 포도당을 주사하기 위해 지혈대(토니켓: 혈관을 잡기 위해 사용하는 노란색 고무줄)을 부탁하니 그것마저 없더구나. 하는 수 없이 다른 사람에게 환자의 팔을 누르게 하고 혈관을 겨우겨우 잡아 주삿바늘에 연결했지. 정말 어느 것 하나 제대로 된 것이 없다. 눈물이 날 지경이다(이태석 신부가 조카에게 쓴 편지).

아순다의 입맞춤

2010년, 〈울지마 톤즈〉 촬영을 위해 한센인 마을을 방문했다. 이신부의 죽음을 알고 있는 한센인들을 위로하기 위해 이신부의 사진을 나눠주었다. 깜짝 놀랄 일이 벌어졌다. 손가락이 없지만 모두 두 손으로 받아들고 인사를 한다. 그 가운데 아순다라는 40대 중반의 여성이 있었다. 앞이 보이지 않는 시각장애인이다. 이신부의 사진을 손에 쥐어주었더니 사진 속 얼굴에 몇 번이나 입맞춤했다. 그녀는 이신부를 생각하며 기도하다 울며 잠든다고 했다. 그녀가 이신부를 애타게 그리워하는 데는 이유가 있다. 생명을 살려준 은인이기 때문이다.

서너 명의 남자들이 담요에 싼 환자를 진료소 앞에 내려놓고, 사람 죽어간다고 도와달라며 난리를 치고 있다. 임신 5개월에 자연유산으로 죽은 태아를 분만하고 하혈이 멈추지 않아서 급하게 실려온 환자다. 피를 얼마나 흘렸는지 얼굴이 창백하다 못해 거의 백인의 얼굴 같더구나. 혈압기를 부탁하니, 10분이 지나서야 먼지가 가득한 구식 혈압기를 보조 간호사라고 하는 직원이 맨손으로 먼지를 쓱 훔치며 건네주었다. 혈압을 측정하라고 부탁하고 맥을 짚어보니 아득히 먼 약한

밝은 표정의 한센인들과 함께한 이태석 신부

맥이었다(조카에게 쓴 편지).

이신부는 산부인과 전문의는 아니지만 혼신의 힘을 다했다. 아순다는 혈압이 정상으로 돌아와 퇴원했다. 남편은 죽은 줄 알았던 아내를 살려줘 고맙다며 이신부에게 아프리카 토종닭 한 마리를 선물했다.

환자의 기억 속에 남는 것은 의사의 기술적인 치료가 아니라 인간적인 따뜻한 배려라고 생각합니다. 환자를 대할 때 한 명의 환자로 상대하지 않고 인간과의 만남이라고 생각하면 서로 좋은 결과와 인연을 만들 수 있지 않을까요(『인제대 교지』 인터뷰).

일 년 후, 아순다가 어떻게 사는지 궁금해 다시 찾아갔다. 환한 얼굴로 반갑게 맞아준다. 그녀가 방구석에 있는 슬리퍼를 꺼내 보여준다. 이신부가 만들어 준 신발이다. 고리가 끊어져 신지 못하고 있는데 찾아오는 사람도 없고 부탁할 사람도 없다고 했다. 고리를 연결해 신발을 신겨주자 덩실덩실 춤을 추며 고마워한다. 작은 것에도 감사하고 행복해하는 그녀를 보면서 행복은 물질적 풍요가 아니라 도움을 주고 나누는 것임을 배웠다.

유언

2019년, 〈부활〉 촬영차 한센인 마을 라이촉을 방문했다. 팔 년 만이

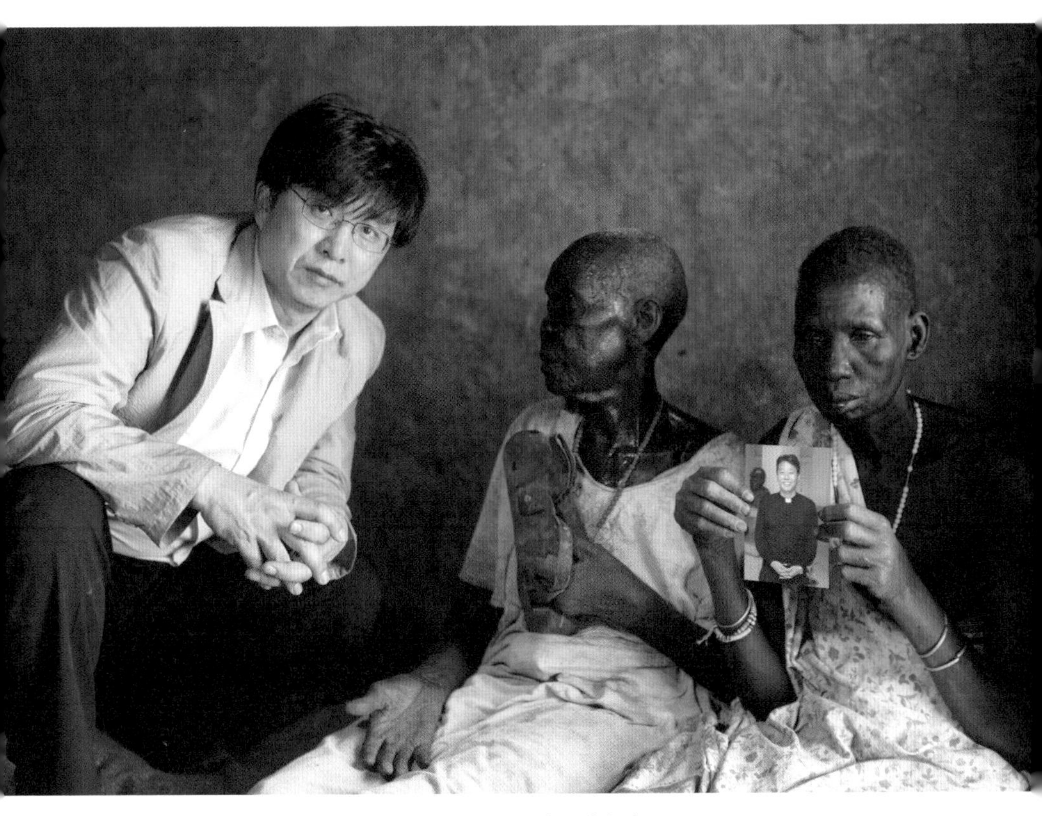

끈이 떨어진 신발을 들고 있는 아순다(가운데)

다. 그런데 마을 분위기가 예전과 딴판이다. 차 소리가 나는데도 나와 보는 사람도 없고 아이들도 보이지 않는다. 주민들이 간간이 문을 열고 얼굴을 내밀지만 표정이 없다. 반갑게 맞아주던 얼굴들은 세상을 떠났다. 살아 있는 사람들은 고통 속에 하루하루를 근근이 버틴다. 그들의 삶은 이신부가 오기 전으로 돌아갔다.

마을 주민 윌리엄(42세)은 말했다. 지금 우리에게 "가장 필요한 것이 매트리스, 신발이고 더 중요한 것이 병원입니다. 아프면 톤즈까지 걸어가야 하는데 걷기 힘든 사람이 대부분이어서 아기가 아파도 톤즈의 병원에 가는 것을 포기합니다. 신부님은 치료해줄 때 손과 발을 직접 씻겨주셨어요. 다른 사람들처럼 한센인이라고 멀리하지 않았습니다."

라이촉 마을 데보라의 집 방 안에 십오 년 전, 이신부가 나눠주었던 옷이 보인다. 그녀는 우리를 보고 그 옷을 입고 나와 인사한다. 이신부의 사진을 보여주자 환하게 웃으며 말했다. "처음엔 눈이 아팠지만 통증은 없었는데 어느 날 갑자기 앞이 보이지 않습니다. 앞에 있는 당신들도 안 보입니다." 내가 물었다. "지금도 신부님 얼굴을 기억하세요?" 그녀가 대답한다. "그때는 너무 잘생기셨어요. 키도 크시고 머리도 단정하셨습니다."

아순다가 어떻게 사는지 궁금해 집으로 찾아갔다. 방문이 잠겼다. 문틈으로 안을 살피자 이불, 식기들이 보인다. 마을 촌장에게 그녀의 안부를 묻자 5년 전 다리가 부어 고생하다 치료를 받지 못해 죽었다고 했다. 방에 사람 사는 흔적이 있는데 누가 사는지 묻자 아들이 살고 있

아순다의 묘지에 십자가 표시를 하고 주민들과 기념촬영

다고 한다. 오후 늦은 시간, 마을 촌장이 체격이 왜소한 젊은이를 손가락으로 가리킨다. 아순다의 아들이다. 나이는 열일 곱. 아들에게 아순다가 남긴 마지막 말이 무언지 물어보았다.

'혼자 두고 떠나서 미안하다. 하느님이 부를 때까지 건강하게 잘 살아야 한다. 이태석 신부님을 잊지 말고 그분처럼 착하게 이웃을 도우며 살라'고 말씀하셨습니다.

아순다에게 마지막 인사를 하고 싶었다. 아들에게 엄마의 무덤이 어디 있느냐고 묻자 집 앞마당에 묻었다고 한다. 그런데 보이질 않는다. 평장을 하고 아무런 표시를 해놓지 않은 까닭이다. 아순다가 마지막 길도 외롭게 떠났다고 생각하니 마음이 아팠다. 톤즈로 사람을 보내 그녀의 이름을 새긴 십자가를 만들어 오도록 부탁했다. 그리고 마을 사람들을 모두 불러 그녀가 묻힌 곳에 십자가를 세우고 작별 인사를 했다. 그녀가 살던 집 입구에 아순다의 사진도 걸어놓았다. 그녀의 얼굴이 환하게 웃는다.

남수단에 깃든 평화

2019년, 프란치스코 교황이 무릎을 꿇고 누군가의 발에 입맞춤하는 사진이 공개되자 세계가 깜짝 놀랐다. 교황이 발에 입을 맞춘 사람은 남수단 대통령과 내전을 일으킨 반군 지도자다. 교황은 2013년 즉위 직후부터 남수단의 평화를 촉구해왔다. 여든둘이라는 나이와 무릎 통증으로 고생하는 교황이 이처럼 파격적인 모습으로 나선 것은 국제사회의 촉구에도 남수단 정부와 반군의 협상이 끝나지 않았기 때문이다.

사랑하는 형제자매 여러분, 평화는 이루어질 수 있습니다. 나는 이 말을 반복하는 것이 지루하지 않습니다. 평화는 이루어질 수 있습니다(프란치스코 교황).

남수단의 평화를 호소하며 무릎 꿇은 프란치스코 교황

프란치스코 교황이 무릎까지 꿇으며 평화를 호소한 것은 남수단의 지독한 전쟁의 역사 때문이다. 남수단은 2011년 7월 9일, 수단공화국에서 독립해 정식국가 되었다. 그동안 세 차례의 내전이 있었다. 1차와 2차는 남수단이 독립하기 전인 수단공화국 시절에 일어났다. 1차 내전(1955~1972)은 유목민이 중심이 되어 일으킨 반란 세력의 진압을 명분으로 시작되었다. 2차 내전(1983~2005)은 북쪽의 무슬림과 남쪽 기독교도 간의 종교 갈등과 유전지대를 둘러싼 강대국의 이해관계 등 원인이 복잡하다. 내전으로 인해 특히 남부 수단의 피해가 컸다. 190만 명이 죽고 400만 명 이상이 피난을 떠났다. 인명피해에 대한 국제사회의 비난이 쏟아지자 수단 정부는 평화협정을 체결하였고 22년간의 기나긴 전쟁이 끝났다.

3차 내전(2013~2015)은 남수단 독립 후 일어났다. 외부의 침략이 아닌 대통령과 부통령의 세력이 충돌하면서 시작되었다. 짧은 전쟁임에도 수만 명이 숨지고 200만 명이 넘는 피난민이 발생했다. 2015년, 미국, 중국 등 강대국들이 중재에 나서 반군 지도자가 부통령을 맡는 연립 정부를 구성하기로 합의하고 내전은 끝났다. 그러나 이후에도 무력충돌은 계속되었고 결국 프란치스코 교황이 나선 것이다. 다행히 2020년 2월 22일, 과도 통일 정부가 출범하면서 내전은 종식되었다. 아프리카에서 여섯 번째 산유국이지만 세계에서 가장 가난한 나라라는 오명을 벗어나지 못하는 것도 전쟁 때문이다.

이태석 신부는 신학생 시절인 1999년 여름에 톤즈를 처음 방문했

남수단 지도

다. 당시는 수단이 2차 내전을 겪던 시기로 톤즈는 포탄 소리와 비명, 울부짖는 소리로 가득 차 있었다.

전쟁 중이던 이곳에 처음 왔을 때, 많은 것들이 나에게는 충격이었다. 하루 한 끼도 제대로 먹지 못해 뼈만 앙상하게 남은 사람들, 전쟁으로 인해 부서진 건물과 수족이 없는 장애인들, 거리를 누비는 헐벗은 사람들, 한 동이의 물을 얻기 위해 몇 시간을 걸어야만 하는 아낙네들, 학교가 없어 하루 종일 빈둥거리는 아이들을 보면서 전기에 감전된 듯 충격으로 며칠을 멍하게 지냈다(이태석 신부).

신학생 이태석은 다시 오겠다는 약속을 하고 학업을 위해 로마로 갔다. 주민들은 그 약속을 믿지 않았다. 전쟁이 계속되는 참혹한 현장을 다시 찾을 거라고 믿지 않은 것이다. 그러나 이신부는 사제서품을 받고 톤즈로 돌아왔다. 주민들은 자신들을 버리지 않았다는 고마움과 반가움에 기뻐했다. 이신부는 병원을 지어 부상당한 사람을 치료하고 마을을 찾아다니며 두려움과 답답한 이야기를 들어주고 기도를 통해 희망의 끈을 놓지 않도록 도와주었다. 종교는 고통받는 사람이 기댈 수 있는 마지막 안식처다.

아징

아프리카 수단에서 벌어지는 전쟁이 세계적으로 주목을 받은 것은 소년병 때문이었다. 그곳에서는 어린아이가 전쟁터에 나가 총을 들고 싸운다. 종군기자의 경험이 있는 나로서도 처음에는 설마 그렇게까지 할까 싶어 믿지 못했다. 그러나 사실이다. 브라스밴드 단원 중에 소년병 출신이 있었다. 아징은 열두 살 때 작은아버지를 대신해 강제로 징집되었다. 그가 들려주는 이야기는 충격적이다. 전쟁이 장기화되고 군인이 부족하자 아이들까지 데려가 훈련을 시켰는데 가장 어린 병사가 일곱 살이었다고 했다. 부모의 품에서 재롱을 떨고 한창 사랑받을 나이에 전쟁터로 내몰린 것이다. 아이들은 무서움과 두려움에 떨었다.

아징은 당시의 고통스러운 상황을 다음과 같이 증언했다.

힘들었습니다. 먹을 것이 필요한데 먹을 것이라곤 물밖에 없었습니다. 힘들어 거부하면 때리고 햇빛 아래 몇 시간 동안 세워놓기도 했습니다. 그래서 하느님께 차라리 목숨을 거두어달라고 매일같이 기도했습니다.

소년병의 문제는 아이들의 고통으로 끝나지 않았다. 끔찍한 경험이 폭력성을 불러온 것이다. 이신부는 남수단의 평화를 위해 소년병을 막는 것이 급하다고 생각했다. 현지에 있던 유니세프에 도움을 청해 군대에 있던 아이들을 집으로 돌려보냈다. 미사를 드리는 성당에 의자를 마련하고 연필과 책을 나눠주며 새로운 세상과 만나도록 했다. 아이들의 마음이 흔들리지 않도록 더 깊은 사랑을 주었다. 대표적인 사례가 전깃불이다. 톤즈는 지금도 전기가 들어오지 않는다. 이신부는 한국에 있는 지인에게 부탁해 케냐에서 태양광 기자재를 구입하고 설치방법을 배워 직접 설치했다. 그리고 학생들이 공부하도록 24시간 불을 밝혀주었다. 아이들은 밤늦도록 공부하며 꿈을 키워갔다.

학교에 이신부가 지은 기숙사가 있다. 여러 명이 밤늦도록 공부하고 있다. 그 모습을 촬영하자 한 학생이 명함 크기의 종이를 들고 와 보여준다. 학생증이다. 이신부가 만들어주었다며 눈물을 훔친다. 태양광 시설은 이신부가 쓰던 숙소 지붕에 있다. 충전 배터리에 연결된 선

이태석 신부가 학생들이 밤늦게까지 공부하도록 숙소 지붕에 설치한 태양광 시설

을 따라가니 부엌 한쪽에 자동차에 쓰는 충전용 배터리 24개가 있다. 배터리에는 노란색 스티커 붙어 있었다. 배터리마다 'Ok' 'Good' 이라고 적혀 있다. 톤즈를 떠나기 전 배터리 상태를 점검해 적어놓은 것이다.

사랑의 힘은 대단하다. 아징은 소년병 시절 남아 있던 공포와 분노를 눈 녹이듯 녹여버리고 이신부를 아버지처럼 믿고 의지하고 따랐다. 또 다른 제자 아투아이의 증언이다. "학교에서 농구를 하고 있는데 군인이 와서 총을 난사했습니다. 총소리를 듣고 신부님이 우리에게 달려오셨고 우리는 신부님 뒤로 숨었습니다. 다행히 군인들이 신부님께서 의사라는 것을 알고 있었습니다. 신부님은 그들을 진정시키고 총을 경찰서에 반납하도록 했습니다. 신부님을 잊지 못하는 기억

중 하나입니다."

I give you Peace

전쟁이 장기화되자 이신부는 몸도 마음도 지쳐갔다. 짓고 있는 병원 건물에 폭탄이 떨어지지 않을까 걱정되어 하루하루를 초긴장 속에 살았다. 이신부는 남수단의 평화를 도와달라고 열심히 기도하고 평화 캠페인을 시작했다. 아이들에게 6·25전쟁의 아픈 역사를 들려주고 평화의 글씨가 적힌 머리띠와 피켓을 준비해 행사도 열었다. 평화의 간절함을 담은 노래도 만들었다.

I give you Peace(평화를 드립니다) / 이태석 작사·작곡

I give you Peace I give you Peace I give you Peace

(…)

To be a people for peace, to be a people for love,

to build a new tomorrow, to build kingdom of peace.

We all join hands. We all unite.

(…)

평화를 위한 사람이 되고 사랑을 위한 사람이 되고

새로운 내일을 만들고 평화의 왕국을 세우기 위해

우리 모두 손을 잡고. 단결합시다.

2005년 1월, 수단 정부와 남쪽의 수단인민해방군은 2차 내전을 끝내는 평화협정에 서명했다. 22년간의 끔찍한 전쟁이 끝난 것이다. 그날 이신부는 아이들과 〈I give you Peace〉를 함께 부르며 감격의 눈물을 흘렸다.

2019년 10월, 톤즈에 천여 명의 주민이 모였다. 톤즈 주지사, 갈등의 당사자인 부족 대표가 모두 참석했다. 마을이 세워진 후 처음이다. 이태석 신부가 남긴 평화를 지키고 기억하자며 이신부의 제자들이 기획했다. 우리말 통역도 한국에서 공부한 제자가 담당한다. 브라스밴드와 의사, 의대생 제자 스무 명도 흰 가운을 입고 참석했다. 너무나 자랑스럽고 고마웠다. 행사소식을 듣고 7시간을 달려왔다는 안조르 마스코 씨가 말했다. "우리는 와우에서 왔습니다. 전에는 톤즈로 싸우러 왔지만, 오늘은 평화를 위해 왔습니다. 우리에겐 평화가 필요하고, 사랑이 전쟁보다 좋은 거라고 이태석 신부님께서 가르쳐주셨습니다."

사회자의 개회선언이 있고 부족 대표가 한 사람씩 나와 인사를 한다. 얼마 전까지도 총격을 가하며 원수처럼 지내던 사이이다. 제자들이 이신부 선종 10주기를 기념하는 자리라고 설득하자 기념공연까지 준비해 참석했다. 이신부를 그리워하는 마음은 갈등과 분열의 벽마저 무너뜨린다.

왜 집에만 가면 남의 소를 빼앗고 싸우는 겁니까. 오늘은 신부님을 생각하며 행복한 마음으로 왔습니다(루어 부족 대표).

〈I give you Peace〉가 울려퍼진 이태석 신부가 주최한 평화행사

이태석 신부 선종 10주기를 맞아 평화행사를 기획하고 참석한 제자들

오늘 모든 부족이 모인 것은 이태석 신부님 덕분입니다. 하느님께서 죽은 사람을 다시 살릴 수만 있다면 우리는 신부님을 부활시켜달라고 부탁드릴 것입니다(딩카 부족 대표).

주지사가 단상으로 나와 부족 대표들의 손을 잡고 머리 위로 올리며 외친다. "톤즈의 평화를 지키자! 우리는 하나다!" 그 모습을 지켜본 천여 명의 주민이 박수 치고 함성을 지른다. 그리고 이태석 브라스밴드와 의대생 제자들이 행사장 가운데로 나왔다. 행사를 기획하고 준비한 이신부의 제자이자 이태석 재단 톤즈 담당자인 타반볼이가 이태석 신부를 기억하자며 제안을 했다. "이태석 신부님께서 우리가 행복하도록 평화의 노래를 만드셨습니다. 그분을 기억하며 함께 부르도록 하겠습니다."

브라스밴드의 연주에 맞춰 〈I give you Peace〉 합창소리가 톤즈 하늘에 울려퍼졌다.

당신은 나의 형제

2019년 6월, 오랜만에 비가 내렸다. 뉴스에서는 가뭄 해소에 도움을 주는 단비라고 한다. 나에게는 슬픔과 안타까움이 담긴 눈물이다. 이태석 신부의 형님인 이태영 신부가 동생 곁으로 떠났다. 향년 쉰아홉이다. 이태석 재단 초대 이사장으로 동생의 삶을 지키기 위해 애쓰던 모습이 눈에 선하다.

〈울지마 톤즈〉를 제작할 때 유가족의 허락이 필요했다. 그때 처음 만난 분이 이태영 신부다. 부산 기장의 바다가 내려다보이는 언덕에 성당이 있다. 일면식도 없이 전화만 드리고 찾아갔다. 이태영 신부가 미사를 끝내고 나온다. 말수도 적고 무표정한 모습에 조금은 당황스러웠다. 마을 입구에 '촬영금지'라고 쓰여 있어 그 이유를 묻자 한센인 마을이라고 한다. 지금은 대부분 완치가 돼 아픈 사람이 없다고 했다. 이태석 신부가 한센인의 친구가 되었듯이 형도 마음의 상처가 깊은 사람들과 함께 지내고 있었다. 이태영 신부에게 영화를 만들고 싶다는 뜻을 전하고 조심스럽게 어머니와의 만남을 부탁드렸다. 아들을 떠나보내고 충격이 커서 어려울 것이라고 대답했지만 일주일 후 어머니와 눈물의 인터뷰가 이뤄졌다. 이태영 신부의 설득 덕분이다. 이태영 신부는 영화 제작에도 많은 도움을 주었다. 부산 남부민동에 있는 생가 위치도 정확히 알려주고 동생이 만든 노래도 기타를 치며 불러주었다. 남수단 촬영을 끝내고 돌아오던 날, 인천공항까지 마중 나와 내 두 손을 꼭 잡고 던진 한마디는 가슴에 오래도록 남았다. "당신은 우리의 형제 같습니다."

2011년, 이태석 재단 설립을 추진하면서 초대 이사장을 맡아달라고 두 번째 부탁을 드렸다. 사제라서 부담된다며 고사한다. 사실 하나의 재단이 설립되면 재단 이사장 자리를 차지하기 위해 혈투를 벌이는 사례가 적지 않다. 세력 싸움하듯 막말을 쏟아내고 멱살잡이까지 벌어지기도 한다. 모두 후원금, 돈 때문이다. 후원금을 내는 사람이라면 기가 막힐 일이지만 그들은 신경 쓰지 않는다. 이런 사례를 취재해본 경험이 있어 재단 운영을 유가족 중심으로 해달라고 설득했다. 네 차례의 만남 끝에 승낙을 얻어냈다. 이태석 신부처럼 사심이 없는 분이라고 생각했다. 사제로서 재단을 이끌어가는 것은 쉬운 일이 아니다. 찾아오는 사람을 모두 만나고 필요한 곳은 직접 찾아가야 한다. 상대가 불편하지 않도록 배려도 하고 내 것을 양보해야 한다. 내 판단이 옳았다. 이태영 신부는 동생이 뿌린 사랑의 씨앗이 향기 가득한 꽃으로 피어나도록 꼼꼼하게 챙기며 재단을 이끌어갔다.

2011년, 이태석 신부에게 대한민국 최고 훈장인 국민훈장 무궁화장이 추서됐다. 국민이 추천한 최초의 훈장이어서 그 의미가 더 컸다. 훈장 수여자로 선정된 사람은 모두 24명, 청와대로 초대받았다. 이신부가 어머니와 함께 대리 수상을 하고 KBS로 찾아왔다. 수상소감을 묻자 이렇게 대답한다.

사람들은 사랑을 쉽게 말하지만 실천하는 분들은 많지 않습니다. 오늘 수상한 분들을 보고 놀랐습니다. 모두가 어려운 처지에 있으면서 감동을 전한 분들입니다. 이태석 신부가 최고의 훈장을 받은 것이 미안했습니다.

이태영 신부는 겸손했고 자신을 내세우지 않았다. 재단을 찾아온 손님과 차 한 잔, 식사를 할 때도 사비로 계산했다. 선종 후 안 사실이지만 재단 돈은 1원짜리 동전 하나 건드리지 않았다.

그러면서도 동생의 빈자리를 채우기 위해 애를 썼다. 톤즈의 한센인 마을을 찾아가 주민들에게 식량을 나눠주고 신발도 직접 신겨주었다. 남수단 장관을 한국으로 초청해 사랑의 끈이 이어지도록 애를 썼다. 이태석 재단 이사장을 맡고 첫 번째 사업으로 추진한 것이 브라스밴드

2009년, 형 이태영 신부(왼쪽)와 함께한 이태석 신부(오른쪽)

톤즈 한센인 마을을 방문한 이태영 신부

를 한국 무대에 세우는 것이었다. 동생의 마지막 꿈을 완성하기 위해서다.

브라스밴드는 전쟁으로 상처받은 톤즈 아이들에게 이태석 신부가 남긴 최고의 선물이다. 이신부는 고통받는 아이들에게 가장 필요한 것이 음악이라고 생각했다. 그래서 한국에 있는 지인에게 도움을 요청해 악기를 구입하고 연주법을 혼자 익히고 가르쳤다. 악보도 직접 만들고 단복도 구해 입혔다. 남수단 최초의 브라스밴드는 이렇게 탄생했다.

하지만 이태석 신부가 떠난 후 브라스밴드는 방치됐다. 음악을 가르치거나 돌봐주는 사람이 없어서 선배들이 중심이 돼 어렵게 명맥을 이어갔다. 악기가 녹이 슬고 고장이 나도 수리는 엄두조차 내지 못했다. 이태영 신부는 동생의 혼신이 담긴 브라스밴드를 살리기 위해 애를 썼다. 브라스밴드의 한국 초청은 한국 아프리카 장관급 경제협력회의 환영행사 때문에 기획됐지만 이태영 신부는 아이들에게 자신감을 심어줄 기회라고 생각해 재단 차원에서도 많은 준비를 했다. 한국 국민이 그들을 잊지 않고 있다는 것을 알려주기 위해 국내에 있는 학교와 단체를 방문할 수 있도록 애를 썼다. 문명의 혜택을 받지 못한 아이들을 서울에 데려온다는 것은 쉬운 결정이 아니다. 먹고 재우는 것만으로 되는 일이 아니기 때문이다. 문화적 충격과 방문 후 겪게 될 후유증은 가장 큰 고민거리였다. 이태영 신부는 필요한 것을 직접 챙기며 세심하게 신경을 썼다.

사랑의 힘은 때론 기적을 만들어낸다. 신분증이 무언지도 모르는

이태석 신부의 묘지를 방문한 브라스밴드 단원들과 이태영 신부(2012년)

아이들에게 여권을 만들어주고 태어나 처음 타보는 비행기와 고속열차, 높은 빌딩과 자동차는 어린 마음에 꿈을 갖게 해준다. 이태영 신부는 단원들이 국내에 체류하는 동안 매일같이 새벽에 출근해 밤늦게까지 아이들이 불편하지 않도록 챙겼다. 브라스밴드 단원과 함께 TV에도 출연해 동생의 삶을 알리기도 했다. 브라스밴드가 한국을 방문하는 동안 거둔 가장 큰 성과는 〈KBS 열린음악회〉 무대에 선 것이다. 이태석 신부는 브라스밴드가 한국 무대에서 연주하는 것이 꿈이었다. 동생의 마지막 꿈을 형이 현실로 만들었다. 브라스밴드가 무대에서 연주하고 〈사랑해〉라는 노래를 한국말로 부를 때 객석에 있던 2,000명의 관객은 환호성과 박수로 응원했다.

그날 이태영 신부의 활짝 웃는 얼굴을 처음 봤다. 공연이 끝나고 아이들은 자신감을 갖게 되었다고 흥분하며 이태영 신부에게 감사의 인사를 드렸다. 꿈같은 시간이 지나고 브라스밴드가 한국을 떠나는 날, 이태영 신부는 공항까지 배웅하며 아이들 모두를 따뜻하게 안아주고 작별 인사를 했다. 오늘의 이별이 마지막이 아니라 만남의 시작이라고 위로하면서. 그리고 이듬해 이태석 신부의 제자 두 명을 한국에 데려와 대학을 졸업시켰다.

많이 알려졌으면 합니다

2019년 1월, 이태영 신부가 이사장이 된 후 처음으로 내게 부탁을 했다. 동생의 선종 10주기 행사를 준비해달라는 것이다. 사무실에서 얼굴을 보고 깜짝 놀랐다. 병색이 완연했기 때문이다. 살이 빠져 몸이 깡마르고 말씀도 어눌하다. 함께 온 누님이 이태영 신부가 암이 발병해 항암 치료를 받고 있다고 했다. 이태영 신부는 재단 이사장을 맡고 마음고생이 이만저만이 아니었다. 이태석 재단 일을 그만하라는 요구도 받고 심지어는 동생을 상업적으로 이용한다는 공격까지 받았다. 옆에서 지켜보는 나도 화가 나는데 본인은 얼마나 괴로웠을까! 그러나 누구에게도 속마음을 드러내지 않았다. 그것이 건강을 악화시키는 화근이 됐고 결국 동생의 10주기 행사를 마무리하지 못하고 세상을 떠났다. 이사장직을 부탁만 드리지 않았어도 그런 수모는 당하지 않았을 거라는 생각에 죄송하고 얼굴을 들 수 없었다.

암 투병 중에도 미사를 집전하는 이태영 신부

이태영 신부가 투병하고 있을 때 양평수도원으로 찾아간 적이 있다. 다행히 표정도 밝고 건강이 좋아 보여 안심이 됐다. 이태영 신부가 갑자기 고기가 먹고 싶다고 해 인근 식당에서 고기를 사드리고 오랜만에 많은 이야기를 나누었다. 그날 밤 문자가 왔다.

당신은 진정한 동지입니다. 그동안 감사했습니다. 이태석 신부의 정신이 많이 알려졌으면 합니다.

두 달 후 찾아뵈었을 때, 이태영 신부는 수도원 근처에 방을 얻고 투병 생활을 하고 있었다. 몸 상태가 심각해 보였다. 걷는 것도 힘들고 대화도 어려워 눈으로 의사표시만 했다. 할 수 없이 공책에 질문을 쓰고 고개를 끄덕이는 방식으로 어렵게 의사소통을 이어나갔다. 이태영 신부 앞에서 슬퍼하는 모습을 감추려 웃고는 있었지만 속은 더 타 들어갔다. 이태영 신부가 힘을 내도록 무슨 이야기를 해드려야 할까 생각하다가 순간적으로 이태석 신부의 선종 10주년을 기념하는 다큐영화를 만들겠다고 말씀드렸다. 이태영 신부가 내 얼굴을 한참 쳐다보더니 작은 목소리로 이야기한다. "왜 그런 험한 일을 또 하려고 합니까. 고맙습니다."

이태석 재단 이사장직을 맡고 난 후 외부에서 당한 고통과 아픔이 얼마나 컸는지 짐작이 돼 마음이 더 아팠다. 그것이 마지막 인사였다. 보름 후, 이태영 신부는 동생 곁으로 떠났다. 가족들은 신부의 선종 소식을 어머니에게 알리지 않았다. 나는 이태영 신부와의 약속을 지키기 위해 남수단으로 떠났다. 영화 〈부활〉은 이태영 신부가 동생에게 남긴 선물이다.

이 세상 모든 덕목과 가치 가운데 사랑이 으뜸이라는데 이의를 다는 사람은 없을 것이다. 사람을 감동시키고 기적을 만드는 힘이 있기 때문이다. 희생이 담긴 사랑은 더 강력한 힘을 발휘한다. 이태영 신부가 떠나고 이신부의 누님과 동생을 만났다. 이태석 재단을 지켜달라며 2대 이사장직을 부탁하셨다.

제3부

우리는 이태석입니다

톤즈의 슈바이처

2009년, 대한의사협회에서 한 해를 마무리하는 자리를 마련했다. 사랑의 인술을 펼친 두 명의 의사가 상을 받는다. 두 번째로 시상대에 선 사람, 깡마른 모습으로 서 있기조차 힘들어 보인다. 몸 안에 암세포가 퍼지는 줄도 모르고 내전의 땅 수단에서 가난한 이들을 돌봐왔다. 진통제를 맞고 참석했지만, 웃음을 잃지 않았다.

아리랑 있지 않습니까? 어머니 이름이 뭘까요?
아리랑의 어머니 이름? '아라리'잖아요,
왜냐면 아리랑 아라리가 낳네 ~~

행사장에 웃음이 가득하다. 이태석 신부가 선후배에게 수상소감을 밝힌다.

저는 전문의도 아니고 그렇다고 남들처럼 특별한 백신을 개발한 것도 아니고 고도의 기술로 불치의 환자들을 고친 것도 아니고 단지 내세울 것 없는 자그마한 의술로 병원이 없는 곳에서 원주민들과 몇 년 살았을 뿐인데 이 상을 제가 몰래 훔쳐가는 듯한 생각이 들어서 괜히 죄책감마저 들기도 했습니다.

이신부는 마지막까지 겸손했다. 그리고 한 달 후, 마흔여덟의 젊은 나이에 세상을 떠났다.

내가 이태석 신부의 선종 소식을 듣고 관심을 가진 것은 사제의 모습보다 의사 이태석이었다. 지금도 그렇지만 의사는 부와 명예를 상징하는 직업이다. 처음에는 이신부의 집이 무척 가난해서 어떻게 의사라는 직업을 내려놓을 수 있었을까 용기가 궁금했다. 지금 생각하면 부끄럽기 짝이 없다. 의사 이태석의 삶은 행복하고 존경받는 삶이 무언지를 알려주는 인생의 교과서라고 생각하기 때문이다.

진료기록부

2010년, 이태석 신부가 지은 병원을 방문했을 때 진료실 서랍장에 진료기록부가 있었다. 두꺼운 장부에 환자의 이름과 날짜, 병명이 빼곡하게 적혀 있다. 혼자서 하루에 이백 명 넘는 환자를 돌봤다는 이야기가 실감 났다. 진료실 옆 공간에 구입한 지 얼마 안 돼 보이는 산부인과 초음파 기계가 있었다. 이신부는 인턴 과정만 마쳤는데 왜 산부인과 기계가 있는지 궁금했다. 이신부와 대학동창으로 친한 친구 사이인 양종필 원장에게 그 이유를 들었다. 양종필 원장은 부산에서 산부인과 병원을 개원했다. 이신부는 한국으로 휴가를 오면 부산에 있는 친구를 찾아가 산부인과 진료와 치료방법을 배웠다고 한다. 이신부가 특별과외(?)까지 하면서 산부인과 진료를 배운 이유는 남수단의 의료현실 때문이다. 남수단이 가톨릭 국가여서 피임교육을 따로 하지 않는다. 그래서 산부인과를 찾는 여성들이 많지만 산부인과의사나 장비가 없어 사망하는 경우도 적지않다. 이신부는 톤즈로 돌아와 친구에게 배운 노하우를 톤즈 여성들에게 교육한 다음, 우리의 조산원 역할을 하도록 했다. 그리고 정확한 진료를 위해 초음파 장비까지 들여온 것이다. 환자를 살리기 위해 애를 쓴 의사 이태식의 참모습을 읽을 수 있다.

이듬해 다시 병원을 찾았다. 노르웨이에서 온 여의사가 진료하고 있었다. 의사 앞에 두 명의 남자가 있는데 한 사람은 환자, 또 한 사람은 통역이다. 그런데 의사나 환자 모두 답답한 표정이다. 통역이 의료지식이 없어서 정확하게 의미 전달을 하지 못한 것이다. 이신부는 환자 진료를 위해 아프리카 딩카어까지 배웠다. 의사 이태석의 삶은 모든 면에서 환자 중심이다.

〈부활〉 촬영 마지막 날, 이신부를 도왔던 의료진과 간호사가 숙소로 찾아왔다. 진료실에서 이신부와 함께 찍은 사진을 보여주었다. "신부님은 진료비를 받지 않았지만 환자에게 화를 낸 적이 없습니다. 항상 미소를 보여주셨고 농담도 했어요. 환자들도 신부님에게 웃음으로 화답했습니다. 어떻게 화를 내거나 짜증을 내지 않을 수 있었는지 궁금했습니다. 항상 웃고, 따뜻하게 안아주고, 차별하지 않고 진료를 해주었습니다. 어린아이부터 임산부까지……"라고 이신부를 회상하는 간호사의 눈에 눈물이 고인다.

간호사는 이신부가 의료진도 따뜻하게 대해주었다며 그리워한다. 실수하면 혼내지 않고 설명하고 가르쳐주고 생활비까지 챙겨주었다. 그때 배운 경험 덕분에 지금도 일을 하고 있다며 고마워했다. 이신부가 병원 앞마당에서 의료진과 활짝 웃으며 손바닥을 들고 찍은 사진이 있다. 간호사가 그때의 이야기를 들려주며 행복해한다. 사진을 보며 궁금해서 물었다. "왜 손바닥을 들고 사진을 찍었어요?" "신부님은 평화의 의미로 손을 들고 찍자고 말씀하셨습니다. 평화를 위해!" 사진을 찍고 나서 신부님은 "다 같이 이 순간을 기억합시다. 서로를 기억하고 일을 잘합시다. 서로 사이좋게 환자들을 잘 보살핍시다"라고 말씀하셨습니다.

고름 1리터

2001년, 이태석 신부가 진료를 처음 시작한 곳은 움막집 형태의 작은 공간이다. 시설이라고는 책상, 진료용 침대, 소독되지 않은 기구가

책상 위에 수북이 진료기록부가 놓인 병원 진료실의 의사 이태석

병원 의료진과 평화의 의미를 담아 사진을 찍은 이태석 신부

전부다. 의사가 왔다는 소식이 퍼지자 진료소에는 밤낮으로 환자가 끊이질 않았다. 누더기를 입은 채로 흙바닥에 앉아 있고 오랫동안 씻지 않아 악취도 심하다. 이신부는 예상은 했지만 무엇을 어떻게 해야 할지, 어디서부터 시작을 해야 할지 엄두가 나질 않았다. 당시 병원에서 통역을 담당했던 제자 벤자민은 처절했던 상황을 이렇게 전한다. "결핵으로 오랫동안 고생하고 있는 소년에게 다가갔습니다. 배는 임산부처럼 불렀고 군데군데서 고름이 철철 흘러내렸습니다. 컴컴한 진료실로 들어오니 온몸이 종기투성이인 환자가 기다리고 있는데, 관절 부위에 엄청난 양의 고름이 차 있었습니다. 환부를 메스로 열어 고름을 빼내기 시작하는데 1리터 넘게 나왔습니다. 눈앞이 캄캄했습니다."

톤즈의 병원에서 진료한 환자도 종합병원 수준이다. 내과, 외과, 피부과, 소아과, 산부인과, 총상 환자까지……. 의료장비 하나 제대로 없는 곳에서 그 많은 환자를 혼자서 감당해야 했지만 이신부는 항상 웃으며 진심을 다해 진료했다. 천사와 같은 이런 이야기를 가능하게 만든 힘은 무엇일까? 이신부는 환자와 의사의 만남을 아픈 사람과 병을 치료하는 관계가 아닌 인간과 인간이 만나는 진실된 순간이라고 믿었다. 그래서 환자가 오면 병을 치료해준다는 생각보다 환자가 겪는 고통을 함께 느끼고 해결해주려 애를 썼다. 이신부는 8년 동안 단 한 건의 의료사고도 없었다. 만일 환자가 죽거나 다치면 '영혼의 힘'을 신봉하는 부족들이 가만두지 않았을 것이다. 재미있는 것은 주술사마저 이신부에게 와서 진료를 받고 약도 받아 갔다는 사실이다. 이신부는 환자를 대할 때 가장 중요한 것은 인간적인 교감을 통해 신뢰를 쌓는 것이라고 했다. 그래서 진료할 때 환자를 만나면 꼭 하는 것이 있다.

환자들이 들어오면 처음 5초는 걷는 모습을 보고 나머지 5초는 눈을 잘 들여다봐요. 눈을 보는 5초는 짧은 순간이지만 정말 대단한 순간이에요. 진실된 순간이기 때문에……. 신자들이 고해성사를 볼 때 그 마음보다 더 진실된 순간이 아닐까, 왜냐하면 환자가 의사 앞에 있는 순간이잖아요. 모든 것을 고하고 싶은. 그런데 고해성사는 안 그렇잖아요. 조금은 미화를 시키기도 하고…….

가톨릭 신부가 고해성사보다 환자와의 만남이 더 대단한 순간이라고 말하는 것을 듣고 가슴이 뛰었다. 인간의 숭고한 사랑이 얼마나 아름답고 감동을 주는지 처음으로 확인하고 느꼈기 때문이다. 사랑의 힘은 기적을 만든다. 이신부는 환자가 늘어나자 병원을 짓기로 한다. 당시는 전쟁 중이고 건축 자재도 구하기 힘든 상황이었지만 2,500킬로미터 떨어진 곳에서 자재를 조달해 진료실, 약제실, 검사실, 12개의 입원실이 있는 병원을 세우고 문을 열었다.

2007년, 톤즈에 콜레라가 퍼져 마을 전체를 뒤흔들고 쑥대밭으로 만들었다. 아비규환이다! 구토와 설사로 탈진한 환자들이 실려오고 병원은 발 디딜 틈 없이 꽉 찼다. 가족도 알아보지 못할 정도로 뼈만 앙상하게 남은 환자들, 그곳으로 달려드는 셀 수 없이 많은 파리떼, 가족을

환자가 있는 곳으로 찾아가 진료를 했던 의사 이태석

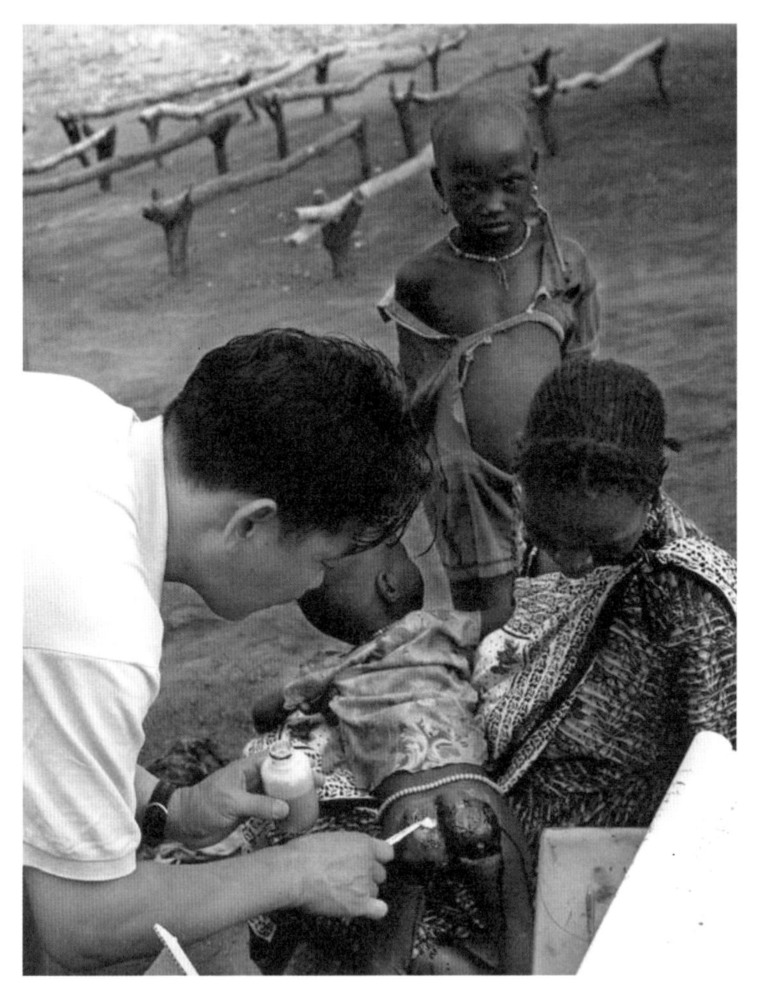

정성을 다해 아이를 진료하는 이태석 신부

떠나보낸 울음소리, 총성 없는 전쟁이다. 100여 명의 환자가 쓰러지고 죽어가자 이신부는 병원 담벼락에 수액을 걸어놓고 혼자서 뛰어다니며 환자를 돌본다.

콜레라와 사투를 벌이는 이태석 신부를 돕기 위해 제자들이 나선다. 이신부는 주사 놓는 방법, 환자를 대하는 자세 등을 가르쳤다. 제자들은 이신부를 도우면서 사람의 생명을 살리는 일이 의사라는 것을 배웠다. 그리고 스승의 길을 가겠다고 다짐한다.

이신부가 살던 숙소에 이동 진료를 나갈 때 타고 다니던 구급차가 있다. 먼지가 뽀얗게 내려앉았다. 구석구석 세차를 하며 살펴보니 운전석과 뒤쪽 문에 구멍이 보인다. 총탄 자국이다. 환자를 살리기 위해 목숨을 걸고 달려가는 의사 이태석의 얼굴이 떠올랐다. 의술을 공부하고 꿈꾸는 학생들에게 의사 이태석의 깊은 사랑이 울림이 되어 전해졌으면 한다.

이태석 신부를 닮은 의사,
벤자민과 아롭

남수단에서 이태석 신부의 제자가 의사로 일한다는 소식을 들었다. 사실일까? 어떤 제자일까? 반갑고 흥분이 됐다. 우리나라 인제대학교 의과대학에서 공부하는 제자 두 명은 알고 있지만 남수단에 의사가 있다는 소식은 처음이다. 그가 근무하는 곳은 남수단 국립주바병원이다. 이태석의과대학병원을 설립하려다 무산된 그곳이다. 아침부터 세찬 비가 내리더니 병원 로비가 엉망이다. 바닥에 고인 물을 넉가래로 치우느라 정신이 없고, 진료를 기다리고 약을 타려는 사람들로 북새통이다. 시설도 낡고 단층 건물이어서 병실마다 환자들로 꽉 찼다. 병실 밖 마당에는 수십 개의 텐트가 있다. 환자 보호자가 머물 곳이 없어 가재도구를 가져와 텐트에서 숙식을 해결한다. 그래도 이곳이 남수단에서 가장 큰 병원이다.

"저 자신이 신부님처럼 느껴집니다"

제자가 근무한다는 진료실을 찾아갔다. 하얀 가운을 입은 젊은 의사가 환자와 이야기를 나누고 있다. 진료가 끝나자 옆에 있는 환자에게 다가간다. 손에 심한 화상을 입은 어린아이다. 진료 중에 옆방에서 급하게 부른다. 복통이 심한 응급환자다. 밀려드는 환자로 쉴 틈이 없다. 하지만 환자를 소홀히 대하지 않는다. 다섯 명 환자의 진료가 끝나자 밖으로 나와 인사한다. "안녕하세요. 의사 벤자민입니다. 이태석 신부 제자입니다." 눈으로 직접 확인을 하고 나니 심장이 뛰고 눈물이 났다. 반가움도 잠시 수술이 있어 급히 가야 한다며 빠른 걸음으로 걷는다. 그의 모습을 빼놓지 않고 카메라에 담았다. 수술실로 가는 도중, 주저앉아 심하게 구토를 하는 남자가 보이자 등을 두드리고 증세를 물어본 다음, 부축해서 다른 의사에게 데려다주고 돌아온다. 수술실로 들어간 벤자민이 녹색 가운을 입고 대기실로 잠깐 나왔다. 수술 장면을 찍고 싶다고 하자 병원에 부탁해보겠다며 들어간다. 잠시 후 카메라만 들어오라고 한다. 그때 옆에서 어린아이 울음소리가 들리자 아이 엄마에게 다가가 왜 우는지 묻고 아프다는 귀 부위를 살펴본 후 번쩍 안고는 괜찮다며 달랜다. 자신의 환자도 아닌데 말이다. 수술이 끝나고 촬영팀이 나왔다. 수술복을 입은 그의 모습이 너무 궁금해 대기실에서 촬영 테이프를 돌려 수술 장면을 봤다. 여러 명의 의사와 수술을 집도

하는 벤자민이 보인다. 순간 '정말 의사네'라는 생각에 흥분되고 대견하고 자랑스러웠다. 의사 이태석의 그림자를 보는 것 같았다.

벤자민은 톤즈에서 고등학교를 졸업한 후 수단의 국립대학인 하르툼의과대학에서 인턴을 마치고 곧바로 남수단으로 돌아와 국립주바병원의 의사가 되었다. 의사가 부족한 현실을 알고 있기 때문이다. 그는 경력은 얼마 안 되지만 많은 환자를 담당하고 있다. 수술이 끝나자 곧바로 회진을 돈다. 진료차트를 들고 환자 한 사람 한 사람 찾아가 상태를 묻는다. 그런데 흥미로운 점을 발견했다. 항상 악수를 먼저하고 대화를 이어간다. 그리고 마지막에는 꼭 "걱정하지 말라"며 다시 손을 잡는다. 벤자민에게 그 이유를 들어봤다.

환자를 치료할 때면 신부님이 환자를 대하던 모습이 기억납니다. 신부님은 누군가 병실에 있으면 항상 인사를 합니다. 저도 그렇게 할 때면 서 자신이 신부님처럼 느껴집니다. 그래서 신부님처럼 환자를 정성껏 돌보고 사랑으로 대하려고 합니다.

벤자민이 이태석 신부를 만난 건 2001년 이신부가 로마에서 톤즈로 돌아와서다. 그의 나이 열네 살 때다. 전쟁과 가난으로 무서움에 떨던 아이는 성당에 열심히 다니며 신부의 미사를 돕는 복사 일을 맡았다. 이신부가 톤즈에 도착한 후 가장 큰 고민은 영어를 모르는 주민과의 소통이었다. 벤자민이 영어를 잘한다는 이야기를 듣고 미사 때 통역을

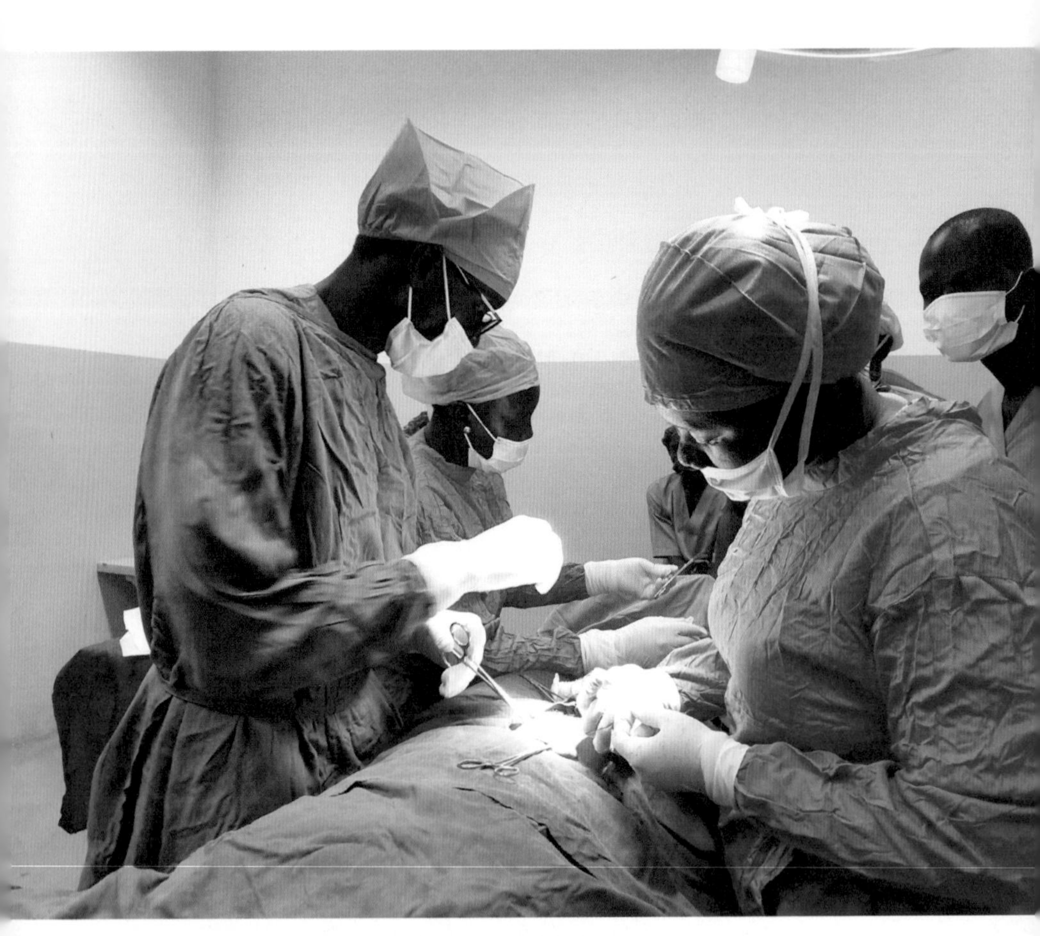

수술 중인 벤자민(맨 왼쪽)

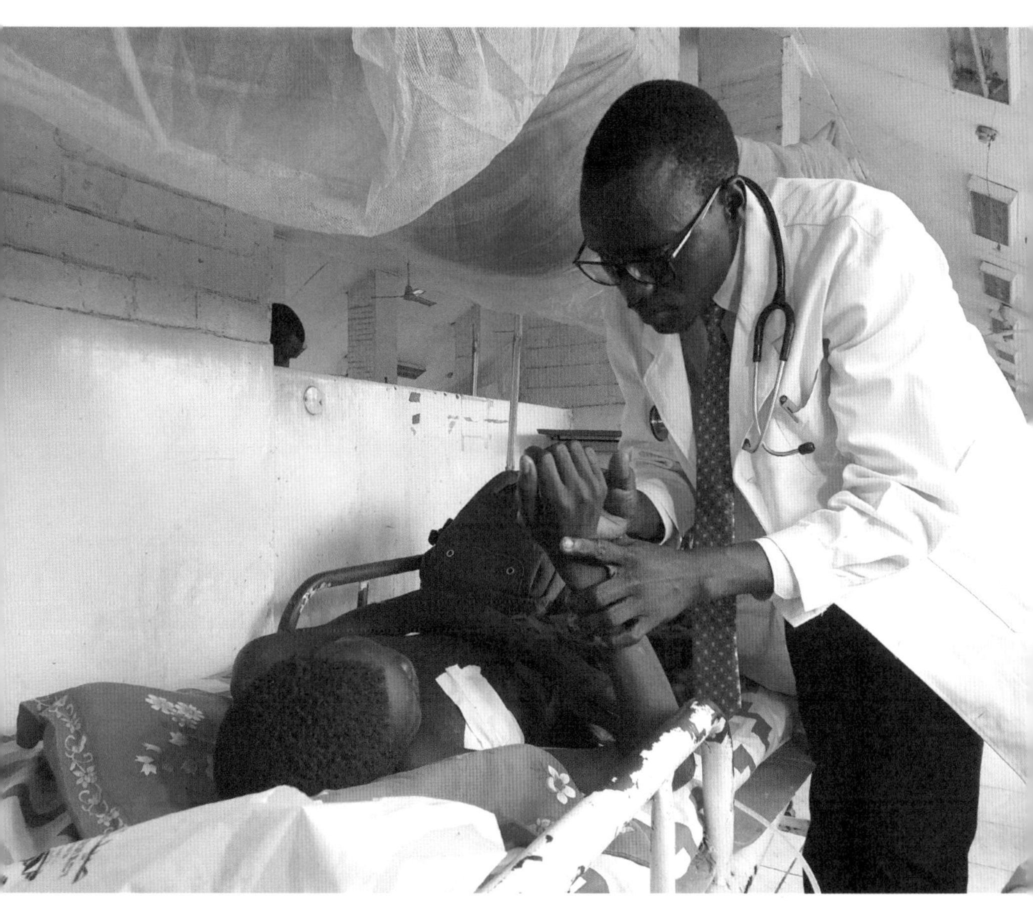

이태석 신부처럼 손을 잡고 인사한 뒤 진료하는 벤자민

부탁했다. 벤자민은 이신부가 자신들을 돕기 위해 온 분이라고 생각해 열심히 도왔다, 어느 날 이신부가 벤자민을 진료소로 데려갔다. 의사가 환자를 진료하는 모습을 그때 처음 봤다. 온몸이 상처투성이고 곳곳에서 비명 소리가 들려온다. 죽어가는 환자들로 가득한 진료소의 처참한 상황은 큰 충격이었다.

벤자민은 통역을 하며 의사 이태석을 만난다. 환자들이 새벽부터 온종일 찾아오고 병명도 모르는 끔찍한 상태의 환자가 살려달라고 울부짖는다. 총상을 당해 피를 철철 흘리는 군인들, 악취가 진동하는 진료실에서 환자를 살리기 위해 애를 쓰는 이신부를 지켜보며 그분을 닮겠다고 결심했다.

저는 신부님이 화내는 모습을 보지 못했습니다. 항상 웃고, 따뜻하게 안아주고, 공평하게 진료해주었습니다. 작은 아이부터 임산부까지 그 모습을 지켜보면서 나도 의사가 된다면 어려운 환경에서도 신부님처럼 해야겠다고 생각했습니다.

벤자민은 의사가 환자들을 사랑으로 대할 때 환자가 편안하게 느끼고 병이 더 빠르게 낫는다는 것을 이신부를 통해 배웠다고 한다. 그래서 어린아이들이나 고통스러워하는 환자를 보면 항상 웃는 얼굴로 대한다고 했다. 병원장은 벤자민이 환자를 친절하게 대하고 환자의 이야기를 잘 들어주는 의사로 소문이 났다며 이태석 신부에게 감사하다고

이태석 신부와 함께 한 벤자민(왼쪽에서 두 번째 파란줄 무늬 상의)

인사했다. 벤자민은 이태석 신부의 제자 가운데 맏형이다. 그래서 의과대학에 다니는 후배들에게 진로 등에 대해 조언을 하기도 한다. 벤자민은 에티오피아에서 가장 오래된 병원인 하와사대학교 의과대학 병원에서 전문의 과정을 밟고 있다. 이태석 재단에서 유학을 지원했다. 그런데 얼마 전, 기쁘고도 자랑스러운 소식이 들려왔다. 벤자민이 톤즈 주민들이 주는 상을 받은 것이다. 벤자민은 에티오피아에서 공부하면서 방학 때는 톤즈 시립병원에 와서 환자를 무료로 진료했다. "환자를 진료할 때, 하나의 문제에 빠지기보다 전체를 살피려고 합니다. 모든 병은 정신적인 문제, 경제적 상황과 연결되어 있기 때문입니다. 그래서 환자를 대할 때는 단순히 병세에만 집중하기보다 열린 마음으로 전체를 보려는 태도를 가지려고 합니다." 벤자민에게서 이태석 신부의 모습이 보인다.

그래서 병원과 주민들이 고마운 마음을 상으로 전했다. 부활절인 2022년 4월 17일, 벤자민이 편지를 보내왔다. 에티오피아에서 전문의 과정이 끝나면 톤즈로 돌아가겠다고 약속했다.

저와 제자들에게 베풀어준 특별한 배려에 깊이 감사드립니다. 외과의사가 되어서 주민들을 돕겠다는 저의 꿈을 향해 가고 있습니다, 약속드린 대로 톤즈 주민을 위해 봉사하도록 하겠습니다. 이태석 신부의 꿈은 영원히 내 안에 있을 것입니다.

(…)

많은 말로 표현하지 않겠습니다. 변함없이 아껴주고 사랑해준 재단의 후원자님들, 이신부의 가족, 한국 사회에 대한 감사의 마음을 행동으로 보여드리겠습니다.

눈물로 꽃피운 의사의 꿈

국립주바병원에는 또 한 명의 의사 제자 아롭이 있다. 당시 인턴 과정 중인 아롭을 병원 로비에서 처음 만났다. 오랜 친구를 만난 듯 반갑게 인사하더니 회진을 해야 한다며 곧바로 병실로 향한다. 그를 따라나섰다. 병실 주변에 입원환자를 돌보는 가족들이 머무는 텐트들이 보인다. 병실 안은 환자와 가족들로 더 북새통이다. 영상 40도가 넘지만 선풍기 몇 대가 고작이고 환자복을 지급하지 못해 누가 환자이고 보호자인지 구분이 안 된다. 하얀 의사 가운을 입은 아롭을 보고 모두가 반갑게 인사를 한다. 아롭이 침대에 힘없이 누워 있는 여성 환자에게 다가갔다. 얼굴엔 식은땀이 흐르고 고통을 참지 못해 눈물까지 흘린다. 아롭이 그녀의 손을 잡고 증상을 자세히 묻고는 머리를 만져주며 안심시킨 다음, 진료를 시작한다. 환자를 대하는 태도가 벤자민과 똑같다.

아롭이 의사의 꿈을 갖게 된 것은 열두 살 때의 기억 때문이다. 아롭은 원인도 모르는 병에 걸려 집에서 혼수상태에 빠졌다. 이신부의 병원이 문을 열었지만 그 사실을 알지 못한 어머니는 집에서 전전긍긍하며 고통스러워했다 그때 아롭의 형이 말라리아에 걸려 사망한다. 어머니는 둘째 아들마저 잃게 될 거라며 괴로워하다 아들을 먼저 떠나보낼 수 없다며 흉기로 자신의 배를 찌른다. 가족은 두 사람을 병원으로 급히 데려갔다.

아롭이 전하는 이신부와의 인연이다. "신부님은 저와 엄마의 목숨을 살려주셨습니다. 제가 살아났을 때 의사는 사람의 생명을 살리는 직업이라는 것을 깨달았습니다. 그때부터 의사가 되기 위해 열심히 공부해야겠다고 결심했습니다. 고등학교 때 시험을 봤는데 의대에 갈 수 있는 좋은 점수를 얻었습니다. 어릴 때의 기억은 저에게 큰 동기부여가 되었습니다."

아롭은 남수단 국립주바의과대학에 합격한다. 그러나 의사의 꿈은 학비 때문에 좌절의 위기를 맞았다. 학비는 친척의 도움으로 간신히 해결했지만 의대를 다니면서 생활하는 데 필요한 돈이 없었다. 그래서 대학 기숙사로 들어갔다. 방 하나에서 22명이 지내고 빈대가 극성을 부려 밤에는 공부할 수가 없다. 그런데 더 큰 걱정거리가 있다. 의학 서적이 너무 비싸 살 수가 없다. 그래서 여러 명이 돈을 모아 책의 내용을 메모리카드에 저장해 돌려가며 공부했다. 의학 관련 지식은 매 순간 변화되는데, 시대에 떨어지는 공부를 하고 있다는 생각에 걱정을 많이 했다. 대학을 다니면서 여러 번 포기하고 싶었다. 그때마다 이신부가 목숨을 살려주었을 때를 생각하며 이겨냈다. 2018년, 눈물로 버틴 대학 생활을 마치고 졸업했다. 그리고 주바병원에서 인턴을 마치고 2020년에 정식의사가 됐다. 아롭은 코로나가 발생하자 자원해 방호복을 입고 환자 치료에도 나섰다. 병원에서는 예의도 바르고

한센인 마을 의료봉사에 참석한 아롭(맨 오른쪽)

정이 많은 의사로 알려져 있다.

치료에 임할 때 '내가 환자라면'이라는 생각을 하며 집중합니다. 환자가 완치되어 고맙다고 말할 때 행복합니다. 이태석 신부님께 감사드리고 싶습니다. 신부님에게 배운 것은, 환자를 차별하지 않는 것입니다. 가난하든, 한센인이든, 누구든 치료를 받을 권리가 있다는 것입니다. 신부님은 사람들에게 좋은 친구였습니다. 제가 신부님만큼 하지 못하더라도, 할 수 있는 것들을 해내야 한다고 생각하고 있습니다.

아롭도 전문의 과정을 위해 에티오피아에서 공부하고 있는데 소아

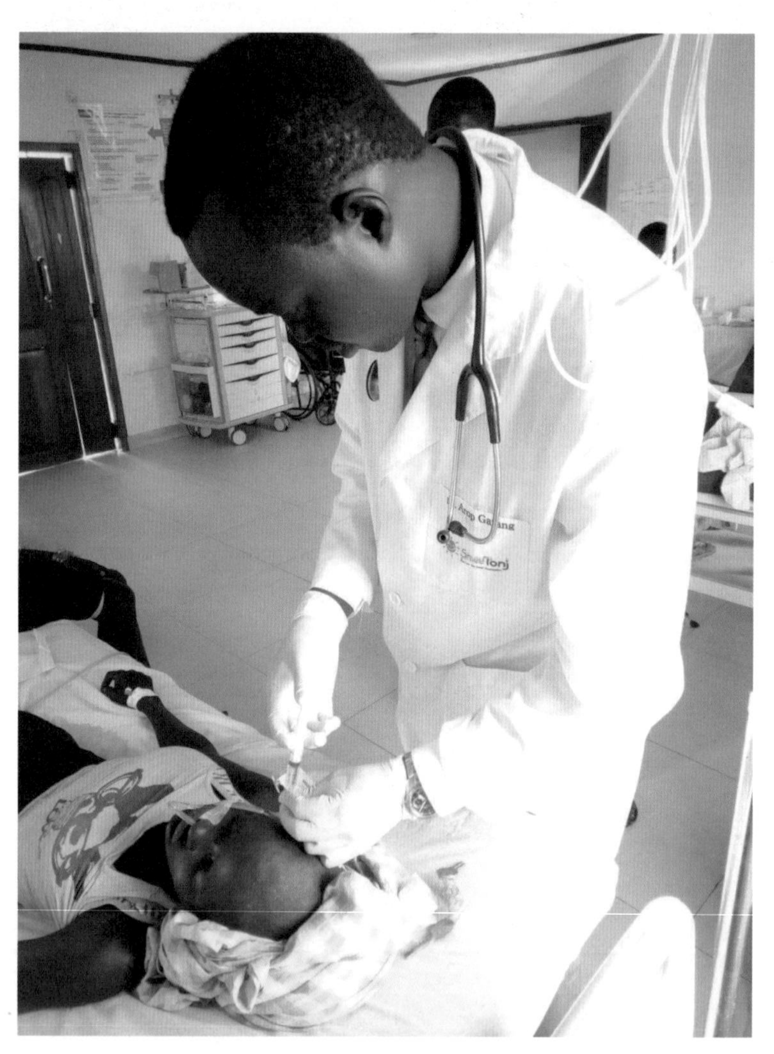

소아과를 전공해 아이를 치료하는 아롭

과의사가 꿈이다. 어릴 때 이신부의 도움으로 목숨을 건진 고마움을 잊지 않고 있기 때문이다. 진심은 통하는 것 같다. 제자들은 그 고마움을 행동으로 실천하고 있다. 의사가 부족한 남수단을 위해 의사를 길러내야 한다는 이태석 신부의 생각이 옳았다.

약사 마틴의 새로운 꿈

2015년 봄, 브라스밴드 단원으로 한국을 다녀간 이신부 제자에게 연락이 왔다. 에티오피아의 지마대학교 약학대학에 합격했는데 생활비와 책값이 없어 포기할 상황이라는 것이다. 합격증을 확인한 후 지원을 시작했다. 이름은 마틴, 여섯 살 때 이태석 신부를 만나 아버지처럼 따랐다. 매 학기 보내오는 성적표를 보니 중상위권이다. 한동안 연락이 뜸하더니 2019년 5월에 졸업한다는 연락이 왔다. 가족이 오는지 묻자 아무도 없다고 한다. 대견하고 기쁘기도 해서 재단을 대표해 가도 괜찮은지 물었다. 흥분하며 좋아한다.

내가 마틴을 처음 본 것은 〈울지마 톤즈〉를 촬영하러 갔을 때다. 톤즈에는 이신부가 세운 고등학교가 있다. 대학 진학률이 높아 타 지역에서도 유학을 온다. 수업 중인 교실로 향하는데 복도에 서서 수업을 듣는 학생들이 보인다. 교실 안을 보고 그 이유를 알았다. 두 명이 쓰는 책상에 네 명이 앉고, 그나마도 자리가 없으면 창문에 걸터앉거나 칠판 옆에 서서 수업을 듣는다. 수업에 늦으면 여지없이 복도에 서서 수업을 들어야 한다. 60명 정원에 100명은 넘어 보인다. 공부에 대한 열기가 대단하다. 남수단 오지에서 왜 이렇게 열심히 공부하는지 궁금했다. 교사에게 양해를 구하고 학생들에게 질문했다. "여러분의 목표가 무엇인가요?" 한 학생이 손을 들고 "의과대학 진학"이라고 답한다. 예상하지 못한 대답이다. 그래서 다시 물었다. "왜 의대를 가려고 합니까?" "이태석 신부님처럼 아픈 사람의 생명을 살리고 싶습니다." 장래 희망이 의사인 사람을 묻자 팔십여 명이 손을 든다. 아이들이 세상을 떠난 분을 닮겠다고 하는 것이 너무 놀라웠다. 그날 손을 들고 대답하던 학생이 마틴이다.

에티오피아 제2의 도시 지마. 수도 아디스아바바에서 비행기로 한 시간 거리다. 마틴은 이곳에 있는 지마대학교 약학대학을 다니는데 에티오피아에서 1~2위를 다투는 명문이다. 에티오피아는 주변국에 영향력을 키우기 위해 국비 장학생을 선발한다. 공부는 가난과 내전 속에서 살아가는 아이들에겐 미래의 희망을 꿈꿀 수 있는 유일한 탈출구다. 그래서 경쟁도 치열하고 성적이 우수한 학생들이 몰린다. 선발 시험을 통과하기 위해서는 피나는 노력이 필요하다. 마틴도 삼십 대 일의 경쟁을 뚫고 국비 장학생에 뽑혔다. 그래서 대학 졸업식에 참석해 꼭 축하해주고 싶었다.

지마 공항에 도착해 대합실로 나가니 턱수염을 기른 젊은이가 뛰어온다. 몸집도 크고 키도 180센티미터는 넘어 보인다. 십 년 전 의사가 되겠다고 하던 아이가 외국에서 약대 졸업을 앞두고 있다. 나도 모르게 꼭 안아주었다.

마틴이 이태석 신부를 만난 것은 초등학교 일학년 때다. 3년 동안 치통으로 고생했지만 치료할 곳이 없어 참고 지냈다. 마틴의 이가 곪아 통증을 참지를 못할 지경이 되자 아버지는 아들을 데리고 이신부에게 달려갔다. 피부색이 다른 사람을 처음 보는 아이는 겁을 먹고 두려워했다. 이신부는 밝게 웃고는 수술로 아이의 통증을 없애주었다. 어린 마음에도 무척 고마웠나 보다. 그날 이후 마틴은 이신부에게 인사도 하고 잘 따랐다. 이신부는 아이에게 재밌는 이야기도 들려주고 먹을 것도 챙겨주었다. 나중에 크면 의사가 돼서 아픈 사람을 치료해주라고 부탁도 했다. 마틴은 이신부를 지켜보며 그분을 닮겠다고 결심했다. 그런데 믿고 의지했던 분이 세상을 떠났다는 소식을 듣고 큰 충격에 빠졌다. 의사의 꿈도 흔들렸다. 수업료와 생활비를 감당할 돈도 없었고 이신부가 돌아와 줄 거라 굳게 믿었기 때문이다. 그때 에티오피아 국비 장학생 선발 소식이 들려왔다. 남수단에서 성적이 좋은 학생들이 경쟁하기 때문에 시험에 통과하기가 무척 어렵다. 6개월 동안 열심히 공부해서 장학생으로 선발됐다. 국비 장학생에는 의대가 없고 생명을 다루는 분야가 약대뿐이라 목표를 바꿨다.

대학교 한쪽에 여러 동의 건물이 있다. 빨래하는 학생들이 보인다. 백열등이 있지만 복도는 어둡고 침침하다. 화장실도 공동으로 쓴다. 방안은 더 열악하다. 비좁은 공간에 2층 침대 4개가 있다. 책상도 없이 허름한 옷장 하나가 전부고 개인 공간은 없다. 유학생이 사는 기숙사다. 학생들은 이 열악한 곳에서 공부하면서 약사의 꿈을 키운다. 마틴도 이곳에서 5년을 지냈다.

마틴이 같은 방 친구들에게 한국에서 온 분이라고 나를 소개하는데 뿌듯하고 자랑스러운 표정이다. 5년 동안 자신을 찾아온 첫 손님이기 때문이다. 마틴이 옷장에 있는 가방에서 노란색 보자기로 싼 물건을 꺼낸다. 빛바랜 표지의 앨범이다. 어릴 때 모습, 가족들과 찍은 사진이다. 그리고 가장 소중한 보물이라며 비닐봉지에서 무언가를 꺼낸다. 이태석 신부가 브라스밴드 지휘복을 입고 아이들과 환하게 웃고 있는 사진이다. 마틴은 이곳에서 지내면서 가장 힘든 일이 가난보다 외로움이라고 했다. 몸이 아프고 가족이 보고 싶을 땐 혼자서 많이 울었다. 그때마다 이신부의 사진을 보고 힘을 냈다.

대학 3학년 때, 정말 힘들었습니다. 외국에서의 삶이 너무 가혹하다고 느꼈습니다. 가까운 친척도 없고. 그때마다 신부님을 생각하면서 실패하지 말자고 나를 몰아붙였습니다.

다음 날 아침, 기숙사를 다시 찾아갔다. 옷장 한쪽에 하얀 가운들이

브라스밴드 단원 시절의 마틴

약국에서 실습하는 마틴

걸려 있다. 대학 마크와 함께 마틴의 이름이 보인다. 약국에서 실습이 있는 날이다. 마틴이 와이셔츠에 넥타이를 매고 가운을 입었다. 갑자기 사람이 달라 보인다. 와이셔츠와 넥타이는 하나뿐이라고 했다.

그동안 얼마나 어렵게 지냈는지 알 것 같다. 실습은 의과대학병원 옆에 있는 약국에서 한다. 처방전을 받아 약을 챙겨주고 상담해주는 모습을 보니 마틴이 약사라는 것이 실감 났다. 이제는 300개 이상의 약품을 어디에 쓰는지 다 안다고 자랑한다. 마틴은 신부님이 환자를 돌보던 모습에서 큰 영감을 받았다며 고마워했다.

약학대학 학장에게 인사하러 갔다. 마틴이 나를 〈울지마 톤즈〉를 만든 영화감독이라고 소개하자 이태석 신부를 잘 안다고 했다. 마틴이 이태석 신부를 아이들에게 친절하고 출신에 아랑곳하지 않고 존중하고 사랑해주고 화려한 삶보다는 도움이 필요한 사람을 찾아서 도와준 분이라고 입학 때부터 자랑했다고 한다. 그래서 교수나 학생들도 이신부를 다 안다고 했다. 학장에게 노트북에 있는 이신부의 사진과 영상을 보여주었다. 깜짝 놀라며 화면에서 눈을 떼지 못한다. 생각보다 훨씬 더 큰 감동이라고 감탄했다.

학장은 "나는 고위직으로 올라가는 것이 목표인데 신부님은 가난한 사람들이 비전에 도달할 수 있도록 도와줍니다. 정말 놀랍습니다. 우리를 일깨울 수 있는 영상입니다. 학생, 직원 교수에게 보여주고 싶습니다"라고 관심을 보였다.

대학 친구들은 마틴을 에티오피아어로 'Mal'이라고 불렀다. 정이 많고 감정이 풍부하다는 뜻이다. 지마대학교 총장, 지나가는 여학생, 식당 주인도 다들 멋진 친구라고 그를 칭찬한다. 정직하고 겸손하고 상대를 배려하는 태도 덕분이다. 이태석 신부를 보고 배웠다.

새벽 6시 대학 정문 앞, 도로에 꽃다발을 든 사람들이 가득하다. 학교 입구는 벌써 긴 줄이 늘어서 있다. 총을 든 군인의 검문검색을 거쳐 사람들이 학교로 들어간다. 졸업을 축하하는 현수막이 곳곳에 걸렸다. 마틴의 숙소로 찾아갔다. 반갑게 인사하며 옷을 내민다. 졸업 가운이다. 마틴이 거울 앞에서 학사모를 쓰며 말한다.

드디어 내 꿈이 이루어졌습니다.

졸업식장으로 향하는 학생들이 함성을 지르고 서로를 축하한다.

졸업식이 열린 대강당, 2만 명이 넘는 학생과 가족들이 식장을 꽉 채웠다. 지역 방송국에서 졸업식을 중계한다. 졸업증서 수여식이 시작됐다. 마틴의 이름이 호명된다. 전쟁터에서 코를 흘리던 아이가 온갖 역경을 이겨내고 꿈을 현실로 만든 모습을 보자니 눈물이 났다. 단상으로 가서 준비한 꽃다발을 주고 축하의 포옹을 해주었다. 감동의 자리에 이태영, 이태석 신부가 계셔야 하는데 내가 있어 미안했다. '아이는 어른의 등을 보고 자란다'라는 말이 있다. 어른의 말과 행동 하나하나가 중요하다는 의미다. 욕심 많고 이기심 가득한 어른들이 새겨들어야 할 말이다.

어려움을 딛고 약대를 졸업하는 기쁨을 누리는 마틴

마틴 인터뷰

의사에서 약사로 목표를 바꿨는데 아쉽지 않나요?

의사나 약사는 아픈 사람을 보살피고 삶을 바꿔주는 역할을 합니다. 의사는 진료할 때 장비가 필요하지만 약사는 약만 가져가면 됩니다. 편리하게 많은 곳을 찾아다닐 수 있죠. 한센인 마을처럼 약이 필요한 곳을 도와주려고 결정했습니다.

약사의 꿈을 이루었는데 더하고 싶은 일은 무엇인가요?

공부를 더 하고 싶습니다. 배울수록 더 많은 것을 할 수 있으니까요. 직장이 생겨도 공부를 계속하려고 합니다. 그래서 진료소를 열어 지역사회를 위해 일하는 것이 목표입니다.

솔업 소감은?

이태석 신부님이 하늘에서 보고 있다면 저를 자랑스럽게 생각하실 겁니다. 이태영 신부님도 보고 싶습니다. 오늘의 영광이 있도록 도와주신 두 분의 전설이 실망하지 않도록 노력하고 두 분이 사랑한 평화를 계속 이어가도록 하겠습니다.

한센인 마을에서 약 복용에 대해 설명하는 마틴

아순타의 행복한 귀환

2012년, 〈KBS 열린음악회〉 무대에서 아프리카 여학생이 빨간색 단복을 입고 〈사랑해〉라는 노래를 한국말로 부른다. 객석을 꽉 채운 2,000여 명의 관객은 놀라움과 반가움으로 '와' 하는 탄성을 지르고 박수를 친다. 공연이 끝나고 그녀가 KBS홀 광장에 나와 관객들에게 인사를 하자 사람들이 꼭 안아준다. 관객들은 〈사랑해〉의 의미를 알고 부르는 것 같아 눈물이 난다고 했다. 그녀의 이름은 '아순타' 열일곱의 꿈 많은 소녀로 이태석 신부의 제자다. 한국을 떠나는 날, 그녀가 급하게 쓴 손편지를 보내왔다. "당신을 아버지라고 부르고 싶습니다. 한국에서 공부하고 싶어요. 도와주세요!"

아순타가 한국 유학을 부탁한 데는 절박한 사연이 있었다. 아버지가 마흔다섯 살 남자와 아순타를 약혼시키려 한 것이다. 그래서 톤즈로 돌아가면 그 남자를 만나야 한다. 아순타는 아버지의 뜻에 따르지 않겠다고 결심하고 어머니에게 하소연했지만 소용이 없었다. 아버지가 강력한 힘을 가진 가부장적인 관습 때문이다. 그래서 어머니의 마음도 타 들어갔다. 남수단에는 조혼 풍습이 있다. 딸이 열다섯 살이 넘으면 지참금을 받고 시집을 보낸다. 그래서 여성은 교육 받을 꿈도 꾸지 못하고 결혼하면 애를 낳고 일만 해야 한다. 아순타는 힘들고 막막할 때 의지하던 이신부를 생각하며 이태석 재단에 마지막 도움의 편지를 보낸 것이다.

당시의 상황을 떠올리며 아순타는 말한다. "그땐 제가 어렸기 때문에 공부하고 싶었습니다. 우리 아버지도 어느 정도 교육을 받은 사람인데 그렇게 나오실 거라고 상상도 하지 못했어요. 그런데 그렇게 나오셔서 배신당한 것 같은 마음이었어요."

아순타를 수도 주바에 머물도록 하고 한국 유학을 추진했다. 다급한 사정을 듣고 한국에 데려온다고는 했지만 어려움이 한둘이 아니다. 우선 국내 대학의 초청장과 유학비자가 필요하고 지낼 집도 마련해야 한다. 무엇보다도 아버지의 강력한 항의가 걱정됐다. 먼저 대학을 알아보기 시작했다. 여학생이라는 점을 고려해 이화여대에 도움을 청했다. 이화여대는 이태석 신부의 제자라는 말을 듣고 흔쾌히 승낙했고 한국어를 배울 수 있도록 도움도 주었다. 비자 역시 현지 한국대사관에서 이신부의 제자라며 신속히 발급해주었다. 모든 일이 '이태석' 이름 하나로 일사천리로 진행되었다. 아순타가 한국에 입국하던 날, 이신부 형제들과 재단에서 공항으로 가서 반갑게 맞아주었다. 아순타는 자신을 도와준 감사한 마음에 보답하는 길은 한국에서의 생활에 빠르게 적응하는 것이라며 한국어 공부를 열심히 했다. 그리고 일 년 후 이화여대 화학신소재공학과에 입학하고 한국에서의 유학 생활을 시작했다.

아순타의 고향은 톤즈에서 차로 8시간 걸린다. 아버지는 군인이고 어머니는 간호사다. 그런 부모 덕분에 경제 사정이 좋아서 다른 아이들보다 유복한 어린 시절을 보냈다. 아순타는 중학교 때 톤즈로 유학을 결심을 한다. 그 이유는 첫째, 유명한 화학자의 꿈을 이루기 위해서이고 둘째, 이신부가 세운 학교가 명문이라고 소문이 나서 대학 진학률이 높기 때문이다. 셋째는, 여학생 기숙사가 있어서다. 이신부가 세운 학교에는 남자 기숙사와 여자 기숙사가 있다. 야외에서 칠판 하나 놓고 수업하는 톤즈의 현실에서는 대단한 일이다. 특히 남성의 권한이 강한 나라에서 여자 기숙사를 마련한 것은 파격이다. 이신부는 왜 여자 기숙사를 지었을까? 〈울지마 톤즈〉 때 알지 못한 또 따른 이야기가 있었다. 영화 〈부활〉 촬영을 위해 톤즈에 도착해서 떠날 때까지 톤즈 여성 대표들이 춤을 추고 부르는 노래가 있었다.

이태석 신부님께서 이곳에 오신 후
학교와 병원 선교활동을 시작하셨고

주민들을, 평화를 위해 애를 쓰셨습니다.

우리는 신부님을 축복합니다,

톤즈 여성의 아픔을 공감하고 도와주려 애써준 데 대한 감사한 마음을 담아 톤즈의 여성들은 노래를 부른다. 이신부는 여성의 인권을 개선하기 위해서는 여성에 대한 교육이 절실하다고 생각했다. 그래서 학교를 짓고 먼 곳에 사는 여학생도 공부할 수 있도록 기숙사를 지었다. 여자 기숙사에는 이신부의 깊은 사랑이 담겨 있다. 만일 기숙사가 없었다면 아순타의 운명은 달라졌을 것이다.

아순타는 아버지와의 갈등을 생각하며 꼭 성공하겠다고 각오를 다졌다. 그래서 대학에 다니는 동안 봉사활동에도 열심히 참여하고 대학 3학년 때는 장학금도 탔다. 아순타는 한국에 온 뒤, 고향에도 가지 못하고 가족도 만나지 못해 힘겨워했다. 하지만 이태영 신부와 누나가 가족처럼 돌봐줘 외로움을 이겨냈다. 한국에서 방송에 출연해 이신부의 제자로 얼굴이 알려지자 이신부의 명성에 흠이 나지 않도록 말과 행동을 조심했다. 2019년, 아순타는 한 번의 유급도 없이 우수한 성적으로 화학신소재공학과를 졸업했다. 학위수여식 날, 졸업증서를 받은 아순타의 얼굴이 싱글벙글했다. 그리고 학사모를 하늘 높이 던지며 소리 내어 웃는다.

이태석 신부님을 실망시키고 싶지 않았습니다. 신부님 제자가 포기

졸업식장에서 환호하는 아순타

하고 돌아왔다는 소리를 듣지 않기 위해 힘들어도 버텼습니다. 도와주신 분들, 저 자신도 실망시키고 싶지 않았습니다. 그래서 할 수 있는 데까지 최선을 다했습니다.

감격스런 소식을 가장 먼저 아순타 부모에게 전하고 싶었다. 아순타와 부모는 5년 동안 얼굴을 보지 못했다. 아순타에게 부모님께 드리는 졸업 인사를 녹화하자고 했다. 하지만 아순타는 아버지에 대한 섭섭함 때문인지 어머니한테만 인사했다. 아순타의 부모가 사는 남수단으로 떠났다. 이번에 가면 아순타의 아버지를 꼭 만나고 싶었다. 아순타의 아버지는 와우라는 지역의 군 책임자다. 우리로 말하면 군단장급이다. 혹시라도 딸의 결혼을 막았다고 오해할까 봐 걱정했지만 의외로 딸의 졸업이 반갑다고 인사한다. 아순타의 졸업식 녹화 화면을 보여주었다. 얼굴이 밝아지고 웃으면서 "고맙다"고 한다. 그동안 중국에 출장 가서 몇 번 전화했는데 아순타와 통화가 되지 않았다면서 많이 걱정했다고 한다. 아버지의 반응을 보면서 아순타와 화해시킬 수 있으리라는 기대가 생겼다. 아순타의 아버지는 집까지 가는 길이 위험하다며 자신의 차를 내주고 경계병까지 동행시켰다. 아순타의 어머니를 만났다. 딸이 쓰던 침대, 옷 가방을 그대로 보관하고 있었다. 아순타의 한국 생활에 관해 이야기를 듣던 어머니가 아순타의 결혼에 대한 속마음을 털어놓았다.

저에겐 열네 살에 결혼한 딸이 있습니다. 그 딸은 큰 고통 속에서 살아가고 있습니다. 아이가 둘인데 먹고살겠다고 혼자서 돈을 벌고 있어요. 남편은 돌보지 않습니다. 저는 아순타가 그렇게 사는 것을 원치 않습니다. 딸이 좋은 환경에서 살았으면 합니다.

어머니의 얼굴이 순간 어두워졌다. 그래서 노트북을 꺼내 아순타의 영상 편지와 졸업 사진을 보여주었다. 화면에 딸이 보이고 졸업식 소식을 전하자 두 손을 모으고 반가워하며 어찌할 줄 모른다. 어머니는 이태석 신부 덕분에 딸이 한국에서 공부할 수 있었다며 감사하다고 인사했다.

남수단 석유부 공무원이 된 아순타

대학을 마친 아순타의 진로에 대해 생각했다. 무엇보다도 본인의 의사가 중요했다. 대학에서 배운 전공을 살릴 수 있도록 국내 제약회사에 일자리를 마련해주었다. 그런데 반응이 의외였다. 남수단으로 돌아가겠다는 것이다. 한국에서 배운 전공을 살려 열악한 자기 나라에 도움이 되고 싶다고 한다.

아순타가 고향으로 돌아가는 날, 5년 만의 귀향이다. 비행기가 남수단 와우 공항에 도착하고 탑승 문이 열린다. 아순타가 깜짝 놀란다. 아버지가 어머니, 다른 가족과 함께 마중 나온 것이다. 아순타가 울컥하며 아버지에게 다가가 품에 안긴다. "환영한다. 내 딸아! 정말 장하다.

몸은 괜찮지?"라고 묻는 아버지에게 딸은 "전 좋아요 아빠는요?"라고 웃으며 화답한다. 아버지의 따뜻한 한마디에 마음의 상처가 눈 녹듯 사라진다. 아순타의 아버지 아브라함 굼이 "한국 사람에게 인사를 전합니다. 딸아이를 오랫동안 공부시켜주고 도와주셔서 감사합니다"라고 인사한다.

아순타도 "상상도 하지 못한 일들이 벌어졌어요. 아버지가 나오셔서, 그것도 혼자가 아니라 가족을 모두 데리고 오셔서 울컥하고 너무 기뻤어요. 왜 이렇게 오래 기다렸을까? 하는 생각도 들고 아버지와 화해를 하게 된 것도 다 이태석 신부님 덕분이라고 생각합니다"라고 모든 공을 이태석 신부에게 돌렸다.

지난 부활절 기간에 아순타가 편지와 사진을 보내왔다. 남수단으로 돌아가 대학 전공을 살려 정부기관인 석유부(Ministry of Petroleum)에서 인턴으로 일하다가 최근 정식 공무원이 되었다고 한다. 남수단은 아프리카에서 여섯 번째 산유국이다. 아순타가 한글로 쓴 감사 인사다.

참으로 어리석고 부족한 저를 감싸주고 아껴주고 사랑해주신 분들에게 제 가슴 깊은 곳에 있는 고마움과 사랑을 알려드리고 싶습니다.

브이 자를 그리며 환하게 웃고 있는 그녀의 표정을 통해 배운 것이 있다. 리더는 희망을 말해야 한다. 영화 〈부활〉이 우리 사회에 던지는 강력한 메시지다.

아순타의 귀국길에 마중 나온 가족들

남수단 석유부 인턴 시절의 아순타

우리는 이태석입니다

장기간의 내전을 치른 남수단에서 가장 급하게 풀어야 할 문제가 의료 분야다. 남수단은 진료와 치료를 담당할 의사가 부족해 애를 태운다. 지역에 작은 규모의 의료시설은 있지만 의사가 없는 곳이 많다. 그래서 고육지책으로 의사보조제도까지 두고 의사 확보에 나선다. 보건 관련 전문학교를 다니며 보건소에서 일정 기간 실습을 거치면 의과대학 2학년에 편입하도록 하는 제도다. 집안 형편 때문에 의사의 꿈을 접은 젊은이들에게 큰 인기가 있다.

이태석 신부의 제자가 남수단 국립주바의과대학에 다닌다는 소식을 듣고 찾아갔다. 나라는 가난하지만 의과대학은 지원율이 높고 우수한 학생들이 몰린다. 졸업 후 바로 취업할 수 있기 때문이다. 대학 입구 게시판에 붙여놓은 성적표를 살펴보았다. 과목별로 우수, 통과, 낙제가 표시되어 있는데 절반이 재수강이다. 생명을 다루는 분야다 보니 학사관리도 철저하다. 의대 강의실을 살펴봤다. 허름한 칠판과 어지럽게 널린 플라스틱 간이 의자가 이곳의 현실을 말해준다. 변변한 실험실 하나 없다. 그래서 국립주바병원 실험실을 이용하지만 시간 제약이 있다. 대학에서 만난 의대 학생회장은 실험실이 부족해 어려움이 있다며 한국에서 도와달라고 간곡하게 요청한다.

14명의 예비 의사들

한국에서 촬영팀이 온다는 소식을 듣고 의대 앞마당에서 이신부 제자들이 기다리고 있다. 처음에는 대여섯 명이던 인원이 14명으로 늘었다. 그중에는 여학생도 있다. 눈앞에 있는 이 많은 예비 의사들이 이신부 제자라니 너무 놀랍다. 다시 한번 제자가 맞는지 물었다. 모두가 웃으며 고개를 끄덕인다. 제자들에게 의사의 꿈을 갖게 된 이유를 묻자 모두가 이태석 신부라고 말한다. 이태석 신부가 부모, 형제의 생명을 살리고 환자에게 깊은 사랑을 주는 모습을 경험하고 지켜보면서 이신부를 닮고 싶다는 목표가 생겼다는 것이다. 소아과, 산부인과를 지망한 제자는 아이들과 여성들이 치료를 받지 못해 죽어간다며 진로 선택의 배경을 설명한다. "신부님이 병든 제 어머니를 살리셨고 환자를 살리기 위해 애쓰시는 모습을 보면서 깊은 감명을 받았습니다. 저도 크면 신부님처럼 살아야겠다는 목표를 세웠습니다."

십 년의 세월이 흘렀지만 모두가 신부님의 제자라는 자부심이 대단하다. 한 학생이 1, 2학년이 시험을 보고 있어 이 자리에 참석하지 못했다며 아쉬워한다. 그래서 몇 명인지 묻자 40명이 넘는다고 한다. 세상에서 가장 가난한 나라의 시골 학교에서 40명이 넘는 예비 의사를 배출했다는 사실을 믿을 수가 없다. 정말 의사 이태석의 존재가 얼마나 대단한지를 뼛속 깊이 느꼈다. 더 놀라운 사실은 앞서 소개한 사례처럼 열악한 환경과 싸우며 의사의 꿈을 키우고 있다는 것이다.

제자들은 모두가 집을 떠나 유학 생활을 한다. 의학을 공부하는 어려움보다 더 고통스러운 것이 학비와 생활비 마련이다. 그래서 야간에 아르바이트도 하고 임대료가 싼 변두리에 집을 얻어 산다. 프란치스코는 의대 5학년이다. 의대 학장까지 성실하고 똑똑한 인재라며 칭찬하고 성적도 최상위다. 그가 사는 집을 찾아갔다. 차로 20분 넘게 걸리는 시 외곽이다. 방이 4개가 있는 집인데 한 평 크기의 공간에 4명이 산다. 부엌은 공용이지만 주방 기구는 없고 달랑 탁자와 의자 두 개뿐이다. 식사는 아침 저녁은 굶고 점심만 학교에서 빵으로 해결한다. 차비가 없어 학교까지 2시간을 걸어다닌다. 의사가 되기 위해 전쟁을 하고 있다는 생각이 들어 지갑에서 300달러를 꺼내주고, 졸업 때까지 학비와 생활비를 책임지겠다고 했다. 프란치스코가 놀란 표정으로 내 얼굴을 쳐다보며 약속한다. "이태석 신부님처럼 사랑을 나눠주는 의사가 되겠습니다. 톤즈로 돌아가 신부님께서 하시던 일이 이어지도록 하겠습니다."

이태석 신부의 뜻을 이어가는 제자들

한센인 마을에서 의료봉사 중인 제자들

제자들은 자신의 삶이 고달프지만 스승 이야기만 나오면 자랑스러워하고 그분처럼 살겠다고 약속한다. 사랑의 불씨가 열매를 맺는 감동적인 순간을 혼자서 지켜보는 것이 너무 안타까웠다. 그래서 〈울지마 톤즈〉의 후속 작품인 〈부활〉을 만들었다.

2007년, 혼자서 콜레라와 사투를 벌이던 이신부의 얼굴이 떠오른다.

며칠을 밤낮으로 뛰어다니다 보니 내 몸도 너무 지쳐 있었다. 의사 한두 명만 더 있었으면! 혈관주사를 꼽을 수 있는 간호사 몇 명만 더 있었으면! 하지만 그렇게 아쉬움에 빠져 있을 시간도 없었다.

나에게 목표가 생겼다. 50여 명의 의사를 양성하는 것이다. 의사 이태석의 후예가 되겠다는 제자들을 만나면서 꿈을 현실로 만들 수 있다는 자신감이 생겼다. 먼저 이신부 제자라는 자부심을 갖도록 제자들에게 한센인 마을에서 의료봉사를 하자고 제안했다. 한센인 마을은 이신부가 애정을 갖고 찾던 곳이고 무엇보다도 그동안 의사 방문이 전혀 없었다는 주민들의 하소연을 들었기 때문이다. 기말고사가 코앞이라 걱정했는데 놀랍게도 스무 명 가까운 인원이 참가신청을 했다. 제자들의 마음이 고마웠다.

의료봉사 준비는 서울에서 했다. 사람만 가는 것이 아니라 약도 챙기고 의료장비를 준비하는 등 세심하게 신경 써야 할 것이 너무 많았다. 의료장비와 약은 이태석 재단 출범 때부터 도움을 주는 중헌제약에 부탁했다. 장비와 약 설명서를 모두 영어로 번역해 보내야 하는 어려움이 있지만 비용을 받지 않고 모두 해결해주었다. 고맙고 미안한 마음이다. 의료봉사에 참여하는 제자들을 위해 특별한 선물도 준비했다. 각자의 이름을 새긴 의사 가운이다. 참가자에게는 교통비와 여비도 지급했다.

의사 이태석이 되다

의대생 제자들이 주바에서 톤즈로 오는 날이다. 주민과 친구들이 기쁜 마음으로 이태석 재단 톤즈 사무소 마당에 모였다. 멀리서 걸어오는 제자들이 보인다. 의사 공부를 하겠다고 고향을 떠나 온갖 고생을 이겨내고 금의환향하는 뿌듯함 때문인지 행복하고 자신감 넘친다. 의대생 제자들이 마당 정문을 통과하자 감동과 눈물의 만남이 펼쳐진다. 브라스밴드 단원들이 〈고향의 봄〉을 연주하고 의사가 된 친구들이 자랑스러워 포옹하고 손을 흔들며 반가워했다. 지켜보는 촬영팀도 감동이 몰려왔다. 이태석 신부가 만든 톤즈의 기적이다

잘 왔다! 정말 자랑스럽다.

축하해. 정말 기쁘다. 벤자민이 의사가 되었다니…….

이태석 신부님 덕분에 아롭도 의사가 되었고,

결국 해냈구나, 정말 멋지다.

꿈같은 만남의 시간이 끝나고 의대생 제자들이 한국에서 가져온 의약품을 정리한다. 처음 보는 약들이 있어 서로 상의하고 분류했다. 그런데 제자들이 갑자기 상자 하나를 열더니 '와우' 소리를 지르며 좋아서 어쩔 줄 모른다. 의사 가운을 본 것이다. 의대를 다니지만 돈이 없어 가운을 구입하지 못하는 경우도 있고 설사 구입했더라도 한 벌을 몇 년 동안 입다 보니 하얀 가운이 누렇게 변하기도 한다. 제자들이 더 놀란 것은 가운에 자신들의 이름을 새겼기 때문이다. 모두 의사가 된 것 같다며 너무나 좋아한다. 가운을 들고 환하게 웃는 얼굴을 보고 선물을 잘 가져왔다는 생각도 했지만 한편으로는 그런 현실이 아프게 다가왔다.

다음 날 아침, 의대생과 브라스밴드 단원들이 5대의 차에 타고 한센인 마을로 향했다. 대규모 봉사활동은 톤즈 마을이 생기고 처음이다. 이날의 감동과 희망의 순간을 영원히 기록으로 남기려고 드론까지 동원했다. 그동안 한센인 마을을 다섯 차례 방문했지만 드론을 통해 처음으로 마을 전경을 확인할 수 있었다. 이태석 신부가 왜 이곳에 한센인 마을을 조성했는지 그 마음을 알 것 같았다. 마을이 차가 다니는 도로에서 떨어져 있지만 바닥이 평편하고 집을 짓고 살 수 있는 공간이 있으며 비가 많이 와도 침수의 위험이 적다. 이신부는 이곳에 여러 채의 슬래브 건물을 지어 한센인들에게 보금자리를 제공했다. 상공에서 마을을 보니 한센인에 대한 그의 사랑이 얼마나 지극했는지 더욱 가슴 깊이 다가왔다.

의사가 온다는 소식을 듣고 인근 마을 주민까지 몰려왔다. 차량이 도착하자 춤을 추고 소리를 지른다. 마을이 세워진 후 가장 많은 손님이 찾아왔다. 의료진의 마을 방문은 처음이기 때문이다. 제자들은 진료 준비를 하면서 스스로가 자랑스러운 듯 웃음이 떠나지 않는다. 앰프에서 음악이 흘러나오자 주민들과 브라스밴드 제자들이 손을 잡고 마을을 돌기 시작한다. 다리를 절룩거리고 손가락이 없지만 불편해하지 않는다. 그동안 얼마나 그리워하고 만나고 싶었던 사람들이 아니던가!

만형 벤자민이 마이크를 잡고 모든 분들이 진료를 받도록 하겠다며 장내를 정리한다. 진료가 시작됐다. 첫 번째 주민이 의자에 앉자, 벤자민이 손을 내밀어 환자의 손을 잡는다. 다섯 손가락이 없어 뭉툭하다. 벤자민이 손을 놓지 않고 어릴 때 이신부와 이곳에 왔던 이야기를 들려주자 얼굴이 밝아지고 긴장했던 얼굴이 펴진다. 잡고 있던 벤자민의 손을 흔들며 "하느님께 감사하다"는 인사까지 한다. 환자의 마음이 편해지자 진료가 시작됐다.

두 번째 환자는 목과 배 아래에 커다란 혹이 있다. 참고 견뎌온 아픔을 하소연하듯 쏟아낸다. 벤자민은 혹이 난 부분을 만지며 자세히 물어본다. 진료가 끝나자 처방전을 받고 약을 타러 가는 표정이 밝다. 다른 제자들도 환자를 대하는 모습이 똑같다. 약을 나눠주는 마틴도 복용 방법을 자세히 알려준다. 다리 치료를 받으며 고통을 참지 못하던 주민이 웃고 있어 이유를 묻자 의사가 와서 치료해주는데 울어야 하냐

한센인 마을에서 진료하는 제자들을 찾아온, 많은 사람들

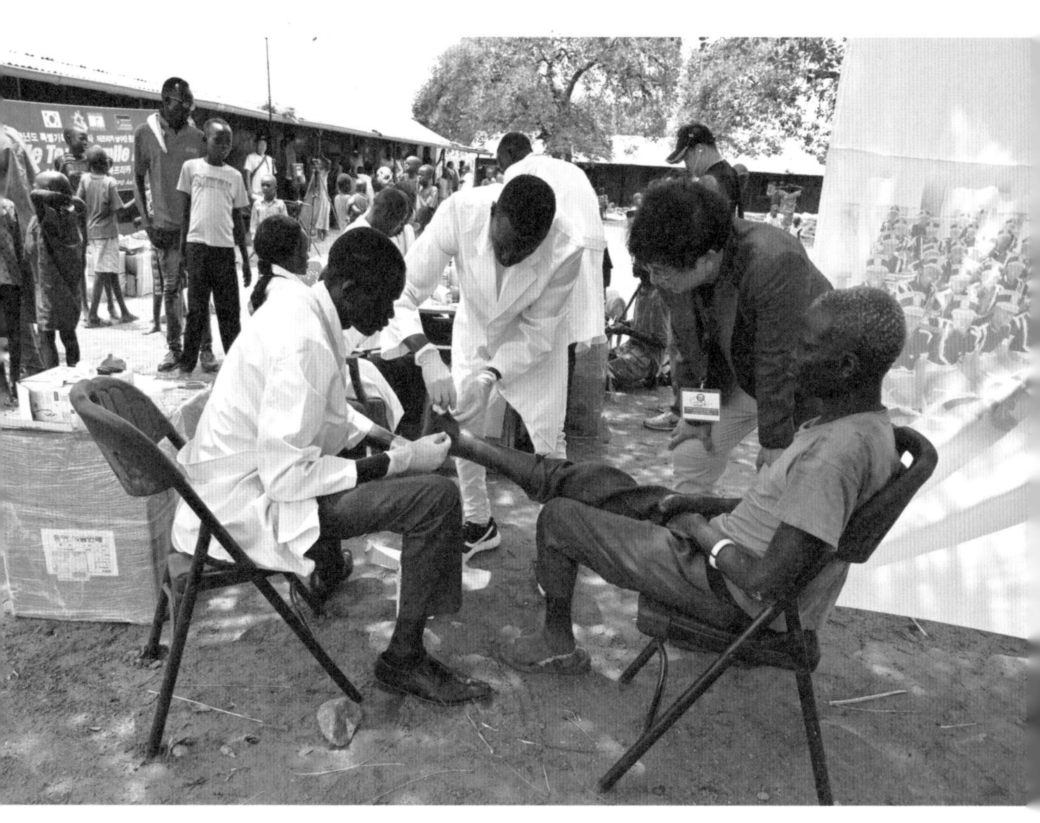

환자 한 명 한 명 정성스럽게 진료하는 제자들

며 행복해한다.

의사가 손을 잡아주었을 때 너무 기분이 좋았고 고통이 사라지는 것 같았습니다. 이제 살 것 같습니다. 이곳에 오신 것을 하느님 이름으로 감사드립니다(윌리엄, 주민, 54세).

제자들이 진료하는 동안 브라스밴드 단원들은 이신부가 한센인에게 지어준 집에 페인트를 칠하고 깨끗하게 단장한다. 그리고 주민들에게 음악 연주도 들려주었다. 진료는 아침부터 저녁 7시까지 계속됐다. 진료를 기다리는 주민들이 너무 많아 점심도 걸렀다. 하지만 어느 한 사람 투덜대거나 인상을 쓰지 않았고 지친 모습도 보이지 않았다. 의료봉사를 준비할 때만 해도 제자들의 열정이 이 정도일 줄은 전혀 예상하지 못했다. 구급차를 타고 혼자서 한센인 마을을 찾아와 치료하고 약을 나눠준 이신부가 생각났다. 그의 빈자리를 제자들이 지키는 모습을 보는 것만으로도 가슴이 뛰고 흥분이 됐다. 아마도 내 인생에서 영원히 잊지 못할 순간이다. 11시간의 진료가 끝났다. 한국에서 준비한 특별 선물을 마을 대표에게 전달했다. 이태석 신부의 얼굴이 인쇄된 티셔츠다. 옷을 전달하면서 마을 대표의 손을 잡았다. 손가락이 없고 뼈마디만 남았지만 따스함이 느껴졌다.

쫄리 신부님이 돌아오신 것 같습니다. 치료도 해주고 약도 주시

마을 대표와 악수하는 구수환 이사장

고 우리는 이태석 신부님 덕분에 살고 있습니다(지잠바 미셀, 마을 대표, 50세).

한센인 마을에 석양이 진다. 제자 한 명 한 명에게 소감을 물었다. 그들도 내 생각과 같았다. 제자들은 매년 이곳에 오겠다고 약속했다. 그리고 주먹을 들고 외친다.

"We Are Dr. LEE TAE SUK"

제자 인터뷰

의사가 돼서 돌아와 이태석 신부님께서 오래전에 하셨던 일을, 제가 할 수 있다는 것, 의사로서 지역사회를 위해 무언가 할 수 있다는 것이 저를 기분 좋게 합니다(벤자민〈Benjamin〉, 의사).

말로 표현할 수 없이 기쁩니다. 제 꿈을 이루었습니다(아롭〈Arop〉, 의사).

오늘은 정말 중요한 날입니다. 진료가 필요한 사람을 도울 수 있었기 때문입니다. 우리 모두가 이태석 신부님의 이름으로 각자가 열심히 기여하게 되서 기쁩니다(쿠올〈Kuol〉, 의대 6학년).

신부님이 도우셨던 취약한 마을 사람을 위해 그분이 하셨던 일을 대신 할 수 있어서 영광이었고 앞으로 제가 할 수 있는 것을 찾도록 노력하겠습니다(마위엔〈Mawien〉, 의대 3학년).

정말 신나고 많은 것을 배웠습니다. 몰랐던 약품이나 처방법에 대해 알게 됐습니다. 우리 지역사회와 아픈 사람들을 위해 할 수 있는 일을 하도록 하겠습니다(마르코〈Marko〉, 의대 4학년).

의학 공부를 시작한 뒤 지역사회를 도운 것은 오늘이 처음입니다. 지식과 경험을 많이 얻을 수 있었고 의약품과 처방법을 배웠고 환자들을 어떤 마음으로 대해야 하는지도 알게 됐습니다. 주민들이 행복해하는 것을 보니 저도 너무나 행복했습니다(앵귀〈Angui〉, 의대 4학년).

오늘 이태석 신부님께서 이곳에 존재하심을 느꼈습니다. 그분이 하셨던 모든 일이 여기에 머물러 있고, 그 일을 우리가 할 수 있으며, 이태석 신부님께서 우리와 같이 있다고 생각했습니다. 우리가 그분이 하셨던 일을 계속해서 좋은 방식으로 유지할 수 있음을 깨달았습니다(윌리엄〈William〉, 의대 5학년).

예비 의사로
의료봉사에 참여한
남수단의 이태석들

어머니께 달아드린 카네이션 한 송이

사랑은 감동의 힘이 있다. 희생이 담긴 사랑은 더 강하다. 사랑의 힘은 마음을 움직인다.

이태석 신부의 제자 일곱 명을 한국에 초청했다. 이신부와 특별한 인연이 있는 제자들이다. 의사가 된 벤자민과 아롭, 약사 마틴, 유엔기자 아투아이, 브라스밴드 지휘자 제임스, 막내 단원 브린지 그리고 이화여대를 졸업한 아순타……. 이들을 초청한 이유가 있다. 이태석 신부의 묘지에서 감사의 인사를 드리고 싶다는 간절한 부탁 때문이다. 또 하나는 이태석 재단이 제자들을 잊지 않겠다는 약속을 지키고 싶었다.

인천공항에 이태석 신부의 가족, 재단에서 꽃다발과 현수막을 준비해 마중 나갔다. 양복을 입고 말쑥한 차림으로 짐 가방을 들고 제자들이 나온다. 신부님의 나라에 왔다는 사실이 믿기지 않는 듯 긴장된 표정이다. 일곱 명 중 네 명은 한국 방문이 처음이다. 이신부 가족과 반갑게 인사를 나누는데 이 모습을 본 사람들이 이태석 신부의 제자라는 사실을 알고 십 년 전에 영화에서 봤던 아이들인지 묻는다. 나도 모르게 의사, 약사, 기자가 되었다고 자랑해버렸다. 모두가 신부님이 대단하다며 놀라워한다.

어머니께 바친 카네이션 한 송이

서울로 오는 동안 아파트 밀집지역을 보고 아투아이가 신기한 듯, 사람 사는 곳인지 물어서 모두가 웃었다. 놀라움과 반가움에 가득 찬 한국에서의 일정이 시작됐다. 다음 날, 제자들이 양복을 갖춰 입고 구두를 신고 경기도 양평을 찾았다. 이태석 재단의 초대 이사장 이태영 신부에게 인사를 드리기 위해서다. 제자들은 묘비 앞에서 무릎을 꿇고 기도했다. 아순타가 신부님이 자신의 대학교 졸업도 보지 못하고 돌아가셨다며 울음을 터트리자 모두가 눈물을 흘린다.

다음 방문 장소로 이동하는데 제자들이 이신부의 어머니를 꼭 뵙고 싶다고 했다. 가족들은 그 마음이 고맙다며 집으로 초대했다. 십 년 전 아들의 이름을 부르며 통곡하던 신명남 여사, 구십이 넘으면서 건강이 나빠졌다. 걷는 것조차 힘들어 바깥출입을 잘 하지 못하신다. 그런데도 아들의 제자들이 아프리카에서 온다는 소식을 듣고 예쁘게 단장까지 하셨다. 제자들이 어머니께 인사한다. 그때 아투아이가 한쪽 구석에서 어머니를 보고 서럽게 운다. 아마도 이신부에 대한 그리움이 밀려와서일 것이다. 어머니가 벽에 걸린 이신부의 사진을 가리키며 "태석이가 저기 있는데……"라고 말씀하신다. 십 년의 세월이 지났지만 아들에 대한 그리움은 지워지지 않는다. 이신부 어머님의 절절한 말씀이 귓가에 들려온다. "이태석 신부가 죽은 지 오래되어서 조금은 잊어버렸어요. 그래도 아들에 대한 기억이 아직 남아 있어요." 내가 여쭤보았다. "제자들을 보니까 어떠세요?" "얼굴을 보니까 좋기는 한데 대접을 제대로 못해서 미안해요"라며 오히려 대접이 소홀하다고 미안해하신다.

이태석 신부는 10남매를 키우며 고생하신 어머니가 늘 마음에 걸려 많이 아파했다. 그래서 국내에서 상을 받는 자리에는 꼭 어머니를 모시고 갔다. 제자들이 어머니와 누님 두 분께 카네이션을 달아드린다. 톤즈에서 가지고 온 목걸이도 걸어드린다. 그리고 한 사람 한 사람 어머니를 안아드리고 사진도 찍었다. 자식을 먼저 떠나보낸 아픔을 제자들이 위로해드리는 모습을 지켜보면서 하늘에서 환하게 웃고 있을 이태석 신부의 얼굴을 상상했다.

일주일의 짧은 기간이지만 많은 곳을 보여주고 많은 사람과 인연을 맺도록 준비했다. 제자들이 첨단의약시설 견학을 부탁해 충북 오송에 있는 중헌제약 공장을 방문했다. 처음 보는 시설에 모두가 놀라며 계속해서 궁금한 점을 질문한다. 일반인의 출입이 금지된 약을 제조하는

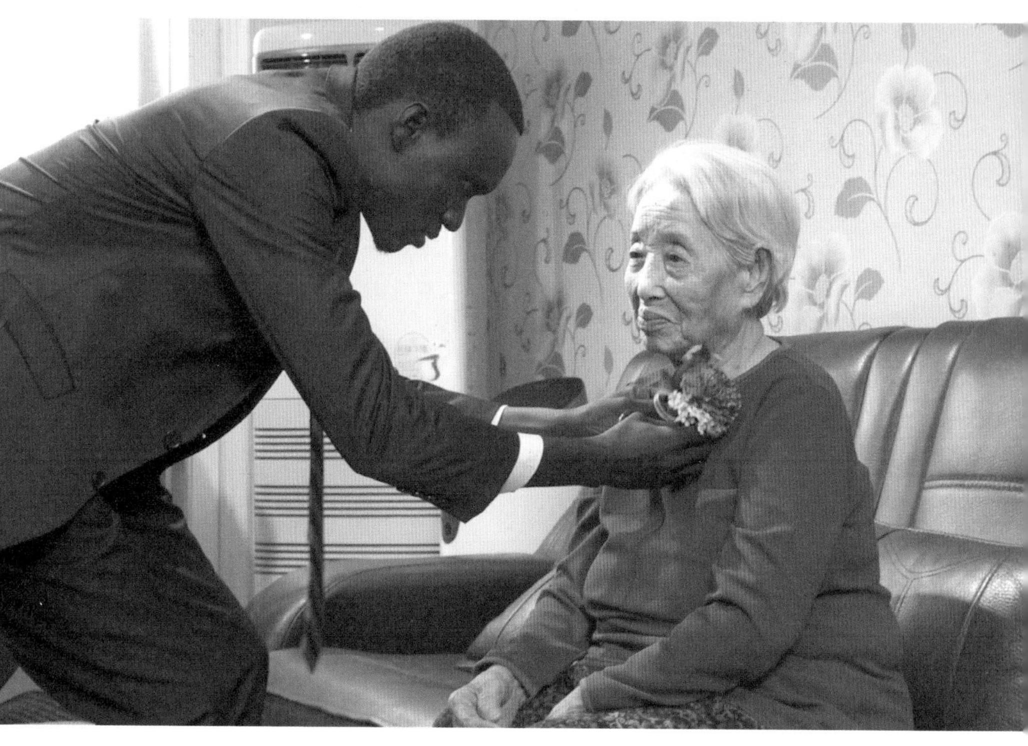

이태석 신부의 어머니께 카네이션을 달아드리는 제자

중헌제약을 방문해 공장을 둘러본 후 기념촬영한 제자들

과정까지 보고 싶다고 해 방호복을 입고 공장 내부까지 들어가 살펴보았다. 길지 않은 시간이지만 새로운 경험이 도움이 될 것 같아 견학을 준비했는데 자세하게 들여다보는 모습을 보고 오히려 미안했다. 벤자민이 제약사 책임자에게 "남수단 인구의 90퍼센트는 항말라리아 약이 필요합니다. 혹시 만들어줄 수 있습니까?"라고 부탁하자 품질부서 책임자인 윤여혜 약사는 "지금은 말라리아 약을 생산하지 않지만 검토하도록 하겠습니다"라고 답한다.

말라리아는 남수단의 사망원인 1위로 주민들에게 공포의 대상이다. 그래서 벤자민의 부탁이 따뜻하게 다가왔다.

드디어 만난 우리 신부님

전남 담양의 천주교 공원묘지, 이곳에 이태석 신부가 잠들어 있다. KTX를 타고 광주송정역에 내려 대절 버스로 묘지까지 이동했다. 고속열차에서 들떠 있던 제자들이 묘지가 가까워지자 얼굴이 어두워진다. 한센인 마을에서 사랑을 받았던 아투아이는 또 창 쪽으로 고개를 돌린 채 울고 있다. 삶이 고통스러울 때마다 애타게 찾던 그분을 만난다는 설레임과 슬픔이 밀려온 것이다. 제자들이 이신부 앞에 섰다. 십 년 만의 만남이다.

이번 일정에 남수단 교육부 장관이 동행했다. 남수단 대통령이 이 신부에게 감사한 마음을 직접 전하고 싶다고 해서 이루어졌다. 3년 전, 남수단 정부는 이신부에게 대통령 훈장을 추서했다. 그러나 훈장을 받으러 오는 사람이 없어 보관하고 있다가 장관 방문 때 가족에게 전달하게 된 것이다. 아투아이가 사회를 보겠다며 나서더니 "먼저 남수단 교육부 장관께서 대통령이 추서한 훈장과 감사장을 이태석 신부님께 전하겠습니다"라고 말하자 뎅뎅호치 교육부 장관이 훈장과 감사장을 제단에 올려놓는다. 교육부 장관은 이어서 이신부의 삶이 실린 교과서도 올려놓았다. 말로 표현할 수 없는 감동이 몰려왔다. 남수단 정부가 예를 갖추고 머나먼 한국까지 찾아와 고마움을 표한 것은 이태석 신부의 삶에 담겨 있는 사랑과 섬김의 정신을 높이 산 덕분이다. 그동안 이 신부를 상업적으로 이용한다며 시기하고 방해하던 사람들과 언론이 이 광경을 보고 어떤 반응을 보일까 생각했다. 쓴웃음이 나와서 더는

이태석 신부 묘지에 놓인 남수단 정부의 훈장과 제자들의 자격증과 졸업증서

생각하지 않기로 다짐했다.

신부님은 돌아가시지 않았습니다

이제 제자들이 이신부를 만날 시간이다. 막내 단원 브린지가 신부님께 드릴 카네이션 한 송이를 들고 엎드리더니 갑자기 어깨를 들썩이며 통곡한다. 선배들이 달래지만 멈추지 않는다. 그곳에 있던 사람들이 모두 울었다. 제자들이 인사를 드리며 제단에 의사 자격증, 약사 자격증, 대학 졸업장을 올려놓는다. 제자들이 이신부 곁에 앉아 무덤에 손을 얹고 그분의 숨결을 느낀다. 그리고 이태석 신부에게 약속했다.

신부님은 돌아가시지 않았습니다. 신부님이 몇 년 전에 심어놓고 만드신 것이 여기에 있습니다. 바로 우리들입니다(마틴).

오늘 신부님 묘지에 온 것은 앞으로 계속 열심히 잘 살겠다고 약속하러 왔습니다(아순타).

최근에 신부님이 다니셨던 라이촉 마을에 다녀왔습니다. 그곳에서 신부님이 20년 전 돌보았던 환자들을 치료해주었습니다. 모두 기뻐했습니다. 주민들은 이태석 신부님이 죽지 않고 돌아왔다고 했습니다. 신부님이 살아 있다고 말입니다. 저는 신부님을 기억합니다. 항상 기억할 것입니다(벤자민).

제자들이 마지막 인사를 드릴 때, 서쪽 하늘의 구름 사이로 강한 빛줄기가 쏟아졌다. 참으로 신기했다.

신부님의 나라에서 꿈같은 시간이 지났다. 내일이면 톤즈로 떠난다. 그날 밤 스웨덴에서 비행기를 타고 제자들을 만나러 손님이 왔다. 스웨덴 린네대학에서 정치학을 가르치는 최연혁 교수다. 북유럽 정치에 관한 다큐 프로그램을 만들 때 도움을 주신 분이다. 최 교수가 제자들의 등을 손으로 쓰다듬고 인사한다. 최교수는 스웨덴의 행복이야기와 이태석 신부의 후예로 살아가는 데 필요한 지혜를 들려주었다.

최 교수가 제자들과 나눈 인터뷰이다.

브라스밴드의 막내 브린지가 연주할 때 묘지 가득 내리비치는 햇살

최연혁 교수와 제자들의 인터뷰

남수단이 불평등을 해소하고 민주주의가 정착되도록 하려면 무엇을 해야 합니까?

최연혁 교수 다양한 분야에서 리더가 되세요. 직장이든 마을이든 사람들을 교육시키세요. 그러려면 사람을 어떻게 설득하는지 배우고 자신감을 갖도록 하세요. 기자를 하든, 정치를 하든, 자신 있는 분야에 투자하세요. 꿈을 크게 꾸세요. '내가 반에서 일등할 거야' 이러지 말고 '세계에서 일등할 거야.' 그러면 훌륭한 리더가 될 수 있습니다.

현실을 개선하기 위해 사회운동을 하려면 어떤 마음가짐을 가져야 합니까?

최연혁 교수 리더는 권력과 돈이 많거나 추종하는 사람이 많은 것을 뜻하지 않습니다. 확신과 자신감이 충분하면 됩니다. 친구나 가족, 연인에게 우리 함께 해보자,라고 격려하면서 일을 만들어낼 자신감 말입니다. 스스로 리더가 되려고 하세요. 그러면 할 수 있습니다.

제4부

이태석 정신의 부활

영화 〈부활〉을 만든 이유

2020년 7월 9일, 7만 킬로미터를 오가며 눈물과 희망을 담은 〈부활〉이 개봉됐다. 한 사제가 남긴 숭고한 삶이 기적을 만들어가는 현장을 직접 보고 확인하면서 그분의 정신을 알려야 한다는 강박관념이 자신을 짓눌렀다. 그래서 〈울지마 톤즈〉 때처럼 감성적인 호소보다는 관객 스스로 느끼도록 시나리오를 직접 쓰고 원고 양도 줄였다. 내레이션도 성우보다 다소 거칠지만 직접 했다. 제작비도 외부의 투자를 받지 않고 사비를 털었다. 가난하고 고통받는 사람을 위해 헌신한 삶을 이용해 돈벌이를 하는 파렴치한 짓을 하지 않기 위해서다.

제목을 종교적인 의미를 담은 '부활'로 정한 데는 이유가 있다. 처음 제목으로 생각했던 것은 '우리가 의사 이태석입니다'였다. 그런데 제자들과 톤즈 주민들을 만나면 항상 신부님이 함께 있는 것 같다는 이야기를 많이 했다. 처음에는 신부님이 그리워서 그런 표현을 쓴다고 생각했다. 그런데 제자들이 환자를 진료하는 모습을 보면서 생각이 바뀌었다. 환자를 대하고 생각하는 것이 이신부와 똑같았기 때문이다. 제자들이 생각을 멋진 말이 아닌 행동으로 실천하는 모습을 보면서 이태석 신부를 보는 것 같았다. 그래서 '맞다' 한 사람이 사랑의 씨앗을 뿌리고 그 씨앗이 자라 더 많은 사람에게 사랑을 나눠주는 것, 그래서 사회가 행복해질 때 그것이 부활의 진정한 의미라고 생각해 영화 제목으로 썼다. 내용은 아프리카의 이야기지만 영화에 담긴 메시지는 대한민국에 필요한 이야기였다. 바로 사랑의 부활을 통해 행복한 세상을 만드는 것이다.

〈부활〉이 관객을 처음 만나던 날, 사람의 생명을 살리기 위해 불길로 뛰어드는 119 소방대원을 초대했다. 감사하고 고마운 마음을 전하기 위해서다. 300석 자리가 꽉 찼다. 객석에 불이 꺼지고 대형 스크린을 통해 관객들이 반가운 얼굴을 만난다. 이태석 신부와 제자들이다. 시작부터 흐느끼는 소리가 들리고 관객들이 눈물을 흘린다. 110분이라는 긴 시간 영화가 끝나고 객석에 불이 켜졌지만 일어나는 사람이 없고 적막감만 흐른다. 〈울지마 톤즈〉 때와 분위기는 비슷하지만 눈물의 의미가 달랐다. 슬픔과 그리움이 아닌 감동과 희망의 눈물이다. 마지막까지 남아 기다리는 사람들이 있다. 119 소방대원이다. 그들의 눈가에도 눈물이 보인다. 초대해줘서 고맙다며 감독님과 사진을 찍고 싶

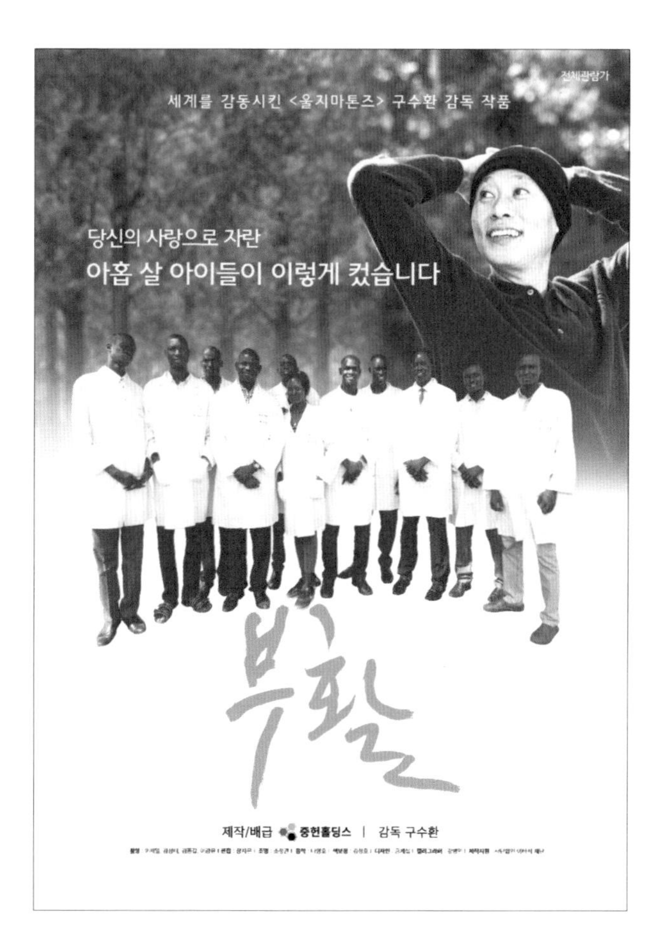
전체관람가
세계를 감동시킨 <울지마톤즈> 구수환 감독 작품
당신의 사랑으로 자란
아홉 살 아이들이 이렇게 컸습니다
부활
제작/배급 중현홀딩스 | 감독 구수환

영화 〈부활〉 포스터

다고 한다. 119 소방대원에게 감사하다고 인사했다.

여러분! 한 분 한 분이 이태석 신부님입니다. 사람의 생명을 살리는 것보다 더 소중한 것은 없습니다. 자신감과 자부심을 가지세요.

행복한 삶이란

기자들이 영화 관련 기사를 쓸 때 불교신자가 가톨릭 신부의 영화를 만들었다는 점을 강조한다. 우리 사회가 종교를 '내 것' '우리 것'이라는 성역처럼 생각해서 그렇다고 생각한다. 성탄절에 스님이 성당을 방문하고 신부님이 부처님오신날 행사에 참석하는 것을 신기하고 대단한 것처럼 뉴스로 소개하는 현실도 그런 맥락이다. 나는 종교의 목표가 인간의 행복이라고 생각한다. 따라서 국민의 행복을 위해서라면 경계를 넘어서야 한다고 믿고 있다. 십 년 동안, 한 사제의 삶에 빠져 사재까지 털어가며 영화를 만든 것도 그분의 삶이, 올바르고 행복하게 살아가는 방법을 알려주는 지침서라고 생각했기 때문이다. 상대의 이야기를 경청하고 공감하며 진심으로 대하고 욕심을 버리고 나보다는 공동체를 소중히 여기는 삶, 나는 이 다섯 가지가 행복으로 가는 비법이라고 확신한다. 영화를 보고 그리워하고 감동하고 흘리는 눈물이 그걸 말해준다. 돈과 권력이 삶의 목표이고 나만 잘살면 그만이라는 이기적인 사회, 갈등과 분열로 혼란스럽고 내로남불을 밥 먹듯이 일삼고 조금의 부끄러움도 없는, 그래서 불신의 골이 깊어지는 대한민국을 변

〈부활〉을 관람한 소방대원들

화시킬 수 있는 유일한 해결책, 그것이 '이태석 정신'이다.

〈울지마 톤즈〉가 국민적 관심사로 떠올랐을 때, 주위에서 돈 좀 벌었냐고 질문했지만 웃어넘겼다. 회사에서 한 푼도 받지 않았다. 공을 세웠다고 승진을 시켜준 적도 없다. 오히려 시기하고 질투하고 비제작 부서로 내쫓기는 수모를 당했다. 그런 상황에서도 머릿속에는 항상 영화 속 주인공이 추구하고자 했던 정신을 정확히 이해하고 전달했나 하는 걱정뿐이었다. 만일 내가 그분의 숭고한 삶을 잘못 해석했다면 국민들이 혼란의 소용돌이로 빠질 수 있기 때문이다. 어디 그뿐일까? 사제의 삶을 제멋대로 해석했다는 가톨릭계의 비판도 쏟아졌을 것이다. 적어도 저널리스트는 그런 실수를 해서는 안 된다고 생각했다. 그래서 세계적인 리더십 전문가까지 찾아다니며 확인하고 또 확인했다. 십 년 후 그분의 사랑으로 자란 제자를 만나면서 내 판단이 옳았다고 생각했다. 이태석 신부가 추구하고자 했던 종착지는 행복한 삶이다. 예수님의 제자로서 절망의 땅을 찾아가 헐벗고 죽음의 공포에 떨던 사람들에게 희망을 심고 행복을 찾아주지 않았던가! 〈부활〉은 인간의 행복을 말하는 영화다. 관객의 반응이 그걸 말해준다.

영화를 보며 세 번 울었다. 첫 번째는 제자들이 〈고향의 봄〉을 연주할 때, 두 번째는 제자들이 한센인 마을에서 진료할 때, 그리고 세 번째는 제자들이 이태석 신부의 묘지 앞에 의사와 약사 자격증, 대학 졸업장을 올려놓고 통곡할 때다. 〈울지마 톤즈〉 때는 그립고 슬퍼서 울었는데 〈부활〉의 울음은 굉장히 희망적인 울음이었다.

솔직히 다큐 영화니까 재미가 있을 줄 몰랐다. 그런데 시작부터 쉴 틈 없이 몰입했다. 사람을 들었다, 놨다, 웃겼다, 울렸다, 영화가 끝나는 줄 알았는데 별안간 깜짝 놀랄 이야기가 나온다. 여운이 남아서 못 일어나고 펑펑 울었다(네이버 영화 감상평).

감독으로선 많은 국민이 영화를 통해 감동과 희망의 메시지를 전달받기를 바랐다. 그러나 코로나의 벽은 기대를 여지없이 무너뜨렸다. 넓은 공간에서 영화를 혼자 본다는 문자를 받을 때는 한 분이라도 행복한 삶의 지혜를 얻고 지친 삶에 위로를 받으면 충분하다고 자신을 위로했다. 결국 영화 흥행은 예상에 미치지 못했고 2억 원이 넘는 적자를 기록했다. 퇴직금과 가족의 도움까지 받은 상황이라 가족에게 미안했다. 개인적으로 큰 부담이지만 오히려 다행이라고 받아들였다. 영화가 흥행에 성공하면 사제의 삶을 이용해서 돈벌이한다는 비난이 쏟아질 것이고 오해 받을 수 있다는 걱정 때문이었다. 지난 십 년 동안 수많은 일을 겪으며 그렇게 생각하게 되었다. 그래서 누구에게도 적자라는 표현을 쓰지 않았다. 그것이 이태석 신부의 뜻이라 믿었고 나에게 주어진 숙명이라고 생각했다. 예수께서 온갖 박해를 받고 세상을 떠났다가 부활하신 의미를 되새기며 재도전에 나섰다. 전국 시도지사, 교육감을 찾아다니며 영화를 알렸다. 전국에서 영화 상영을 요청했다. 그때마다 영화 파일을 가지고 달려갔다. 도시, 농촌, 어촌, 산골 가리지 않았다. 코로나 때문에 극장 관람을 꺼리는 현상을 몸으로 해결하려니 몸도 마음도 지치고 힘들었다. 하지만 세상을 변화시키겠다는 순진한 생각으로 버티고 이겨내고 있다. 〈부활〉을 개봉하고 10개월 후, 영화의 제목처럼 다큐 영화로는 드물게 재개봉했다. 개봉 때와는 달리 초등학교부터 고등학교까지 교육현장에서 상영요청이 많이 들어온다. 미래의 꿈나무인 아이들과 이신부의 만남은 아주 특별한 의미가 있다. 닮고 싶은 인물이 생긴 것이고 나눔과 봉사의 삶이 얼마나 아름다운지 사례를 통해 느끼고 배우기 때문이다.

독일 베를린에서 영화를 보고 싶다는 요청이 왔다. 전화를 한 곳은 죽음을 앞둔 환자가 평안하게 마지막 길을 가도록 돕는 호스피스 자원봉사단체다. 온라인으로 도움을 드렸다. 뉴질랜드 오클랜드에서도 교민 50여 명이 이태석 신부를 만났다. 현지 신문에 실린 영화소감이다.

자원봉사자에게 영화를 보여주자 모두가 깜짝 놀란다. 영화를 본 후 사람들은 인터넷을 뒤지고 영상을 찾으며 점점 더 뜨거워졌다. 세상을 변화시키는 힘은 사랑이다(독일 교포신문).

인간의 고귀한 사랑을 통해 진한 행복감이 전해지는 것을 느꼈고, 우리가 세상에서 무슨 일을 하며 살아야 할지를 깨달았다(뉴질랜드 교민신문).

나는 영화 <부활>을 잘 만든 영화로 평가받고 싶은 욕심은 없다. 처음부터 한 사제의 삶에 담긴 사랑과 섬김의 정신을 전하고 싶었을 뿐이다. 영화를 본 사람들은 눈물을 흘리고 행복해한다. 그 이유가 무엇일까? 감독의 생각과 판단이 아닌 이태석 신부의 사랑을 받은 아프리카 사람들의 생생한 증언과 반응을 신뢰하고 공감하기 때문일 것이다.

한 사람의 인생을 영화로 만들고 책을 쓰는 것은 어렵고 조심스럽다. 주인공이 이태석 신부처럼 세상을 떠난 후라면 더욱 신중해야 한다. 잘못된 정보로 대중들이 웃고 울고 감동한다면 개인의 분노 차원이 아닌 사회의 불신으로 확대되기 때문이다. 그래서 이태석 신부의 흔적을 담으려고 노력했고 재미보다는 진실을 알리는 데 주력했다.

코로나로 모두가 어렵다. 부익부 빈익빈의 골은 더 깊어지고 삶이 불안하다. 영화 <부활>이 위로가 되고 희망의 메시지가 되었으면 한다.

말보다 강한 가르침

2020년 8월, 전라남도 교육청에서 주관한 초등학교 교사연수회에 초대를 받아 참석했다. 강의실 벽면에 분임 토의를 위해 교사들이 작성한 글이 빼곡하다. 그 가운데에 내 마음을 사로잡은 내용이 있다.

당신은 어떤 교사로 기억되고 싶나요?

- 아이들에게 최선을 다하는 교사
- 수업을 재미있게 하는 교사
- 교과 내용을 잘 가르치는 교사
- 센스 있는 교사
- 아이가 살아가는 데 나와의 만남이 동력이 되는 교사

모두 중요하지만 다섯 번째 항목이 가장 마음에 들었다. 아이들에게는 지식을 가르치기보다 올바르고 아름답게 살아가는 지혜를 알려주는 것이 교육의 본질(本質)이라고 생각하기 때문이다. 이태석 신부와 의대생 제자들을 만나면서 그런 확신을 갖게 됐다.

전국 9개 시도교육청에 영화 포스터와 내용을 정리한 자료를 전달했다. 처음에는 크게 기대하지 않았다. 입시 교육이 우선인 교육현실과 코로나19로 극장에 가는 것을 꺼리는 분위기였기 때문이다. 그런데 놀랍게도 모든 교육청에서 교육감과의 면담시간을 잡았다. 갑작스런 연락에도 일정을 쪼개 시간을 마련한 것이다. 이태석 신부의 유명세 덕분이다. 교육감을 만날 때면 꼭 배석 하는 교육공무원이 있다. 민주시민교육을 담당하는 장학관과 장학사다. 민주시민교육은 아이들이 훌륭한 시민으로 성장하고, 존경받고 행복하게 살아가도록 가르치는 것이 핵심이다. 따라서 이태석 신부의 삶이 좋은 교육 자료라는 의미다.

2021년, 전라북도 교육청 김승환 교육감을 만났다. 면담이 30분 잡혀 있어 영화에 관한 소개만 하려고 했다. 〈부활〉을 제작하게 된 배경과 이신부 제자들의 소식을 듣던 교육감이 주제를 교육현장의 이야기로 확대하면서 토론으로 이어졌다. 예정보다 두 시간이 지나자 다음 일정을 알리는 비서진의 쪽지가 계속 전달된다. 이태석 신부의 삶이 아이들의 인성교육에 도움이 되었으면 좋겠다는 결론으로 대화는 끝이 났다. 배웅 나온 교육감이 던진 말이 그 상황을 설명하기에 충분했

전라북도 교육청 김승환 교육감(왼쪽)과 함께

다. "저는 대화가 되는 사람하고는 시간을 구애받지 않습니다."

그날 저녁, 교육감의 블로그에 영화 포스터를 들고 함께 찍은 사진과 소개 글이 올라왔다.

'당신의 사랑으로 자란 아홉 살 아이들이 이렇게 컸습니다'라는 문구가 이 영화의 내용을 말해주고 있습니다. 고 이태석 신부님이 남수단 톤즈의 어린 생명들을 존중하고 그들에게 사랑을 베푸는 과정에서 또 다른 섬김의 지도자(servant leader)들이 태어난 것입니다.

다음 날, 갑자기 전북 지역 초등학교에서 영화 상영과 강연 요청이 쇄도했다. 교육감의 지시로 '영화로 배우는 시민교육, 다큐멘터리 영화 〈부활〉 관람'이라는 공문을 학교에 보낸 것이다. 전혀 기대하지 않았던 일이라 고맙고 힘이 났다.

전북 익산에 있는 한벌초등학교, 5학년 학생 80여 명이 강당에 모여 〈부활〉을 보았다. 재미없는 다큐멘터리 영화라서 분위기가 산만하지 않을까 걱정했지만 지나친 기우다. 아프리카 사람들이 춤을 추는 장면이 나오자 신기한 듯 집중하더니 한센인 마을에서 이신부가 진료하는 장면에서는 표정이 심각하다. 제자들이 묘지에서 오열하자 눈물을 훔치는 아이도 보인다. 영화가 끝나고 아이들과 대화를 나눴다.

아이들에게 던진 첫 질문으로 "가장 닮고 싶은 인물이 누구?"인지 물었다. 연예인, 스포츠 스타의 이름을 말한다. 이유를 묻자 "돈을 많이 벌고 유명하잖아요." 아이들의 솔직함은 좋았지만 한편으로는 걱정이 되어 덧붙였다. "여러분이 언론을 통해 만나는 스포츠 스타의 모습이 전부가 아니에요. 손흥민 선수가 어릴 때, 독일로 유학 가서 말도 안 통하고 얼마나 고생했을까요? 피나는 연습을 해서 최고의 선수가 된 거예요. 언론에 보도되는 화려한 모습만 믿으면 안 됩니다!"

아이들이 고개를 끄덕인다. 그래서 다시 질문했다. "이태석 신부님은 어떤 분이라고 생각하나요?" "훌륭한 분이고 존경스럽습니다"라고 답하는 아이들에게 다시 물었다. "그럼 인기인이 좋은가요? 존경받는 사람이 좋은가요?" 아이들은 소리높여 존경받는 사람이라고 대답

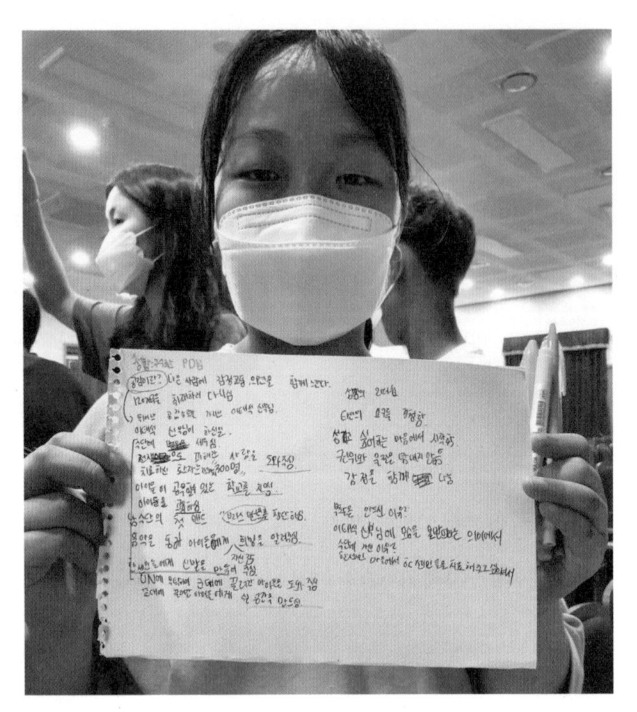

강연 내용을 빼곡하게 적어 보여주는 아이

한다. 90분 동안 사진과 영상을 보여주며 이신부가 남수단에서 쏟아부은 사랑과 열정에 대해 자세히 이야기해주었다. 대화가 끝나자 아이들은 줄을 서서 사인과 사진 촬영을 부탁한다. 강연 내용을 빼곡히 적어 보여주기도 하고 공책에 내 모습을 그려 선물도 한다.

오늘 수업 아주 재밌게 들었어요. 꼭 한 번 더 뵙길 바랄게요(6학년).

저도 감독이 되고 싶어요. 감독님처럼 공감능력이 올라갔으면 좋겠어요(5학년).

나중에 커서 아픈 사람을 공짜로 보살펴주고 치료해주고 싶어요(5학년).

아이들에게 사인해주느라 열차를 놓치고 학교 식당에서 점심을 먹는데 선생님 두 분이 흥분한 표정으로 찾아와 인사한다.

감독님 감사합니다. 아이들이 좋은 영화 보여주어서 고맙다고 인사를 다 하네요. 인사받는 건 처음이에요. 하하하(한별초 교감).

저도 영화 보면서 많이 울었어요. 아이들이 좋아하는 것을 보니까 눈물이 나네요(민주시민 담당교사).

이신부가 사회적 약자를 사랑으로 돌보는 모습이 아이들 마음에도 큰 울림으로 전달이 된다는 것을 알았다. 그래서 초등학교에서 요청이 오면 열 일을 제쳐놓고 달려갔다. 어느 학교에서는 〈부활〉 관람과 5교시 연속 강연을 부탁하기도 했다. 관람 대상이 4학년까지 내려갔다. 초등학교 강연은 나에게 중요한 것을 알게 해주었다. 인성교육은 말로 가르치는 것이 아니라 스스로 느끼도록 하는 것이다. 또 하나는 순수한 마음에 상처가 남지 않도록 솔직하게 대하는 것이다.

2021년, 대구교육대학교 부설 초등학교 5, 6학년 100명이 강당에 모여 영화를 보고 강연을 들었다. 학교에서는 40분 강연을 80분으로 늘려, 학부모도 들을 수 있도록 유튜브 중계까지 했다. 질문이 있으면 손을 들라고 하자 절반에 가까운 아이들이 손을 든다. 좀처럼 보지 못한 광경에 웃음이 나왔다. 아무리 학교에서 사전에 시켰더라도 이 정도로 열기가 뜨거울 줄 몰랐다. 키가 큰 6학년 남학생을 지목하자 당황스런 질문을 한다. "감독님의 아드님이 의사가 됐는데 이태석 신부님처럼 아프리카로 떠난다면 아버지로서 승낙해줄 자신이 있으세요?" 멋지고 듣기 좋은 대답보다 솔직하게 말해주는 것이 영화의 감동을 믿을 수 있다고 생각했다. "절대 허락하지 않았을 거예요. 그런데 신부님처럼 봉사하고 살면 행복하다는 것을 체험하고 나니까 이제는 받아줄 것 같아요."

KTX를 타고 서울로 오는데 교장이 문자를 보냈다. 아이들 4명이 교무실에서 나를 기다리고 있다고 한다.

2021년, 전라북도 교육청에서 교육감과 장학사와 일반 직원 100명이 극장에서 영화를 관람한다며 상영 후 강연을 부탁했다. 극장에서 교육기관의 단체관람은 처음이다. 코로나 방역수칙을 지키느라 좌석 거리두기를 하며 관람한다고 한다. 하지만 당시 분위기에서는 큰 결심이었다. 그런데 장학사가 내가 교육감 옆에서 함께 영화를 관람할 수 있는지 조심스럽게 물었다. 즉각 OK사인을 보냈다. 영화에 대한 교육감의 반응을 보고 싶었기 때문이다. 교육감은 영화가 시작되자 화면에

초등학교 강연회에서 만난 아이들

서 눈을 떼지 않았다. 이태석 신부가 한센병 환자를 치료하는 장면에서 주머니에서 손수건을 꺼내 눈물을 닦기 시작했다. 그리고 제자들이 환자를 치료할 때 또 운다. 영화가 끝날 때까지 연신 눈물을 닦았다. 옆자리에서 휴대폰으로 촬영을 하면서 미안한 생각이 들었다. 영화가 끝나고 말없이 계단을 내려간다. 분위기가 숙연해 인사도 하지 못하고 뒤를 따라가는데 교육감께서 돌아서서 인사한다.

신부님 제자들이 올바르게 성장한 걸 보니까 저도 모르게 눈물이 흐르네요. 어른들의 말과 행동이 얼마나 큰 영향을 미치는지 잘 보여주었습니다. 선생님과 학생들이 많이 보고 느꼈으면 합니다. 진심으로 감사합니다.

교육감의 눈물에서 진심이 느껴졌다. 학교에 공문을 보내고 교육청 예산까지 지원해 학생들이 이태석 신부를 만나도록 한 이유를 이제야 알았다. 이태석 신부를 알리기 위해 십 년을 뛰어다니면서 도움을 주시는 분들을 많이 만난다. 그때마다 후원자가 보내준 문자가 생각난다. "천사를 알아보는 사람이 천사가 될 자격이 있다." 서울로 돌아오는 열차 안에서 '어른의 말과 행동이 중요하다'는 교육감의 말이 귀에서 떠나지 않았다.

이태석 리더십을 세상에

나는 어린 시절에 수줍음이 많고 말주변이 없어 사람들 앞에 서는 것을 두려워했다. KBS 입사 후에도 대중 앞에 서는 것을 꺼렸는데 지금은 전국을 다니며 대중강연을 하고 있으니 인생이란 재밌는 것 같다. 대중강연은 정말 힘들다. 청중을 설득하고 감동까지 느끼도록 해야 하니 말이다. 첫 강연은 연세대학교 신입생오리엔테이션 때였다. 청중이 무려 2,000명이나 되었고 시끄럽고 분위기가 어수선한 데다 긴장한 탓에 말까지 더듬어서 강연은 엉망이 되었다. 다시는 연단에 서지 말자고 생각했는데 오기가 발동해 인문학 강연장을 찾아다니고 TV 강연도 빼놓지 않고 봤다. 그 과정에서 의미 있는 현상을 발견했다. 연사의 전공, 경력, 주제가 달라도 종착역은 똑같았다. '행복한 삶이란 무엇인가'라는 질문에 답하는 것.

내게는 이태석 신부, 종군기자, 〈추적60분〉이라는 엄청난 자산이 있음을 깨닫고 학문적 관점이 아닌 현장경험과 사례를 바탕으로 리더십 강연을 시작했다.

2021년 5월, 경기도 혁신교육연수원에서 교사의 리더십 연수프로그램으로 영화 〈부활〉 관람과 감독과의 대화 시간을 마련했다. 장소는 서울 강남의 대형 영화관, 초중고 교사 70명이 객석을 채웠다. 교사들은 110분 동안 눈물을 흘리며 영화를 봤다. 마지막 스크롤이 올라가고 불이 켜지자 분위기가 심각했다. 곳곳에서 눈물을 닦는 모습이 보인다. 그래서 이어진 강연도 PPT 없이 진심을 토해내듯 열심히 했다.
"리더란 권력과 돈이 있는 사람이 아니라 누구나 될 수 있습니다. 선생님들이 바꾸자고 앞장서면 교육현장을 변화시킬 수 있습니다."

교육청에서는 이태석 신부가 전하는 아름다운 향기가 교육현장에 퍼져나가는 것 같아 정말 기쁘다며 고마워했다. 그날 저녁 SNS에 교사들이 쓴 강연 후기가 올라왔다. 교사라서 그런지 이신부 제자들이 성장한 모습이 큰 감동으로 다가온 모양이다.

구수환 피디는 영화가 끝난 후 긴 시간, 우리를 향해 진심을 토해내고 있었습니다. 그와 이태석 신부님의 삶이 연수생에겐 부끄러움과 다짐으로 다가왔고 그것은 눈물로 표현되고 있었습니다. 리더의 중요성에 대해 뼈저리게 느끼고 있는 저에게 큰 울림이 있는 날이었습니다.

〈부활〉 포스터를 들고 포즈를 취한 이태석 리더십 강연을 초청한 시도교육감들

교육부 연수원의 초청 강연

다른 교사는 45세가 넘으면 권력욕이 생길 거라며 승진을 권유하던 교장의 모습이 오버랩되었다며, 무엇이 진정 성공한 삶인가를 생각하게 되었다고 했다. 그리고 학생들과 다시 영화를 봐야겠다고 한다. 또 다른 교사는 오늘 귀중한 두 분의 스승을 만났다며 이태석 신부와 내 이름을 적고 블로그에 다음과 같은 글을 올렸다.

영화 상영 시간 내내 숨죽여 울었다. 울고 또 울었다. 이태석 신부는 내게 눈물만 남긴 것이 아니다. 교사로서의 의지와 자세를 다잡게 했고 나의 주위를 돌아보게 했다. 그는 톤즈에서만 부활한 것이 아니고 이 영화를 통해 한국에서도, 내 안에서도 부활했다. 영화가 끝나고 속으로 되뇌었다. '주님, 우리에게 신부님을 주셔서 감사합니다.'

한 사제의 삶이 아닌

리더는 인기나 돈으로 만들어지는 것이 아니다. 상대를 흠집 내고 자신을 부각한다고 되는 것은 더더욱 아니다. 똑똑하고 유능해도 불신받으면 리더가 아니다. 리더는 모두가 행복하도록 희생하는 봉사자다. 그래서 리더를 뽑는 것은 나 자신은 물론 내 가족, 국가의 미래를 위해 대단히 중요하다. '이태석 리더십'은 대단한 리더십이 아니다. 말보다는 실천을, 사람들의 고통을 함께 느끼고 진심으로 걱정한다. 타인의 이야기를 귀담아듣고 필요한 것을 해결해주려 노력하고 희망을 갖도록 도와준다. 자신이 한 일을 자랑하거나 드러내지 않고 겸손하다. 이태석 신부는 말보다 삶으로 리더로서의 모습을 보여주었다.

'이태석 리더십'은 한 사제의 삶으로 그쳐서는 안 된다. 국민이 행복한 나라를 만들기 위해서 실천해야 할 지침서다. 정치 지도자들은 선거에 지면 '민심이 무섭고 무겁게 받아들인다'고 말한다. 지금 민심은 이태석 리더십을 요구하고 있다.

〈추적60분〉에서 "민심"이라는 제목의 프로그램을 만들었다. 어렵게 살아가는 서민의 목소리를 전달하겠다는 취지였다. 그래서 서민의 발인 시내버스에 〈추적60분〉 로고를 붙이고 전국을 찾아다녔다. 첫 번째 방문지는 태백 장성탄광이다. 지하 900미터에서 석탄을 캐는 광부들을 만나기로 했다. 우리 사회에서 소외된 이웃이라고 생각했기 때문이다. 갱도 입구에 있는 팻말이 이곳의 현실을 말해준다. "오늘도 당신의 가족은 당신의 안전을 기원합니다." 현장까지는 화차로 이동한다. 탄광 전체의 갱도 길이는 270킬로미터 서울에서 대구까지의 거리다. 안전 장구는 탄가루 흡입을 막는 분진마스크, 안전모에 달린 헤드라이트뿐이다. 컴컴한 갱도를 달리던 객차가 서고 가파른 통로가 나온다. 거기서부터 걸어가야 한다. 한 사람이 겨우 지나갈 수 있을 만큼 비좁다.

가장 보잘것없는 사람에게 해준 것이 나에게 해준 것이다

저 멀리 헤드라이트 불빛이 보이고 불빛 사이로 탄가루가 자욱하다. 드디어 지하 900미터에 도착했다. 기계의 굉음이 울리고 석탄을 캐는 광부가 보인다. 놀랍게도 혼자다. 그런 곳에서 혼자 일한다는 것을 믿을 수 없었다. 광부에게 다가가 촬영해도 되는지 물었다. 고개를 끄덕인다. 방송 조명을 켜고 얼굴을 비추자 땀이 비 오듯 쏟아진다. 그 모습을 찍는 것이 옳은지 망설였다. 그들에겐 생존의 공간이었기 때문이다. 인터뷰 대신 땀과 탄가루로 범벅이 된 손을 잡았다. 고생이 많다는 인사를 여러 차례 했다. 가장 생각나는 사람이 누군지 묻자 "가족"이라고 답한다. 부인에게 인사를 부탁하자 "여보 사랑해"라며 웃는다. 점심시간이다. 다른 곳에서 일하던 광부들도 모인다. 모두 간이 도시락에 물을 부어 먹는다. 흘린 땀을 보충하기 위해서다. 제작진도 함께 식사했다. 광부 한 분이 웃으며 말한다. "이곳까지 와서 이렇게 오래도록 머무는 언론사는 처음 봅니다." 하루 중 가장 행복한 시간이 언제인지 묻자 일 끝나고 대포 한잔 할 때라 답한다. 그래서 "내가 한턱 내겠다"고 하자 모두가 즐거워한다.

샤워실에서 탄가루를 씻어냈다. 코와 목에서 시커먼 가루가 계속 나온다. 며칠을 고생했다. 광부들은 그곳에서 365일 일한다. 약속대로 광부들을 고깃집으로 초대했다. 스무 명 넘게 모였다. 오늘처럼 사람이 많이 모인 건 처음이라고 했다. 두 대의 카메라가 현장을 담고 있지만 아무도 신경 쓰지 않는다.

방송 카메라가 오면 피하는데 오늘은 그렇고 싶지 않네요. 왜 그럴까요?

이태석 리더십을 알리는 강의 화면

태백 장성탄광 수백 미터 지하에서 홀로 작업 중인 광부

방송에서 탄광을 말할 때 인생 막장이라는 표현을 써요. 우리는 가족 먹여 살리려고 일하고 있는데, 막장은 끝난 인생을 말하는 거잖아요. 안 그랬으면 좋겠어요.

죽지 않고 열심히 살아서 가족을 행복하게 해주려고 합니다. 힘들어도 그거 하나 믿고 일합니다.

광부들의 가슴에 담긴 이야기를 들으면서 내 얼굴엔 미소가 가득했다. 오랜 친구를 만난 듯 밤늦게까지 자리를 함께했다. 저널리스트로서 좋은 일을 했다는 생각으로 나 자신이 자랑스럽고 행복했다.

영화 〈부활〉의 마지막 장면인 이태석 신부의 묘비에 새겨진 성경 말씀이다. 이신부가 아프리카에 찾아간 이유다.

가장 보잘것없는 사람에게 해준 것이 나에게 해준 것이다.

처음에는 그 말을 이해하지 못했다. 가난한 사람을 도와주는 것이 왜 나를 위한 것일까. 그 궁금증은 열악한 환경에서 항상 웃고 즐거워하는 이신부의 표정을 보면서 풀렸다. 종군기자, 〈추적60분〉의 현장경험 덕분에 더 빨리 이해할 수 있었다. 고통받고 억울하게 살아가는 사람들은 고통을 함께 아파하고 이야기를 들어주면 생명의 은인을 만난 듯 고마워한다. 그들이 흘리는 눈물에 담긴 의미를 통해 아주 중요한 것을 알았다. 내가 누군가에게 필요한 사람이라는 것을, 내가 사람의 생명을 살릴 수 있는 능력이 있다는 것을, 수모와 협박을 당하고 삶과 죽음의 경계를 넘나들면서도 현장을 떠나지 못했던 이유는 나 자신이 행복했기 때문이다. 이신부가 아프리카에서 항상 웃고 있던 것도, 내가 광부를 만나고 목숨을 걸고 전쟁터를 뛰어다니면서도 행복했던 이유도 바로 그 성경의 말씀이었던 것이다.

초중고 강연 때 이태석 신부의 묘비에 적힌 성경 말씀을 소개하며 봉사의 중요성을 강조한다. 봉사는 스펙을 위한 도구가 아니라 행복과 자신감을 찾아주는 비법이라고 소개한다. 행복의 근본은 사랑이다. 사랑에는 공감, 봉사, 섬김의 정신이 담겼다. 행복은 물질을 통해 만들어지는 것이 아니라 자신이 얼마나 소중한 삶을 살고 있는지 느낄 때 찾아온다. '나'보다는 '우리'를 생각하고 배려와 경청의 삶이 널리 퍼지는 세상이 되어야 한다.

2021년 9월, 전남 순천의 매산중학교에서 6시간 릴레이 강연 요청이 들어왔다. 무모한(?) 강연을 부탁한 분은 정년이 4년 남은 최고참 조영성 선생님이다. 문화적 혜택이 적은 아이들에게 도움을 주고자 과한 욕심을 냈다며 미안해한다. 중학교 1학년 아이들이라 얼마나 이해하고 받아들일까 걱정이 되었다. 하지만 마음을 담아 학생들에게 당부의 말을 남겼다.

돈이 많거나 높은 자리를 차지했다고 성공한 걸까요? 내 경험으로

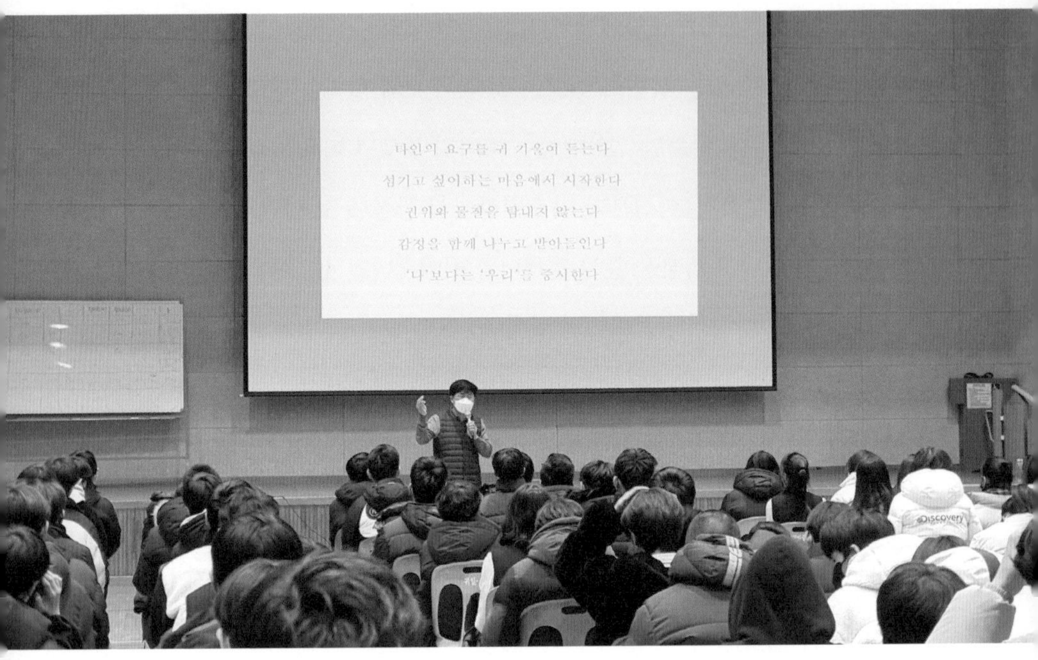

봉사와 공감능력을 강조하는 강의에 집중하는 중학생들

는 아닙니다. 여러분이 어른이 됐을 때 자신이 살아온 삶을 떳떳하게 말할 수 있을 때, 그것이 성공한 삶이고 행복한 삶일 것입니다. 힘들어하는 친구들의 아픔을 함께 느끼고 도움을 주면서 공감능력을 키우기 바랍니다.

강연이 끝나고 안경 쓴 남학생이 손을 들고 말한다. "제 꿈이 소방관입니다. 오늘 소방관이 꼭 되어야겠다는 결심을 했습니다. 이태석 신부님처럼 불쌍한 사람들을 돕겠습니다."

여섯 시간을 서서 강연하다 보니 목이 잠기고 힘은 들었다. 하지만 학생들의 반응에 피로가 눈 녹듯 사라졌다. 학생들은 교실에서 뛰어나와 고맙다고 인사한다. 강연이 끝나고 순천역까지 차를 태워주신 선생님이 내게 부탁했다.

현장의 생생한 경험이 아이들의 마음을 잡아놓은 것 같습니다. 강연을 많이 다녀주세요. 공감을 통해 한 아이라도 생각이 변한다면 이것이 바로 진정한 교육입니다.

행복으로 가는 비밀 열쇠

2020년 봄, 이태석 재단 사무실로 한 통의 편지가 도착했다. 두 달 전 아들을 잃은 부모의 가슴 아픈 사연이다. 어머니가 써 내려간 글에는 자식을 먼저 떠나보낸 고통과 자책의 눈물이 가득했다.

어디서부터 시작해야 할지 어렵네요. 아들이 고등학교 3학년 때부터 백혈병 투병을 하면서 서울대 의대에 합격했어요. '내년엔 학교에 갈 수 있겠지'라는 희망으로 매해 힘든 치료를 견뎌냈던 것 같아요. 둘째도 서울대 의대에 합격했어요. 동생이랑 같이 학교에 다니고 싶어 했는데…….

편지의 주인공 권성현군은 고등학교 3학년 때 수업 시간에 갑자기 쓰러졌다. 백혈병 진단을 받고 항암 치료와 세 차례의 골수이식을 받았다. 치료가 고통스러웠지만 자신이 골수이식을 더 받겠다고 할 만큼 병을 이겨내려는 의지가 강했다. 성현군의 아버지와 어머니는 의사다. 어릴 때부터 하얀 가운을 입고 환자를 진료하는 부모님을 보면서 멋진 직업이라고 생각하고, 어른이 되면 의사가 되겠다고 다짐했다. 그래서 통증이 온몸을 괴롭히지만 참아가며 공부했다. 성적은 전교 1, 2등을 놓치지 않았고 수능점수도 전국 상위 20등 이내에 들었다. 그런데 대학 진학에 위기가 왔다. 잦은 치료 때문에 기말고사를 보지 못해 정시 응시가 불가능했다. 수시모집에 지원하기로 하고 자기소개서를 직접 작성했다. 항암 치료 때문에 머리카락이 빠진 상태에서 면접도 봤다. 그리고 꿈에 그리던 서울대 의대에 합격했다. 그는 자신처럼 백혈병으로 고통받는 사람을 치료해주는 신경외과의사가 되겠다는 목표를 세웠다.

병을 이겨내야 한다는 생각에 투병 전보다 오히려 긍정적으로 바뀌었습니다. 직접 환자가 돼본 만큼 환자가 어떤 부분에 두려움을 느끼고, 어떤 도움이 절실한지 누구보다 잘 압니다. 환자 마음을 이해하는 신경외과의사가 되고 싶습니다(권성현군 동아일보 인터뷰, 2017년).

투병 중에도 성현군은 항상 웃음을 잃지 않았다. 오히려 부모님을 위로하고 대학 생활을 준비했다. 하지만 병세가 악화되어 결국 휴학하고 길고 고통스러운 투병 생활을 다시 시작했다. 항암제를 투여하면 백혈구 수치가 떨어져 열이 40도까지 올랐다. 입안은 헐어 진통제를 맞지 않으면 음식도 먹을 수 없다. 2년간 투병했지만 청년은 스무 살에 세상을 떠났다. 부모님은 의사이면서도 아들을 지켜주지 못한 미안함에 하루하루를 눈물로 살았다. 성현군의 동생은 형의 꿈을 대신 이루겠다며 열심히 공부해 서울대 의대에 합격했다. 부모님은 작은아들을 생각해서 힘을 내야 한다며 성당에 다니며 열심히 기도했다.

그러나 자식을 향한 그리움은 지울 수 없다. 부모님은 성현군이 마지막까지 희망의 끈을 놓지 않았던 의사의 꿈을 대신 이룰 수 있는 방법을 찾았다. 이태석 신부가 생각났다. 아프리카에서 사랑의 인술을 펼치는 모습을 보면서 같은 의사로서 크게 감동했다. 투병 생활 중에도 웃음을 잃지 않는 이신부를 보면서 아들이 떠올랐다. 그래서 인터넷을 검색해 이신부의 제자들을 돕고 있는 이태석 재단에 연락했다.

편지를 받고 성현군 부모와 저녁 식사를 했다. 조심스러워 성현군 이야기를 꺼내지 못하고 있었는데 어머니가 먼저 이야기를 시작한다. 부모가 의사인데 아들을 돌보지 못한 것이 평생 고통으로 남는다며 눈물을 흘린다. 자식을 키우는 사람으로서 그 눈물에 담긴 의미를 공감하기에 지켜보는 마음도 아팠다. 조금의 위로가 되었으면 하는 마음으로 이신부가 어릴 때 어머니와 있었던 이야기를 해드렸다. 그리고 〈부활〉 영화를 제작하면서 만난 제자들 소식도 소개했다. 성현군

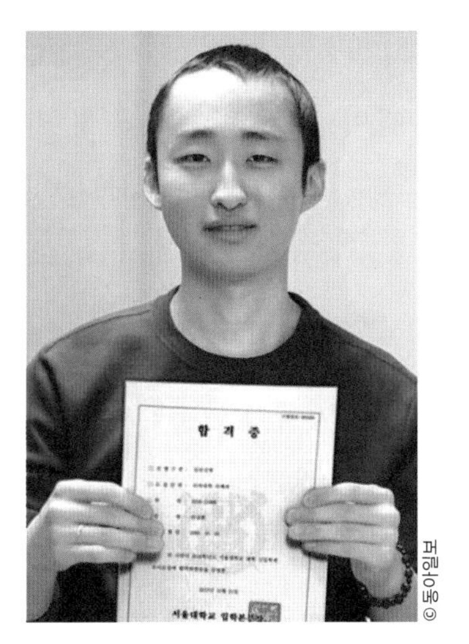

© 동아일보

서울대 합격증을 들고 있는 권성현군

친구들과 함께 활짝 미소짓는 권성현군

부모님은 고개를 끄떡이며 이것저것 물어보며 관심을 보였다. 그래서 영화 〈부활〉 시사회 때 이태석 신부의 제자들을 만나면 좋겠다는 말씀과 함께 초대장을 드렸다. 대화가 끝날 무렵 성현군 아버지께서 드릴 말씀이 있다며 뜻밖의 이야기를 한다. 아들 성현이가 의과대학에 다니려면 매달 이백만 원이 필요할 거라며 졸업 때까지의 비용을 기부하겠다고 한다. 아들을 향한 마음을 생각해 '권성현 장학금'으로 이름을 짓고, 이신부 제자들의 학비와 생활비 지원에 쓰겠다고 말씀드렸다. 남수단에 있는 의대생 제자들에겐 장학금에 담긴 사연을 전했다. 석 달 후 영화 〈부활〉 시사회장에서 성현군 부모가 말로만 들었던 이태석 신부의 제자들을 화면으로 만났다. 열악한 환경에서 의사 이태석의 길을 가겠다며 애를 쓰는 제자들에게 아들의 사랑이 전해진다는 생각에 눈물이 앞섰다. 시사회가 끝나고 만나려 했지만 말없이 자리를 떠났다.

권성현군과 말루악 루알 아네이(Maluac Lual Anei)의 만남

성현군이 떠난 지 일 년이 되던 날, 경기도 분당에 있는 추모공원에서 부모님을 만났다. 어머니는 전보다 많이 안정돼 보였다. 야외의 봉안당 한쪽에 활짝 웃는 사진이 손님을 맞는다. 성현군과 가족들이 행복했던 순간들이다. 어머니가 사진 속의 아들 얼굴을 만지며 이신부 제자의 이야기를 들려준다. 자리를 떠나기 전, 성현군의 사진 앞에서 이태석 신부님을 만나 행복했으면 좋겠다고 인사했다.

성현군의 2주기가 지나고 어머니에게 연락이 왔다. 의대에 다니는 둘째 아들에게 이신부 제자를 연결해주고 싶다는 것이다. 반갑고 고마웠다. 제자들에게 큰 힘이 되는 것도 중요했지만 부모님과 둘째 아들의 마음속에 이태석 신부가 늘 함께한다는 것이 기뻤다.

이태석 재단은 남수단과 에티오피아에서 대학에 다니는 이신부의 제자 48명을 장학생으로 선발해 매달 학비와 생활비를 보내고 있다. 그중 의과대 학생은 40명이다. 둘째 아들이 의대에 다니는 점을 고려해 의대생 중 한 명을 추천하기로 했다. 학생 선발은 신중에 신중을 기했다. 혹시라도 실망하는 일이 생기면 큰 상처가 남기 때문이다. 제자들이 장학생 선발 때 보내온 자기소개서, 가정형편, 성적표와 무엇보다도 이신부와 인연을 자세히 살펴보았다.

성현군 부모에게 말루악 루알 아네이(Maluac Lual Anei)라는 제자를 소개했다. 국립주바대학교 의과대학 4학년이고 졸업 후에는 소아과 의사가 목표다. 이신부가 아이들을 돌본 것처럼 아픈 아이들을 치료해주고 싶어서 소아과를 택했다. 말루악은 여덟 형제인데 어릴 때 아버지가 돌아가시고 어머니가 혼자 키우다 보니 형편이 말이 아니다. 그래도 이신부를 생각하며 의사의 꿈을 키워왔고 의대에 합격했다. 하지만 학비 조달이 어려워 야간에 아르바이트를 하며 돈을 모은다. 그런데도 턱없이 부족해 새 학기만 되면 가슴앓이를 했다. 다행히 재단에서 장학금을 보내주면서 공부에 집중하고 성적이 향상돼 이제는 자존감도 높아졌다. 말루악에게 권성현군의 사연을 들려주고 한국에서 보내는 장학금이 성현군 부모님이 보내는 것이라고 알려주었다. 말루악이 성현군 부모님께 장문의 편지를 보내왔다.

이태석 재단 장학생이 되어서 형편이 정말 좋아졌습니다. 등록금을 벌기 위해 일과 공부를 병행할 필요가 없어졌고 먹는 것도 안정적으로 할 수 있게 되었습니다. 학업을 마친 뒤 어려운 사람을 도와야 한다는 책임감을 느끼고 있습니다.

장학생에게 아낌없이 지원해주고 계신 성현과 성욱이 어머니, 아버지께 진심으로 감사드립니다. 따뜻한 마음에 보답할 수 있도록 하겠습니다. 의사가 되면 두 분이 보내주신 사랑이 남수단에 퍼져나가도록 하겠다고 약속합니다. 그리고 이태석 신부님이 남겨놓으신 사랑과 헌신의 정신이 제자들을 통해 이어지도록 하겠습니다. 여러분의 도움이 헛되지 않도록 하겠습니다. 정말 고맙습니다.

2022년 1월 19일

말루악 루알 아네이

한 사람이 떠나고 사랑이 남았다. 삶이 고달프고 부족함이 많아도 누군가 관심을 가져주는 것만으로도 희망이 생긴다. 이태석 신부가 우리에게 남긴 값진 선물이 권성현군 가족의 사랑을 통해 부활하고 있다.

Lastly, but importantly to our dear donors, Sung Hyun and Sung Wook's mom and dad I would like wholeheartedly to appreciate to you for the immense support that you are giving me and my colleagues. I and my colleagues will try do our best to respond to the spirit and the greatest wish for us. I am promising to complete my medical study well and take it upon myself to extend your charity to the people in need in South Sudan as a medical doctor. Furthermore, The legacy of Fr. Lee will be continued amongst us and the impact of his work will be witnessed with the huge support of you.

My humble appreciation to all of you once again. I and my colleagues shall never let you down. Thank you so much.

Sincerely Yours,
Maluac Lual Anei.

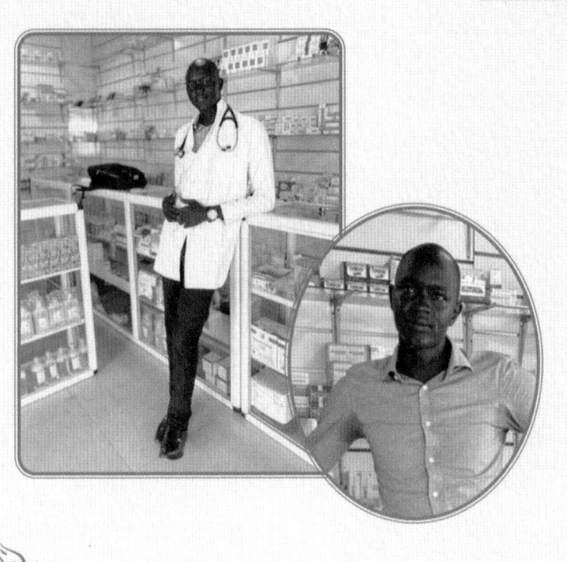

말루악이 권성현군 부모님께 보낸 편지

선한 영향력

시사고발 프로그램을 30여 년 동안 제작하면서 우리 사회의 문제점을 고발하고 대안을 제시하려고 노력했다. 최근 국민의 분노를 불러온 부동산, 학교폭력, 흉악 범죄 모두 오래전부터 방송에서 중요하게 다루던 주제다. 그러나 문제점이 개선되기는커녕 오히려 수법이 교묘하고 잔혹해졌다. 어디 그뿐인가! 금권 만능주의, 이기주의, 인명 경시 풍조는 더욱 심화되어 우리 마음을 삭막하게 만든다. 저널리스트로서 국민에게 죄송하고 좌절감마저 느낀다. 과연 무엇으로 행복한 나라를 만들 수 있을까? 나는 그 해답을 이태석 신부의 삶에 찾았다. '진심을 담은 사랑'이다. 이신부의 삶을 보고 눈물을 흘리고 이기적인 삶을 반성하는 국민들의 반응이 그걸 말해준다. 그래서 세상에서 가장 강력한 고발은 '사랑'이라는 것을 깨달았다.

이태석 신부의 영화를 통해 가장 보람을 느끼는 것은 올바르고 존경받는 삶에 대한 기준을 우리 사회에 제시했다는 점이다. 성직자의 문제, 권력의 부패 스캔들이 이슈로 등장했을 때 '이신부를 본받으라'는 비판과 충고가 쏟아진다.

이런 것이 진정한 종교의 선한 영향력. 가난하고 힘든 자의 손을 잡아주고 스스로 설 수 있도록 도와주는 것. 하나님의 진정한 가르침대로 살다 가신 이태석 신부님 존경합니다(eskim).

진정한 리더의 모습은 우리를 변화시키는 힘을 가진 분이죠. 자신의 성공과 욕망을 위해 다른 이를 도구로 삼는 사람을 성공한 CEO로 보는 사회 속에서 우리에게 어떻게 살아야 변화되고 변화시키는지를 보여줍니다(꽃비).

한국갤럽이 2021년 〈한국인의 종교와 종교의식〉이라는 보고서를 공개했다. 보고서에는 1980년부터 2021년까지 4차례의 조사를 통해 얻은 종교별 신자 수, 사회적 영향력의 변화가 수록되었다. 먼저 종교를 가진 숫자는 큰 변화가 없는 반면 연령이 내려갈수록 신자 수가 급격히 줄어들고 있다. 20대는 22퍼센트, 30대는 30퍼센트에 불과하다. 응답자 5명 중 4명은 무종교로 나타났다. 종교의 사회적 영향력을 묻는 항목에 응답자의 63퍼센트가 도움이 되지 않다고 답했다. 이는 7년 전 조사 때보다 배가 늘어난 수치다. 신자들이 고령화되고 사회적 영향력도 크게 떨어지고 있다는 점에서 한국 종교의 위기라고 해도 과언이 아니다.

그렇다면 이 같은 위기를 불러온 이유는 무엇일까. 저널리스트의 관점에서 크게 두 가지를 지적할 수 있다. 하나는 종교 자체에 대한 실망감이다. 교회 세습과 비리, 일부이긴 하지만 목사, 승려, 신부의 성범죄, 도박, 음주사고 등 도덕적 타락이 불신과 무관심을 불러왔다. 또 하나는 코로나 사태에서 경험하듯이 사람들은 정신적, 육체적 고통에서 벗어나고 위안을 얻고자 하는 욕구가 강한데 종교가 그 역할을 제대로 하지 못했다. 종교가 국민의 삶으로 들어가 역할을 다하려면 이태석 신부의 삶을 기억하고 실천해야 한다고 확신한다.

그동안의 경험에 따르면, 종교를 초월해 이신부의 삶에 빠져드는 이유는 바로 인간에 대한 '사랑'이다. 구체적으로 표현하면 '무조건적인 사랑'이다. 말로는 거룩한 삶을 외치고 그렇게 살라고 가르치면서 실제로는 위선적인 모습을 보여주는 삶이 아니라 '사랑'을 몸소 실천하는 것이다. 영화 〈부활〉을 본 원로 목사께서 보내온 감상평이다.

목사님 백 명이 예수님의 사랑을 전하는 것보다 더 큰 일을 하셨습니다. 부활의 진정한 의미를 정확하게 표현해주었습니다(한인철 목사, 전 연세대 교목실장).

'사랑'보다 더 강력한 고발은 없다!

백중(百中)은 불교의 5대 명절 중 하나로 조상을 위해 기도하고 큰 스님에게 부처의 말씀과 가르침을 듣는 날이다. 2021년 6월, 부산의 대형 사찰인 홍법사에서 연락이 왔다. 백중 기간에 이태석 신부의 이야기를 신도들에게 들려주고 싶다는 것이다. 불교의 큰 명절날 법당에서 가톨릭 사제의 이야기를 해도 정말 괜찮은지 걱정된다고 말씀드리니 심산 주지스님이 "가난하고 삶이 어려운 분들에게 도움을 주는 것이 종교의 역할이라고 생각합니다. 극장에서 〈부활〉을 보고 감동했습니다. 걱정하지 말고 오세요. 신도들도 반가워할 겁니다"라고 하셔서 홀가분한 마음으로 부산으로 향했다.

홍법사는 부산의 금정구에 있는 사찰이다. 국내 최대의 좌불상인 황금빛 아미타대불상(높이 21미터)과 원형의 대형 법당이 유명하다. 도착 후, 법문 행사를 알리는 대형 현수막을 보고 깜짝 놀랐다. 법문에 초대된 분들이 한국 불교계에서 상당한 영향력을 가진 스님들이었기 때문이다. 외부 사람은 내 얼굴이 유일하다. 유명한 스님과 함께하는 것이 개인적으로 영광이지만 그만큼 부담도 컸다. 부처의 가르침을 전하는 법문 시간에 가톨릭 사제의 이야기를 해야 하지 않는가!

사찰에서는 방역수칙 때문에 법당에는 삼백 명 정도의 신도만 있고 유튜브로 생중계로 5,000여 명 신도가 강연을 듣는다고 귀띔해주었다. 이태석 신부 사진과 〈부활〉 영상을 편집해 준비했다. 사진과 법당에 설치된 대형 스크린 두 개를 통해 영상이 전달되다 보니 법당 전체

거리두기를 하며 이태석 신부를 만나려는 신도들로 가득한 홍법사 법당

가 이신부의 얼굴로 꽉 찬 것처럼 느껴졌다. 강연 주제는 사제 이태석이 아닌 사랑과 공감에 관한 이야기다. 영화 장면 하나하나에 담긴 사랑의 깊이를 해석했다. 극장에서처럼 감동의 눈물을 흘리는 신자들이 보였다. 순간 나도 모르게 목소리 톤이 높아졌다. 강연을 십 년째 하고 있지만 심장 깊은 곳에서 뜨거운 감정이 솟구친 것은 이날이 처음이다. 90분의 강연을 이 말로 마무리했다.

이태석 신부님이 보여준 사랑이 바로 부처님의 자비정신입니다.

대형 법당에 박수 소리가 가득하고 심산 스님께서 고맙다는 인사를 하며 신도가 보내온 문자를 보여주었다. "유튜브로 시청하는 내내 강의에 푹 빠졌습니다. 신부님 제자가 의사가 되었다는 소식도 들었는데 뿌듯하고 감동의 시간이었습니다. 좋은 시간 마련해주신 스님께 감사드립니다.”

지난 십 년 동안 가톨릭 성당에서 강연한 것은 다섯 번이다. 네 번은 미국 뉴욕, 시카고, LA 성당인데 특별 초청 형식이었고 미사 때 강연은 딱 한 번이었다. 지금은 은퇴하신 인천교구의 호인수 신부께서 자신의 강론 시간에 강연하도록 배려해주셨다. 가톨릭에서의 강연 초청은 없었지만 그동안 전국에서 많은 신부님과 수녀님들이 응원해주어 항상 감사한 마음을 갖고 있다.

LA 성당 초청강연

2021년 봄, 한 신부님께서 연락을 주셨다. 자신이 진행하는 유튜브 채널에서 〈부활〉을 소개하고 싶다고 한다. 반가운 마음에 곧바로 감사의 인사를 드렸다. 그리고 인터넷에서 그분의 이력을 찾아보고 깜짝 놀랐다. 연락을 주신 홍성남 신부님은 신문, 방송, 강연, SNS를 통해 활발하게 복음을 전파하는 유명한 분이었다. 홍신부님이 사전 질문지를 보내주셨지만 참고만 했다. 직접 보고 경험한 내용을 그대로 전하기 위해서다.

가톨릭회관 3층에서 진행된 방송은 해외 20여 개 나라에서 동시에 시청한다. 방송은 예정 시간을 훌쩍 넘긴 두 시간 반 동안 진행됐다. 인터뷰는 영화 소개보다는 종교의 역할과 마음에 깊이 담아두었던 생각을 고백하는 시간으로 진행되었다. 홍신부님이 편안하게 인터뷰를 이끌어준 덕분이다. 그래서 고맙고 진심으로 감사했다. 방송의 파장은 대단했다. 방송 후 시청자들이 남긴 후기다.

감독님 진짜 감동입니다. 감독님의 삶 속에 자비와 사랑이 넘치기를 바랍니다. 신부님 고맙고 감사합니다(김효경사랑님).

저는 한국에 거주하는 수단 사람입니다. 이태석 신부님 덕분에 우리(수단 사람들) 한국 사람들이 다 좋은 사람으로 알게 됐습니다(Ibrahim Musa).

과테말라에서 보고 있습니다. 영화를 보고 싶어집니다. 여느 지도

자보다 신앙에 대해 더 깊이 이해하시는 감독님께 깊이 공감합니다(windyand).

그후에도 홍성남 신부께서는 "이태석 신부와 구수환 감독"이라는 제목으로 잡지에 투고도 해주시고 SNS에 강연 요청을 하자는 글도 올려주셨다. 대단한 일을 한 것도 아닌데 너무 과하게 다뤄주어서 부끄럽고 고마웠다. 홍신부께서 투고해주신 글 중에 가슴에 깊이 와닿는 문구가 있다. "나는 구감독을 잘 모른다. 그러나 그의 진심만은 알 것 같다." 진심은 상대에게 믿음을 주는 사랑의 실천이 없으면 전달이 어렵다고 생각한다. 그래서 이태석 신부처럼 살아야겠다고 또 한 번 다짐했다.

사람들로 하여금 부끄러움을 느끼게 할 정도로 복음적인 삶을 산 사람이 누가 있을까? 구감독을 보면서 나는 하느님의 섭리를 느낀다. 그가 불자가 아니고 천주교인이었다면 과연 사람들이 그를 불렀을까. 성당에서 부를지는 몰라도 사회에서 부르지는 않았으리라. 하느님이 불자인 구감독을 통해 이태석 신부를 알리고자 하시는 그 뜻을 이제는 우리가 알아들을 때가 되지 않았는가(홍성남 신부, 가톨릭 영성심리상담소장).

2021년 4월, 정진석 추기경께서 자신의 각막을 기증하고 세상을 떠나셨다. 십 년 전 뵙고 나누었던 대화가 생각난다. “추기경님 저는 톤즈 마을에서 예수님을 뵈었습니다”라고 말씀드리자 미소를 지으면서 “불교 신자인 피디께서 만난 예수님은 어떤 분이셨나요?”라고 물으셨다. “제가 만난 예수님은 대단한 분이 아닙니다. 고통받고 절망하는 사람에게 희망을 전하는 우리의 마음 안에 있는 분이었습니다. 톤즈 성당은 이곳과는 비교할 수 없을 만큼 허름하지만 주민들이 성당에 들어서면 얼굴이 밝아지는 걸 보면서 그것이 예수님의 사랑이라고 생각했습니다.”

추기경께서 내 얼굴을 바라보며 하신 말씀이다.

이태석 신부는 예수님의 사랑을 온몸으로 실천하셨는데 저는 그렇지 못해 부끄럽습니다.

영화 〈부활〉 시사회 때 꼭 모시려고 서울대교구에 문의했지만 거동이 불편해 어렵다는 답변을 들었다. 추기경님께서 〈부활〉을 보셨으면 얼마나 좋아하셨을까?

종교는 인간이 행복하게 살아가도록 도와주는 역할을 해야 한다. 개인의 욕망을 채우는 도구가 되어서는 안 된다. 사람들이 십 년이 지나도록 이신부를 그리워하는 것은 가난하고 고통받는 사람들을 위해 헌신한 아름다운 기억 때문이다. 코로나 사태로 삶이 어렵고 사람을 만나는 것이 두려운 삭막한 세상이 되었다. 이럴 때일수록 종교가 국민을 위로하고 희망을 갖도록 제 역할을 해야 한다. 네 편 내 편으로 나뉘어 싸우고, 정치색을 드러내고, 말과 행동이 다른 우리 종교의 모습을 볼 때마다 이태석 신부가 미사를 드리던 톤즈 성당을 생각했다. 낡고 허름한 그곳에서 주민들은 가난과 전쟁의 고통과 두려움을 이겨내고 삶의 희망을 발견했다. 국민이 종교를 걱정하는 세상이 오지 않았으면 하는 것이 나의 소망이다.

감동보다 더 멋진 선물은 없다

시사고발 피디로 있을 때와 이태석 신부를 만나고 난 후의 가장 큰 차이는 긍정적인 사고와 행복지수가 높아졌다는 점이다. 출세하거나 갑자기 부자가 돼 여유가 생긴 것도 아니고 학원에서 비싼 수업료 내고 공부한 것도 아니다. 그 이유가 무얼까 곰곰이 생각했다. 바로 선한 영향력 덕분이다. 어려운 이웃을 생각하고 나누는 분들을 만나면서 감동하고 그 마음을 느꼈기 때문이다. 유유상종이라는 속담이 맞는 것 같다. 이신부의 삶을 알리는 일을 하다 보니 똑같은 모습으로 살아가는 분들이 찾아오고 연락도 주신다.

이태석 재단은 100퍼센트 후원금으로 운영된다. 그래서 후원자 확보를 위해 사람들을 찾아다니며 인사하고 도움을 청하고 TV광고도

2012년에 출범해 이태석 신부의 정신을 이어가는 이태석 재단

해야 하는데 그러고 싶지 않았다. 돈을 앞세우는 것은 봉사의 정신에 맞지 않는다고 생각했기 때문이다. NGO 경험이 없는 사람의 철없는 소리라고 비판하는 사람도 있을 것이다. 그러나 신경 쓰지 않는다. 나는 재단을 믿고 스스로 참여하도록 하는 것이 올바른 운영방식이라는 소신이 있다. 이사장이 되고 나서 재단으로부터 한 푼도 받지 않았다. 업무로 사람을 만날 때도 내 지갑에서 해결했다. 오만해서가 아니라 나 스스로 이태석 신부처럼 살아야 국민의 마음을 움직일 수 있다고 생각했기 때문이다. 오랜 기간 저널리스트로 활동하면서 터득한 교훈이다. 말보다 행동으로 실천하고 진정성이 있어야 신뢰를 얻을 수 있다.

그 판단과 선택이 옳은 것 같다. 재단이 유명하지 않고 홍보도 하지 않았지만 재단에 대한 신뢰가 높아지자, 짧은 시간에 후원자와 후원금이 급격히 늘어났다. 코로나19로 경제가 어려운 현실이라 크게 기대하지 않았는데 나 자신도 깜짝 놀랐다. 매주 신규 후원자를 보고 받으면 후원자 사연을 일일이 확인한다. 후원금의 크고 작음보다 그 마음을 만나고 싶기 때문이다. 후원자들에게는 공통점이 있다. 겸손하고 외부에 알리는 걸 원치 않는다. 오히려 수고가 많다며 고마워한다. 그래서 십 원짜리 동전 하나도 허투루 쓰면 안 된다고 생각한다.

엄마가 행복해하십니다

2021년 연말, 충남 공주에 사는 후원자의 따님이 편지를 보냈다.

엄마는 새해에 팔순입니다. 젊은 나이에 아빠와 사별하고 저와 남동생을 키우셨습니다. 몇 해 전부터 고구마 농사를 지으시는데 고구마를 판 수익금을 항상 이태석 재단에 보내십니다. 얼마 전부터는 자전거를 타고 보리쌀 배달을 다니시는데 한 포대 팔고 나면 엄마에게 떨어지는 이천 원을 기부하십니다. 딸의 입장에서 그만두셨으면 하지만 엄마가 행복해하십니다. 엄마의 작은 정성이 누군가에게 축복이 되길 기도드립니다.

어머니를 직접 뵙고 감사 인사를 드리고 싶었지만 후원금이 적어 부끄럽고 미안하다며 전화를 끊는다.

비슷한 시기에 이태석 재단 사무실로 일억 원을 기부하고 싶다는 두 통의 전화가 왔다. 전화통화 후 곧바로 입금한 곳은 경기도 광주에 있는 (주)아그루 코리아(대표 최호동)와 부산에 있는 성가병원(병원장 김우식)이다. 아그루코리아에서는 "대표님이 이태석 신부님과 제자들 이야기를 듣고 크게 감동받으셨어요. 특별한 부탁은 없고 신부님의 사랑이 계속해서 이어졌으면 하는 마음이라고 하셨습니다"라며 후원의 이유를 설명했다. 성가병원의 김우식 원장은 "팔순이 넘으신 어머니께서 〈부활〉을 보신 뒤 남수단에서 보건 사업하는 단체를 찾아달라고 하셨습니다"라며 후원이 노모의 뜻임을 밝혔다.

재단을 설립하고 개인으로부터 이렇게 큰돈을 받은 것은 처음이다. 그러나 두 분 모두 만남을 정중히 사양하셨다. 거액의 후원금보다 그 마음이 더 감사했다. 그래서 사용 결과를 소상히 알려드리겠다고 약속했다. 재단을 대표하는 사람으로서 후원금이 늘어나는 것은 반가운 일이다. 그리고 그보다 더 기쁜 것은 후원금이 이태석 재단의 신뢰가 바탕이 되었다는 점이다. 후원자들이 재단을 믿고 마음을 움직이도록 만든 것이다.

전임 이사장이셨던 이태영 신부와 친분이 있는 신부님이 여성 신자와 재단 사무실을 찾아오셨다. 〈SBS 故 이태석 신부가 뿌린 사랑, 의사 57명으로 '부활'하다〉의 인터뷰 기사가 사실인지 직접 확인하고 싶어 의정부에서 서울까지 왔다고 한다. 이사장이 후원금을 사적으로 쓰지 않는다는 내용을 밝혔는데 그것이 마음을 움직인 것 같다. 한동안 시끄러웠던 후원금 사용 논란의 후폭풍이 후원 단체 전체에 영향을 미치는 것 같아 마음이 편치 않았다.

제자들의 편지, 사진, 동영상을 통해 사업을 구체적으로 설명했다. 내 이야기를 들으며 표정이 밝아진 여성 신자가 계좌번호를 묻더니 이천만 원을 입금했다. 그 모습을 지켜본 신부님도 "나도 가만히 있을 수 없지"라며 오백만 원을 입금하고 다른 사람에게도 알리겠다며 후원계좌가 찍힌 명함을 받아갔다. 재단 활동을 있는 그대로 전한 것뿐인데 반가워하고 감동한다. 그만큼 우리 사회가 삭막하고 양심과 공정이 필요하다는 반증일 것이다. 더 큰 책임감으로 이태석 신부의 삶을 이어가야겠다고 다짐했다.

재단에 후원금을 보내주시는 것은 고통받는 이웃과 함께하고자 하는 선한 마음 덕분이다. 선한 마음에는 내 것을 포기하고 내려놓는 희생이 담겨 있다. 희생은 진심으로 걱정하는 마음이 있어야 가능하다. 따라서 한 사람 한 사람의 선한 마음이 모이고 퍼져나간다면 사회를 행복하게 만드는 원동력이 될 것이다. 금권 만능주의와 이기심이 판을 치는 현실에서 이웃을 생각하고 배려하는 마음이 없다면 우리의 삶은 어떠할까? 숨이 막히고 절망과 불신만 가득할 것이다. 후원자들의 사랑은 국가를 지탱하는 보이지 않는 힘이라고 해도 지나치지 않다. 십년 동안 온갖 질투와 오해를 받으면서도 이태석 신부를 알리려고 했던 이유도 그분의 삶 속에 깃든 선한 영향력을 확산하기 위해서다.

이태석 재단이 후원하는 남수단의 이태석 장학생들

후원자의 선한 마음이 오래도록 지속되려면 나눔의 기쁨을 체감하도록 해야 한다. 방송에서 다큐멘터리를 만들 때처럼 기부금의 사용 결과를 사진이나 영상으로 보여주어야 한다. 전국 금융산업노조 한국씨티은행 지부에서 조합원들이 오백만 원을 후원금으로 전달했다. 한센인 마을에 보낼 매트리스와 침대를 사는 데 사용하겠다고 하자 일주일 후에 오백만 원을 더 보내왔다. 한센인 마을 집집마다 침대, 매트리스, 모기장을 전달하고 기뻐하는 모습을 사진과 영상에 담아 보냈다.

서평원 전 LG정보통신 대표이사는 우리나라 TV가 미국 시장에 진출하는 데 주도적인 역할을 한 가전업계의 살아 있는 전설이다. 미국에서 아들과 살다가 40여 년의 해외 생활을 끝내고 2021년에 영구 귀

국했다. 이태석 신부 때문이다.

하느님께 받은 사랑을 돌려주는 삶을 실천으로 보여주신 이태석 신부님처럼, 신부님께서 뿌려놓은 사랑의 씨앗이 풍성하게 열매를 맺도록 돕고 싶은 마음이 떠나지 않았습니다.

서 대표는 미국에서 〈울지마 톤즈〉를 보고 이신부를 알게 되었다. 전쟁터의 아이들에게 음악을 가르치고 공부하도록 도와주는 이신부의 사랑을 보고 자신의 삶이 부끄러웠다고 고백한다.

"그 아이들이 의대생이 되고 신부님처럼 살겠다는 이야기를 듣고 눈물이 나고 감동이 몰려왔습니다. 그래서 아이들을 돕겠다는 마음으로 한국으로 돌아왔습니다"라며 말씀을 나누는 중간중간에도 손수건으로 눈가를 닦는다. 그리고 뜻밖의 제안을 하셨다. "재정적인 현실에 부딪혀 궁리 끝에 틈틈이 모았던 미술품(동양화, 서예, 서양화) 전부를 재단에 기증해서라도 도와야겠다고 결정했습니다. 현금기부, 재능기부를 하시는 분은 많지만 소장하고 있던 그림을 기증하는 사례가 흔치 않을 것 같아 무척 망설였습니다만, 이사장님께서 흔쾌히 받아주셨으면 합니다."

서 대표께서 기증한 미술품은 모두 70점이다. 후원금을 전시회 준비 비용으로 쓰지 말라며 천만 원을 따로 주셨다. 소중한 작품을 톤즈 보건소의 기능을 되찾는 데 사용하겠다고 약속했다. 삶이 힘들고 어려

서평원님(가운데)의 기부 약정식

울 때 감동보다 더 값진 선물은 없다.

한 사람이 뿌린 사랑의 씨앗이 민들레 홀씨처럼 퍼져나가고 있다. 그 씨앗이 아름다운 꽃으로 피어나도록 후원자들이 기적을 만들어가고 있다. 팔순을 넘긴 어르신의 눈물을 보면서 사람이 꽃보다 아름답다고 생각했다.

구수환 PD 저널리즘스쿨

몇 년 전, 지방에서 근무하던 공무원이 기자가 악의적인 비방 기사로 괴롭히자 자신의 카톡에 글을 남기고 스스로 목숨을 끊었다.

당신은 욕망을 채우기 위해 수단과 방법을 가리지 않고 글을 쓰지요. 그동안 얼마나 당신 글로 상처를 받았는지 생각해보았는지요. 당신은 펜을 든 살인자요.

지난 30여 년을 저널리스트로 살아왔기에 "당신은 펜을 든 살인자"라는 문구가 심장을 깊숙이 찔러온다. 기자가 공무원의 고통을 조금이라도 생각했다면 억울한 죽음은 막았을 것이다. 2021년 노벨평화상은 필리핀의 마리아 레사와 러시아의 드미트리 안드레예비치 무라토프 기자에게 돌아갔다. 두 기자가 권력자들이 불편해하는 진실을 세상에 알리고 표현의 자유를 위해 용기 있게 싸웠다는 것이 선정 이유다. 언론의 역할이 얼마나 중요한지를 보여주는 사례다.

'저널리스트는 진실을 말한다.' 멋진 말이다. 그러나 진실을 담아내기란 쉽지 않다. 최후까지 숨겨야 할 비밀이기 때문이다. 그래서 진실을 찾기 위해서는 노벨상을 받은 기자들처럼 목숨을 걸기도 한다. 나보다는 대의를 위해 희생하고자 하는 마음이 필요하다. 희생은 아무나 할 수 없다. 공감능력이 뛰어나야 가능하다. 다른 사람의 고통과 아픔을 함께 느끼는 것이다. 이태석 신부와 종군기자의 공통점이 있다. 사회적 약자를 진심을 다해 보살피고 그들의 이야기를 귀담아듣고 필요한 것을 해결해주려고 노력한다. 도움을 받은 사람들은 고마운 마음에 신뢰를 표시한다. 공감능력은 저널리스트에게 생명 같은 것이다. 대한민국의 언론이 기레기(기자+ 쓰레기)라는 오명을 뒤집어쓴 것도 신뢰가 무너졌기 때문이다.

공감하는 능력

이태석 신부는 내전에 시달리는 수단의 현실 앞에서 "예수님이라면 이곳에 성당을 지었을까? 학교를 지었을까? 나는 학교를 지었을 것이라고 생각한다. 사랑이 넘치는 그런 학교 말이다"라고 자신의 고민을 드러낸 적이 있다. 이태석 신부는 전쟁터의 아이들이 꿈을 키우도록 톤즈에 학교를 지었다. 그곳에서 교육받은 아이들은 의사가 되어 사랑의 인술을 펼친다. 교육의 진정한 가치는 아이들이 올바르게 성장하고 사회에 필요한 사람이 되도록 도와주는 것이다. 나도 이신부처럼 교육을 통해 올바른 저널리스트를 키워보겠다는 생각으로 '저널리즘스쿨'을 열기로 했다. "혼자서 무얼 하겠다는 거지?" "수십억 예산 없이는 불가능해." "계란으로 바위 치기야." 내 생각을 들은 모두가 무모하다며 안 된다는 이야기만 했다. 그러나 내 생각은 달랐다. 아이들에게 이태석 신부와 종군기자의 경험을 통해 공감능력을 일깨워줄 필요가 있다고 생각했다. 그래서 시설이 갖춰진 장소가 아니더라도 아이들만 있으면 나 혼자서도 가능하다고 생각했다.

2017년, 마침 지역에 있는 분들의 도움으로 섬진강 강가에 있는 폐교에서 수업을 시작했다. 이름은 '구수환 PD와 함께하는 섬진강 저널리즘스쿨' 정식 학교가 아니어서 예산지원도 없고 KBS에서 프로그램을 제작할 때라 시간을 내기도 쉽지 않았다. 그래서 매주 토요일마다 새벽에 KTX를 타고 섬진강으로 내려가 3시간씩 11주 동안 수업했다. 처음에는 전남 순천 지역 중고생 25명으로 시작했다. 소문이 나자 남원, 하동, 진주에서까지 합류해 100명으로 늘어났다. 저널리즘스쿨을 서울이 아닌 지방에서 시작한 이유가 있다. 문화적 혜택이 적어 배움에 목말라 하는 아이들에게 도움을 주는 것이 이태석 정신의 실천이라 생각했기 때문이다. 또 하나 이신부가 보여준 무조건적인 사랑이 정말 기적을 만들어내는지 체험하고 느껴보고 싶었다. 그래서 아이들에게 수업료를 받지 않았다.

매주 토요일, 새벽 열차를 타고 섬진강으로 달려가는 것은 쉬운 일이 아니었다. 무엇보다 가족에게 미안하고 개인적인 일을 포기해야 했기 때문이다. 그러나 아이들의 배움에 대한 열정은 내 피로를 일순간에 녹여버렸다. 학교와 학원엘 다니느라 지쳤을 법도 한데 토요일 아침이면 어김없이 차를 타고 40분을 달려온다. 영어, 수학처럼 진학과 관련이 없음에도 부모들까지 도와주었다. 경남 진주에서 딸을 차에 태우고 2시간을 달려오는 학부모도 있었다.

구수환 PD 저널리즘스쿨은 2021년부터 피디, 기자, 카메라, 조명, 유튜버, 스웨덴 대학의 정치학 교수까지 강사로 참여하고 있다. 수업은 이론과 실습을 병행한다. 이론은 이태석 신부의 삶을 영상으로 보여주고 헌신적인 삶을 분석해서 공감능력을 키우도록 하는 데 주력하고 종군기자의 사례를 통해 올바른 기자정신을 만나도록 했다. 실습은 기획안 작성, 기사 작성법, 편집, 카메라와 조명장비를 체험토록 했다. 기사를 잘 쓰고, 말을 잘하고, 영상을 잘 찍는 방법보다는 올바르고 존경받는 저널리스트가 되도록 취재현장의 경험을 모두 풀어놓았다. 아이들도 학교에서 전혀 듣지 못한 내용이라며 신기해하고 고마워한다. 30년의 방송 생활을 해오면서 가장 잘한 선택이라고 생각했다.

옳은 건 옳고 틀린 건 틀리다는 걸 당당히 말하는 언론인이 되겠습니다(고2).

2025년, KBS에 입사할 꿈을 가지고 열심히 공부할게요. 그땐 회사 후배로 피디님처럼 보람 있는 피디가 되도록 하겠습니다(고1).

11주의 마지막 수업은 KBS에서 진행했다. 뉴스 센터 녹화현장을 다니며 제작과정을 설명해주었다. 마침 라디오 스튜디오에서 영화배우 박중훈씨가 MC를 맡은 생방송이 진행 중이었다. 이태석 신부의 삶을 배우는 아이들이라고 하자 음악 두 곡을 틀어놓고 밖으로 나와 자기 아들도 남수단 파병부대에 있다며 반가워한다. 그리고 아이들을 스튜디오 안으로 데려가 방송진행 요령도 알려주고 사진도 함께 찍었다. 저널리즘 수업이 아이들에게 쉬운 공부는 아니다. 그래서 항상 고민이 많다. 그런데 11주 수업을 마치고 수업을 들었던 여학생이 앞으로 나와 이렇게 인사를 한다. "11주 동안 정말 즐거웠습니다. 처음에는 내용이 어려웠지만 선생님이 매주 시골까지 내려오시는 걸 보면서 진심으로 우리를 생각하는 분이라 생각했습니다. 그래서 배운 내용을 믿고 실천하도록 하겠습니다."

진심을 느꼈다는 이야기를 듣고 심장이 뛰었다. 왜냐하면 이태석 신부를 믿고 따랐던 제자들의 반응과 같았기 때문이다. 바로 '진심'이라는 두 글자다. 자신감과 욕심이 생겨 또 다른 실험을 했다. 두 번째 학교를 시작했다. 이번에는 충남 공주에 있는 특수학교다. 일반학교 학생을 그곳으로 불러 지적장애 학생과 함께 수업을 듣도록 했다. 특수학교에 대한 편견을 없애고 평등과 사랑의 가치를 알려주고 싶었기 때

섬진강 인문학교에서 진행된 구수환 PD 저널리즘스쿨

문이다. 전문 교육자도 아닌 내가 특수학교 학생을 대상으로 수업을 잘 해낼 수 있을까 걱정이 됐다. 그런데 놀라운 일이 일어났다. 십 분도 앉아 있기 어렵다는 지적장애가 있는 학생이 두 시간 동안 잘 참아낸 것이다. 그것도 수업 내용을 빼곡히 기록까지 하고 6주 동안 결석 한 번 없었다. 현장에 있던 장학사도 놀라 아이의 공책을 사진으로 찍어 보내주었다. KBS에서 현장수업을 할 때는 질문도 가장 많이 했다. 이태석 신부의 사랑이 아이에게 용기를 주었다고 생각했다. 나중에 들은 이야기지만 아이의 어머니가 고맙다며 쌀 스무 포대를 학교에 보냈다고 한다. 저널리즘스쿨은 정규학교는 아니지만 통영, 남원, 청주, 서울 지역으로 확대되었고 지금까지 300여 명의 제자가 생겼다. 대학의 미디어 관련 학과에 합격한 제자도 있다. 대학에 합격한 학생들의 소감이다.

홍익대학교 광고홍보학부에 합격했습니다. 2학년 때 저널리즘스쿨에서 배웠던 내용이 도움이 되었습니다.

서울 지역 대학에 합격했습니다. 저에겐 너무나도 감사한 분이라 알려드리고 싶었습니다. 알려주신 가치관을 마음에 새겨 봉사하는 삶을 실천하겠습니다.

간호학과를 지망해 합격했습니다. 이태석 신부님이 해오신 것처럼

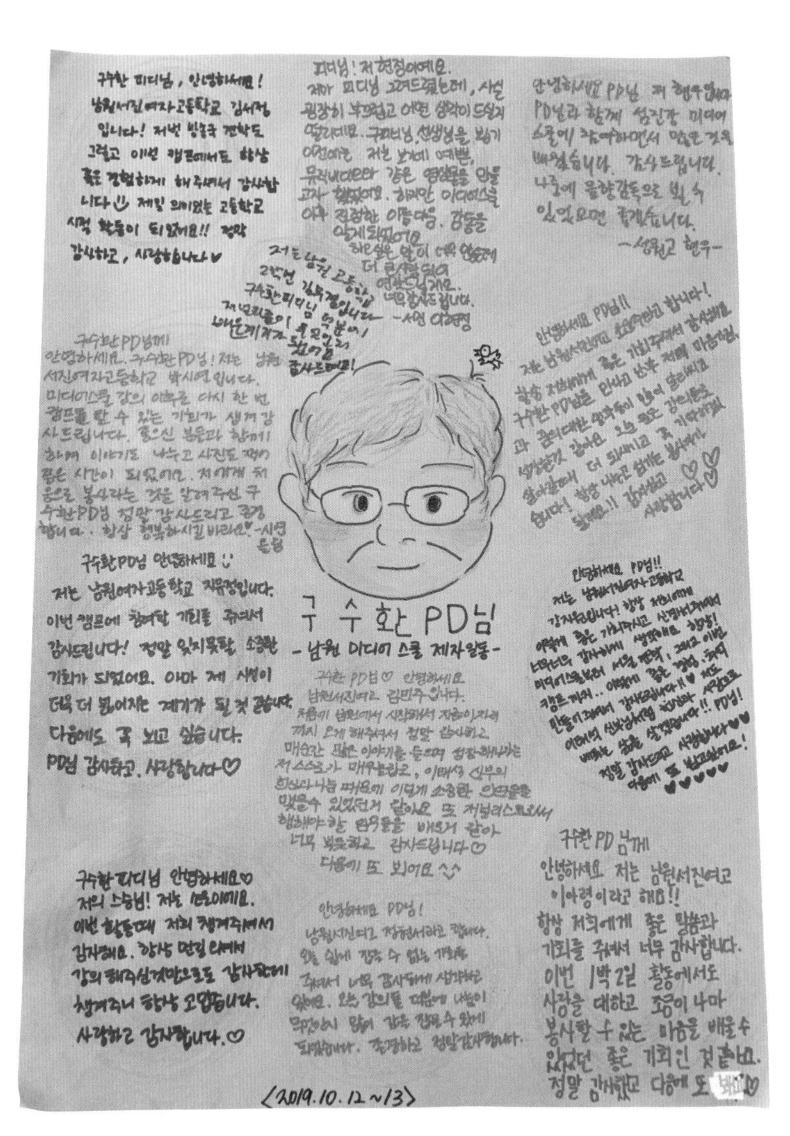

저널리즘스쿨 수강 후 학생들이 남긴 소감과 감사 인사

환자를 사랑으로 대하는 간호사가 되겠습니다.

지난 5년간의 노력이 결실을 맺기 시작했다. 2021년 7월, 충청북도 교육청에서 저널리즘 수업과 이태석 신부의 삶에 담긴 서번트 리더십을 학생들이 배울 수 있으면 좋겠다고 연락했다. 그래서 이태석 재단과 충청북도 교육청이 미래인재 육성을 위한 상호협력 업무협약(MOU)을 체결했다. 저널리즘 교육이 국가 교육기관에서 처음으로 인정받은 것이다. 2021년 11월, 충북 청주에서 첫 수업을 시작했다. 교육지원청에서 출석도 꼼꼼히 확인하고 수업평가를 자세히 적어 제출하게 했다. 그리고 수업 참여를 고교생활기록부에 기재해 대학진학에 도움이 되도록 했다.

저널리즘스쿨이 외부의 지원 없이 가능했던 것은 올바른 저널리스트를 육성해보자고 모인 진심 때문이다. 〈울지마 톤즈〉와 〈부활〉 촬영을 담당했던 이재열, 김종갑, 김성미, 이강윤 VJ와 조정관 조명감독, 직장에 휴가까지 내고 소중한 경험을 전해준 동아일보 엄상현 기자, SBS 조을선 기자, 유튜버 송화영 피디, 스웨덴에서 화상을 통해 민주주의의 소중함을 알려준 최연혁 교수, 마지막으로 아이들이 수업에 참여하도록 도움을 준 전라남도 교육청의 정성일 장학사, 남원서진여고 이진선 선생님, 이태석 재단의 이성기 지부장과 많은 선생님들의 헌신이 누구도 생각하지 못했던 기적을 만들어냈다. 깊은 감사의 마음을 전한다.

올바른 정보는 사회를 좋은 방향으로 변화시키는 촉매제 역할을 하지만 잘못된 정보는 개인을 불행하게 만들고 국가를 혼란스럽게 한다. 언론마다 정론(正論)을 외치지만 불신의 골은 더욱 깊어지고 있다. 왜 일까? 그래서 이태석의 정신이 필요하다.

인천 계산고등학교에서 특강을 했다. 정규수업을 마치고 오후 5시부터 강연이 시작됐다. 저널리스트의 꿈을 꾸는 80명의 학생이 참여했다. 2시간의 강연이 끝나고 정치부 기자가 목표라는 2학년 남학생이 질문한다. "공감능력을 배우려면 어떻게 해야 합니까?" "기자들이 왜 정치로 진출합니까?" 밤 8시가 넘어서까지 질문을 계속한다. 얼마나 답답하고 궁금했으면 붙잡고 놔주지 않을까 안타까웠다. 궁금한 점을 메일로 보내라며 명함을 주었다. 올해부터는 이태석 재단 차원에서 저널리즘 수업을 지원해 더 많은 학생들을 만나려고 한다. 만일 이태석 신부를 만나지 못하고 종군기자의 경험이 없었다면 어떠했을까 생각하니 아찔하다.

배움에 대한 학생들의 열기로 가득한 저널리즘스쿨 교실

이태석 재단의 희망

설립 때부터 애정을 갖고 지켜왔던 이태석 재단이 창립 10주년을 맞았다. 재단 이사장이 되고 나서도 모든 것을 챙기고 알리는 터라 하는 일은 크게 달라진 게 없다. 전임 이태영 이사장께서 동생인 이태석 신부의 삶을 지키려 애썼기 때문에 그것을 이어가려고 노력할 뿐이다. 재단을 이끌어가면서 가장 조심하는 것은 이태석 신부에 대한 국민의 기대치에 누가 되는 행동을 하면 안 된다는 점이다.

이태석 재단은 규모가 작다. 사무국 직원도 이사장을 포함해 3명뿐이다. 사람이 많다고 더 큰 성과를 내는 것이 아니라, 내 일처럼 하는 마음이 더 중요하다고 생각해 사무국 규모를 키우지 않았다. 또 하나, 재단의 규모가 비대해지면 내부 갈등으로 시끄러운 경우를 종종 보았다. 그래서 재단은 중심 역할만 하고 외부 단체를 참여시키는 것이 내부 잡음도 없애고 이신부의 정신을 더 확산시킬 수 있다고 생각했다. 그래서 규모는 작지만 강하고 성과를 많이 내는 재단을 만들고 싶은 것이 나의 목표다.

헌신하고 섬기는 삶

이사장 직책을 맡고는 있지만 지금도 '이태석 신부처럼 헌신하고 섬기는 삶을 살면 행복할까?'라는 생각으로 이신부의 삶을 실천하고 있다. 이사장이 확신이 없으면서 대중에게, 또는 후원자에게 그렇게 살라고 하는 것은 속이는 행위라고 생각한다. 도덕을 최우선으로 삼는 봉사 단체에서 그렇게 해서는 안 된다. 그래서 이사장 월급과 업무추진비를 폐지했다. 재단에 손님이 찾아와 식사할 때나 직원들과 회식을 해도 모두 사비로 충당했다. 내가 대단한 일을 한다고 자랑하고 과시하기 위함이 아니다. 이신부처럼 살려고 노력할 뿐이다. 이태석 재단 이사장은 개인이 아니다. 이태석 신부의 또 다른 얼굴이다. 따라서 이신부처럼 살지 않는다면 국민의 신뢰를 얻을 수 없다.

NGO 문제가 언론에 터질 때마다 제기되는 것이 후원금 사용 내역이다. 후원금은 앞서 지적했듯이 나보다는 모두가 행복해야 한다는 사랑과 신뢰가 깔려 있다. 따라서 아껴 쓰고 필요한 데만 사용해야 한다. 이태석 재단은 여의도에 있는 ㈜중헌제약 내에 있다. 왜 그곳에 있는지 물어보는 사람이 많다. 중헌제약의 대표는 나의 매제다. 2011년 재단 설립 당시 사무실 임대료를 아끼려고 사무실 사용을 부탁했다가 십 년째 무상으로 사용하고 있다. 후원금을 아끼려고 가족에게까지 신세를 지는 것이 미안하지만 후원금을 절약하기 위해 앞으로도 계속 신세를 지려고 한다.

이태석 재단은 이신부가 세상을 떠난 후 중단되었던 그분의 뜻을 이어가기 위해 설립되었다. 그래서 사업을 남수단 지원과 국내 사업으로 나눴다. 남수단 사업은 두 가지다. 첫 번째는 이신부가 생전에 각별하게 보살핀 한센인 마을에 식량과 의료, 약품을 지원하고 있다. 이신부가 떠난 후 한동안 한센인 마을에 대한 식량과 의약품 지원이 끊겼다. 2019년 10월, 〈부활〉 촬영을 위해 찾아갔을 때 지원이 중단되었다는 소식을 접하고 식량을 지원했지만 마을 주변에서 총격전이 벌어져 또다시 고립되었다. 그래서 이신부 제자에게 특별히 부탁해 어렵게 식량과 생필품을 전달했다. 한센인 마을 의료 지원은 의대생 제자들을 보내 돕고 있다.

두 번째는 재단에서 가장 역점을 두는 장학 사업이다. 의과대학에 다니는 이신부의 제자들은 형편이 무척 어렵다. 그래서 이태석 장학생을 선발해 매달 학비와 생활비를 보내고 있다. 이 사업은 건물을 지어주고 우물을 파주는 일과는 차원이 다르다. 의사가 부족한 남수단에 실질적인 도움을 줄 수 있고 무엇보다도 이신부의 정신을 부활시킬 수 있어 재단의 역량을 집중할 생각이다. 2021년에는 장학생 선발 안내문을 보내 신청을 받았는데 70명이 서류를 보내왔다. 선발은 성적

이태석 재단의 한센인 마을 식량지원(2021년)

표, 자기소개서, 이태석 신부와의 인연을 토대로 엄격하게 선발한다. 이 소식이 알려지자 남수단 전역에서 도움을 요청한다. 에티오피아 의대에 국비 장학생으로 선발된 여학생 제자는 코로나 때문에 국비 장학금이 중단되고 선발 취소 통보가 오자 급하게 재단으로 도움을 요청해 해결해주었다. 이태석 장학금은 제자들에게 살아남기 위한 마지막 탈출구로 자리 잡고 있다.

갑자기 등록금이 인상돼 휴학해야 했는데 정말 감사합니다(장학생).

재단이 우리 삶의 한 부분이 된 것이 너무나 기쁩니다(장학생).

후원자와 재단에 깊은 감사를 드립니다. 소아과의사가 돼서 아이들을 잘 돌보는 의사가 되겠습니다(장학생).

사람에게 투자하는 것만큼 보람과 가치 있는 일은 없다는 말을 실감한다. 장학금은 돈만 지원하는 것은 의미가 없다. 재단과 한 팀이라는 인식을 심어주고 행동으로 실천하도록 해야 한다. 그래서 제자들을 한센인 마을에 정기적으로 보내 진료를 하도록 했다. 이것은 큰 의미가 있다. 이신부의 정신을 제자들이 항상 기억하고 자부심을 갖도록 도와주기 때문이다. 그 판단이 옳았다. 효과가 나타나고 있다.

2021년 크리스마스 때, 의대생 제자 여덟 명에게 한센인 마을의 진료를 부탁하고 약품 구입비와 교통비를 보냈다. 시험을 앞둔 기간임에도 흔쾌히 받아들인다. 의료봉사에 참가한 제자가 진료 보고서를 보내왔다. 놀라운 사실이 적혀 있다. 완치된 줄 알았던 한센병이 지금도 진행 중이었다.

찾아온 환자 중 몇몇은 상처가 곪고 썩어 박테리아에 심각하게 감염되어 있었습니다. 지속적인 관찰이 필요합니다. 의료봉사를 일 년에 3회(5월, 8월, 12월) 진행할 수 있도록 요청합니다(피터 아예이 볼 아예이, 바엘가잘대학 5학년).

고맙고 대견해서 부탁한 내용을 추진하겠다고 답장했다. 놀라운 소식은 의료봉사가 알려지자 다른 장학생들도 참여하겠다는 의사를 밝히고 있다. 이신부의 자리를 제자들이 채우고 있다고 생각하니 또 다른 도전을 하고 싶다. 제자들이 정식의사가 되면 재단에서 월급을 주고 톤즈와 한센인 마을에서 진료하도록 하는 것이다. 그래서 이태석 재단 톤즈 사무실 뒤에 있는 톤즈 시립병원에 대한 실태조사를 추진하고 있다. 시설도 열악하고 의사도 부족해 병원 측과 협의를 거쳐 의료장비를 지원하려고 한다.

이태석 재단은 봉사자라는 점을 항상 기억하고 봉사자의 자세로 임하려고 한다. 재단은 청주, 전주, 제주에 지부를 두고 국내 사업도 하고 있다. 국내에서도 이태석 장학생 네 명을 선발했다. 모두 저널리즘스쿨에서 이신부의 삶을 공부한 학생들이다. 올해 네 명 모두 대학에 진학했는데 기특하게도 두 명은 간호학과에 지원했다. 이태석 신부 덕분이다. 올해는 국내 의대생까지 범위를 확대할 계획이다.

후원자에게 감사하다는 인사보다는 한 분 한 분의 사랑을 항상 기억하고 기적을 만들어가겠다고 약속드린다. 앞으로도 이태석 재단이 희망의 중심이 되도록 하겠다.

여덟 명의 제자가 참여한 한센인 마을 의료봉사(2021년 12월)

제자들을 통해 한센인 마을에 의료지원을 계속하는 이태석 재단

맺는말

마지막 꿈

'사랑'의 반대말은 '미움'이 아니라 '무관심'이다. 우리가 가난한 사람에게 사랑과 관심을 가져야 하는 것은 아홉을 가진 부자는 하나만 주면 열이 되지만, 하나를 가진 가난한 사람은 아홉을 주어야 열이 되기 때문이다. 『우리는 이태석입니다』라는 책을 쓴 이유다. 5년 전 덴마크에서 가장 존경받는 9선의 정치인 홀가 닐슨 의원에게 덴마크가 행복한 이유를 물었다.

덴마크는 큰 부자가 많지 않습니다. 한국이 덴마크보다 많을 겁니다. 그러나 우리는 크게 가난한 사람도 없습니다. 이것이 우리를 세계에서 제일 행복한 사람들로 만든 비결입니다.

덴마크를 행복한 나라로 만든 것은 목사이며 정치가인 그룬트비의 평등 정신이다. 그는 에프터스쿨(자유학교)을 세워 교육을 사회운동으로 확산시켜 덴마크를 작지만 강한 나라로 만들었다. 우리도 사랑, 평등, 섬김의 삶이 담겨 있는 이태석 정신으로 행복한 나라를 만들고 싶은 것이 나의 마지막 꿈이다.

선거 때만 되면 정치인들은 재래시장에 가서 어묵을 먹고 쪽방촌엘 찾아다니고 거리에서 사람들과 악수한다. 언론은 그 모습을 놓칠세라 카메라에 담아 세상에 알린다. 힘 있는 권력이 그들만의 세상을 만들어가는 한, 국민의 행복은 없다. 이제는 특권을 내려놓고 솔직해졌으면 한다. 국민에게 정치란 생존의 문제다.

초등학교에서 5학년 아이가 질문한다. 감독님의 다음 작품은 무엇입니까? "50명의 제자들이 정식의사가 돼서 활약하는 모습을 다큐멘터리 영화로 만들어 국민들에게 감동을 드리고 싶어요."

누군가로부터 '행복합니까'라는 질문을 받았을 때 자신 있게 '예'라고 대답할 수 있는 세상이 왔으면 좋겠다.

35년의 방송 생활을 정리하고 또 다른 길을 갈 수 있어 나는 정말 복이 많은 사람이라고 생각한다. 묵묵히 지지해준 어머니와 가족 덕분에 버틸 수 있었다. 이태석 신부는 나에게 인간의 삶이 무언지 깨닫게 해주었고, 무엇을 하고 살아야 하는지, 부끄러운 어른이 되지 않도록 붙잡아주었다. 세월이 지나 하늘에서 이신부를 만난다면 '당신 덕분에 행복했다'고 인사를 드려야겠다.

우리는 이태석입니다

〈울지마 톤즈〉에서 〈부활〉까지

1판 1쇄　2022년 6월 20일
1판 7쇄　2024년 1월 4일

지은이　구수환
펴낸이　고진
편집　김정은
디자인　김진영
마케팅　이보민 양혜림 손아영

펴낸곳　(주)북루덴스
출판등록　2021년 3월 19일 제2021-000084호
주소　04043 서울시 마포구 양화로 12길 16-9(서교동 북앤빌딩)
전자우편　bookludens@naver.com
전화번호　02-3144-2706
팩스　02-3144-3121

ISBN 979-11-974349-4-5　03810